ICÔNE

ANNIE TREMBLAY

ICÔNE

1-LÉODEN

ÉDITIONS
MICHEL
QUINTIN

Catalogage avant publication de Bibliothèque et Archives
nationales du Québec et Bibliothèque et Archives Canada

Tremblay, Annie

   Icône

   Sommaire: t. 1. Léoden -- t. 2. Le portail.

   ISBN 978-2-89435-485-8 (v. 1)
   ISBN 978-2-89435-486-5 (v. 2)

   I. Titre. II. Titre: Léoden. III. Titre: Le portail.

PS8639.R453I26 2010   C843'.6   C2010-941416-0
PS9639.R453I26 2010

Conception de la couverture et infographie:
        Marie-Ève Boisvert, Éditions Michel Quintin
Illustration de la couverture: Boris Stoilov

 Le Conseil des Arts du Canada / The Canada Council for the Arts   SODEC Québec   Patrimoine canadien   Canadian Heritage

La publication de cet ouvrage a été réalisée grâce au soutien
financier du Conseil des Arts du Canada et de la SODEC.

De plus, les Éditions Michel Quintin reconnaissent l'aide
financière du gouvernement du Canada par l'entremise du
Fonds du livre du Canada pour leurs activités d'édition.

Gouvernement du Québec – Programme de crédit d'impôt
pour l'édition de livres – Gestion SODEC

ISBN 978-2-89435-485-8

Dépôt légal – Bibliothèque et Archives nationales du Québec, 2010
Dépôt légal – Bibliothèque et Archives Canada, 2010

Éditions Michel Quintin
C.P. 340, Waterloo (Québec)
Canada J0E 2N0
Tél.:   450 539-3774
Téléc.: 450 539-4905
editionsmichelquintin.ca

10 - G A - 1

Imprimé au Canada

Pour toi, Guyllaume.
Ton courage a fait vivre ma main.
Je t'aime.

PROLOGUE

Dans les temps anciens, alors que les dieux frères régnaient dans une paix relative et que les forces du bien et du mal se maintenaient en équilibre, les terres étaient unies. On y cultivait l'abondance. Les champs, la mer, la forêt, tout donnait généreusement. Le soleil réchauffait les jours et prodiguait la vie, alors que les deux lunes éclairaient les nuits et berçaient le repos des hommes et des bêtes.

Mais il y eut la guerre des dieux. Nul n'aurait su dire lequel des deux frères avait provoqué la colère de l'autre. Le conflit fut titanesque. Pendant des lunes, le feu du ciel ravagea les monts Linghgot. Les vents y étaient déchaînés. Valbur, le dieu bon, affrontait Béléos, le dieu voué aux ténèbres et au mal. Ils se battaient, l'un pour préserver l'harmonie du monde, l'autre pour sa seule possession. Tous les êtres vivants furent témoins de leur lutte fratricide. Tous eurent à souffrir des combats géants qui ravageaient les forêts et les récoltes en semant la disette et la misère. Si l'un tâchait de limiter les dommages collatéraux, l'autre donnait libre cours à sa rage destructrice sans égard pour quiconque.

Valbur, chétif et tremblant, sentait son pouvoir faiblir sous les attaques incessantes de son frère. Le mal allait l'emporter sur le bien, inéluctablement. Béléos gagnait en

9

force ce que l'autre perdait. Il se tenait bien campé sur ses jambes rondelettes, le torse bombé. Bien que de forte corpulence, il n'en était pas moins alerte et ses attaques se révélaient redoutables. À mesure que le pouvoir de Valbur s'amenuisait, les assauts de l'autre se faisaient plus dévastateurs à son endroit. Ses alliés ne pouvaient plus rien pour lui. Béléos était assisté de ses mages et il pouvait compter sur l'intervention des gops, des êtres immondes qui avaient le pouvoir d'annihiler chez leur ennemi la volonté de vaincre.

Pourtant, Valbur ne pouvait laisser Béléos posséder le monde. S'il venait à mourir, tout ne serait plus que chaos et désolation. Son frère n'aurait aucun scrupule à exploiter tous les êtres et à les utiliser selon ses desseins ténébreux. Et voilà que son corps, sans cesse soumis aux décharges d'énergie négative, était à bout de résistance. Il lui fallait le fuir avant qu'il soit trop tard, avant que les mages à la solde de Béléos ne trouvent le moyen de s'emparer de son esprit. Sa seule chance de sauver le monde était de trouver une âme pure, pour s'y faire un petit nid et s'y cacher en attendant le moment de renaître. Il pourrait alors affronter efficacement son frère et exercer à nouveau sa bienveillante influence.

Il rassembla ses dernières forces et se projeta hors de son corps. Lorsqu'il regarda derrière lui, il ne put que constater les ravages faits par Béléos. Mais il n'y pouvait rien. Il dut se résoudre à abandonner cette désolation et à se laisser pousser par les vents et l'instinct. Il survola les plaines dévastées et les rivières en furie, en route vers les terres du Sud, là où il savait trouver un corps prêt à l'accueillir.

À la tombée du jour, il aperçut enfin au travers d'un épais brouillard les monts Hoshgoht, ces majestueuses montagnes qui, telle une haute barrière naturelle de roc, servaient de frontière au royaume de Valberingue. Un sourd battement se faisait entendre. Il se dirigea vers ce bruit qui l'appelait et le menait directement au château. Vivement, il survola la cour, passa au-dessus des écuries du roi et s'engouffra à l'intérieur du château en traversant portes et murs. Il se retrouva dans une chambre où une femme gisait dans les douleurs de l'enfantement. Réguliers et apaisants, les battements du cœur de l'enfant à naître le guidaient. Il se faufila dans le corps de la femme, jusqu'à la jeune âme qui l'attirait à elle. Doucement, il s'y fit une place où il s'endormit en attendant l'éveil.

Pendant ce temps, Béléos donnait libre cours à sa colère.

— Où est-il? Par les démons de l'enfer, que je sois maudit si je ne le retrouve pas.

Le dieu des ténèbres se tenait sur son trône. Il était entouré de ses conseillers et chefs de guerre. La rage lui sortait par tous les pores de la peau et il dégageait une forte odeur rance, ce qui, chez lui, était habituel. Ceux qui le côtoyaient respiraient par la bouche pour ne pas suffoquer. Son gros visage était dégoûtant, avec ses yeux porcins et son nez épaté. Ses lèvres dessinaient une moue baveuse et, dès qu'il prononçait le moindre mot, une pluie de postillons allait s'échouer sur la personne qui avait le malheur de se trouver à proximité. Ses oreilles velues captaient le son le plus ténu.

— Oh Dieu, nous n'avons pu capturer son âme. Il a eu le temps de fuir vers un autre corps. De son enveloppe humaine, il ne reste qu'un amas inutile de chair et d'os. Nous devrons attendre l'éveil avant de pouvoir le repérer.

— Très bien, bande d'incapables! À partir de maintenant, je veux des patrouilleurs sur les routes, ainsi que partout à travers le Linghgot. Nous devons nous assurer que ce faux dieu de Valbur ne puisse mettre la main sur l'Icône avant moi.

Le territoire dit du Linghgot se trouvait au nord du royaume de Valberingue. Il comprenait les monts Linghgot, ainsi que les plaines entourant la chaîne de montagnes, bornées par la mer et les cours d'eau qui l'alimentaient.

— Ainsi sera-t-il fait, être suprême. Je n'aurai de cesse que votre volonté ne soit faite.

C'était le mage Malgard qui venait de parler, un être déchu qui pratiquait mine de rien une magie noire et maléfique. À l'opposé de son dieu qui payait peu de mine, Malgard montrait une noble prestance. Maigre, mais bien proportionné, il prenait un soin extrême de sa mise et se faisait un devoir de soigner son corps jusqu'à la manie. De magnifiques yeux d'un vert émeraude faisaient oublier des pommettes trop saillantes ; une fine moustache soulignait des lèvres pleines et charnues. Dans un tic irrépressible, ses grandes mains maigres allaient régulièrement se perdre dans une chevelure brune et fournie où elles ramassaient quelque mèche imaginaire. Le visage trompeur du mage avait déçu bien des gens qui lui avaient accordé leur confiance.

Avec un plaisir anticipé à la pensée de donner la chasse à l'ancien dieu Valbur, le mage se promit d'envoyer ses meilleurs hommes à ses trousses, les plus rusés de ses limiers. Bien sûr, personne ne savait quand et où l'éveil aurait lieu, mais peu importait le corps qui cachait l'ennemi. Lui, il serait prêt. Il tenait à ce que le dieu à qui il s'était voué l'emporte de façon définitive. La prophétie était formelle : celui qui posséderait l'Icône serait le dieu unique. Ce parchemin indiquait comment accéder au pouvoir suprême et celui de Valbur ou de Béléos qui en mènerait la quête avec succès régnerait sur les mondes, à jamais.

La guerre des dieux avait eu des effets funestes durables. La magie des ténèbres qui en était résulté maintenait dans le ciel un voile qui empêchait le soleil de percer et de réchauffer les terres. Deux cycles lunaires avaient suffi à tout assombrir. D'opulentes qu'elles étaient auparavant, les récoltes étaient devenues extrêmement maigres et la famine imposait ses privations. Comble de malheur, la mer, désormais enragée, rejetait quiconque s'y aventurait, si bien que la pêche dans ses eaux était interdite, aussi bien que la navigation. Quant aux forêts, elles grouillaient de monstres venus d'on ne sait où, très certainement suscités par les forces du mal qui dominaient le monde, sous la botte de Béléos. Les magiciens noirs servaient le dieu et s'assuraient que tout était conforme à l'ordre nouveau des choses. Ils travaillaient sous diverses identités afin de rester dans l'ombre et de se soustraire à la vindicte populaire.

Pourtant, tout espoir de recommencement n'était pas mort. Au moment même où la guerre connaissait sa conclusion dramatique, la reine Faya, dans son château, avec l'aide de la magicienne Rize, donnait naissance à l'héritier du royaume de Valberingue, à celui que la prophétie désignait comme l'enfant élu.

— Allez ma reine, poussez! Par le dieu bon, je vois sa tête. Encore un effort, ma reine!

Faya n'en pouvait plus. Après des heures de souffrances, elle se demandait où prendre de nouvelles forces pour mettre cet enfant au monde. Elle se trouvait dans la chambre de la tour sud du château. La pièce d'habitude chaleureuse et familière à son regard lui paraissait aujourd'hui tout autre. Les murs de pierres qu'elle avait décorés avec amour de petits cadres et de tapisseries aux tendres couleurs l'engloutissaient. Les tentures pourpres qu'elle avait cousues, tirées au maximum pour laisser passer l'air et la clarté du jour, pendouillaient tristement. Faya bougea dans son lit, à la recherche d'une position plus confortable. D'habitude douillette, sa couche lui donnait l'impression d'être étendue sur un grabat. Son regard fatigué traîna un instant sur le meuble qui lui faisait face. C'était un cadeau du roi ; il était fait d'un bois rosé très rare. Avec ses énormes tiroirs et ses épais panneaux, il pouvait contenir à peu près toute sa lingerie. Mais, pour l'instant, le dessus en était recouvert de piles de linge blanc immaculé.

La reine sentit des gouttelettes lui rouler dans les yeux. Ses longs cheveux noirs étaient plaqués par mèches humides autour de son visage ovale. Le teint olivâtre qu'elle tenait de ses origines orientales paraissait terni par l'effort qu'elle déployait depuis la veille. La fraîcheur de la pièce ne parvenait pas à chasser la sueur qui ruisselait sur son corps, sans parler de la sensation de déchirure qu'elle éprouvait dans son ventre.

Elle sentit monter en elle la vague d'une nouvelle contraction qui lui coupa le souffle. Et ce fut enfin la délivrance. L'enfant glissa dans les bras déjà aimants de Rize, qui le serra tendrement et s'empressa de le laver. Elle le remit à sa mère.

— Tenez ! Vous avez un beau garçon.

— Oh Rize, comme il ressemble à son père ! Il sera fort.

Avec inquiétude, la reine vérifia les petits doigts et les orteils afin de se rassurer. Son regard émerveillé s'imprégna de la vision de ce petit être. Le nouveau-né était parfait. Bien proportionné, il avait un visage dodu. Il serait beau, grand et élancé. Sa bouche en bouton de fleur relevait deux belles joues qui donnaient envie de les bécoter. Les yeux pour l'instant bien fermés étaient surmontés d'un duvet d'une couleur indéfinie. Le petit crâne parfaitement rond était dépourvu de cheveux.

Lorsqu'elle leva les yeux sur la reine, la magicienne lui trouva l'air perdu ; la fatigue lui tirait les traits. Elle perçut dans son regard une détresse infinie.

— Ma reine !

— Ma bonne Rize, cet enfant est mien. Comment pourrais-je m'en départir ?

— Oh non ! Ne dites pas ça. Vous vous faites du mal. Bien sûr, que cet enfant est vôtre, nul ne peut le contredire. Mais c'est l'enfant de la prophétie et ça, nous n'y pouvons rien. Vous devez vous en séparer. Cajolez-le et embrassez-le tant que vous le pouvez, car bientôt je devrai l'emmener au monastère.

— Mais qui veillera sur lui ? Il est si petit !

— Moi, ma reine ! Pour les prêtres à qui je le porterai tantôt, je serai celle qui l'a trouvé, ce qui fera de moi sa marraine. J'exigerai qu'il soit élevé et éduqué en fonction de devenir prêtre, bien sûr, moyennant une somme annuelle que je verserai au monastère pour lui assurer le gîte et l'éducation. Cela me permettra de suivre ses progrès. Par mes yeux, vous le verrez grandir ; par ma bouche, vous connaîtrez sa vie.

Rize prit la tête de Faya entre ses mains et, le regard noyé de larmes, elle lui dit :

— Sur ma vie, je vous promets de veiller sur lui jusqu'au jour où vous pourrez le reconnaître.

Elle scella son serment en embrassant sa reine sur le front.

Dans une oubliette de l'aile sud du château, une autre femme peinait dans les souffrances. Elle était assistée par la princesse Amélia, sœur du roi Malock, qui priait à voix basse pour que les enfants soient du même sexe, de sorte qu'elle puisse procéder à l'échange. Selon les écrits, l'enfant devait vivre, alors que la mère devait disparaître. Amélia avait charge de bien suivre les directives des sages afin que la prophétie s'accomplisse. Cette femme dont nul ne connaissait le passé ni la provenance était arrivée par une nuit de froidure au château endormi. Elle était accompagnée par Gauvin, le sage du monastère, et Dénys, confident du roi.

Aussitôt, Dénys avait réveillé les époux royaux et les avait conduits dans la chambre où Gauvin les attendait avec Amélia et la pauvre femme. La parturiente gisait dans un lit et semblait très faible. La figure pâle et la peau terne, elle avait le regard voilé par la peur. Ses cheveux filasse collés à un front ridé encadraient un visage flétri par des années de misère.

— Voilà la femme, mon roi! Je l'ai trouvée dans une ravine. Son état était lamentable.

— Qui vous dit que c'est bien elle, Gauvin?

— Ça ne peut être qu'elle. Les sages nous ont dit que la femme se manifesterait durant la semaine précédant l'accouchement. Nous sommes dans les temps.

— Parfait! Amélia, tu en prendras soin jusqu'à la naissance. Fais en sorte que personne ne se doute de rien.

Quand le moment sera venu, Dénys t'aidera à échanger les bébés.

— Elle m'a l'air bien faible, Malock !

— Ne t'en fais pas, Amélia, Rize va lui préparer des fortifiants qui vont l'aider à tenir le coup.

Pendant plus d'un cycle complet du soleil, la femme se tordit dans les pires douleurs. Jusqu'à ce qu'enfin, exténuée, la malheureuse, dans un dernier effort, libère un fort joli poupon. Amélia coupa le cordon et déposa l'enfant vagissant sur sa mère. Blême, les yeux fermés, celle-ci perdait beaucoup de sang. Lorsque Amélia tâta son poignet, aucun pouls n'y battait plus. La pauvre femme s'en était allée sans même avoir la consolation de voir son fils.

— Que les dieux bons vous accueillent, murmura Amélia à l'oreille de cette mère d'un seul instant.

On frappa à la porte et Dénys apparut. En jetant un regard au bébé qu'Amélia avait lavé et langé, il demanda :

— C'est un garçon ?

— Oui, en bonne santé !

— La mère ?

Elle désigna le corps sur le lit.

— Les dieux y ont vu.

Avec gravité, Dénys se signa et murmura une courte prière. Amélia lui tendit l'enfant.

— Allez, prenez-le et faites l'échange. Vous reviendrez prendre le corps pour lui donner une sépulture décente. Cette femme mérite notre respect.

En hochant la tête, Dénys se saisit de l'enfant et s'engouffra dans le couloir.

Dénys, prêtre et confident du roi, arrivait de la tour ; il venait de procéder à la substitution. En dehors du Conseil des sages, ils n'étaient que six à connaître la prophétie : le roi, la reine, Dénys, Gauvin, Amélia et Rize. La sœur du roi avait toute la confiance du couple royal. Quant à la magicienne, elle aurait la charge d'instruire et de guider l'enfant élu. De son côté, Dénys, le jeune prêtre, au moment où le corps de Valbur s'était trouvé déserté, avait été possédé par une force inconnue ; inspirée, sa main avait révélé par écrit les temps à venir.

— Comment se porte ma reine ? interrogea le roi.

— Sa Majesté va bien physiquement, mais son âme sanglote.

— Et mon fils ?

— Rize s'est rendue au monastère et elle y a laissé l'enfant. Une nourrice est déjà sur place.

Et Dénys raconta au roi le départ du petit prince. Après un dernier baiser à son fils, la reine éperdue avait tendu l'enfant à Rize, pendant que lui déposait le faux prince dans le couffin près du lit.

Chargée de son précieux fardeau, la magicienne s'était faufilée dans le couloir pour une fois désert ; elle avait dévalé l'escalier jusqu'au pied de la tour où une porte dérobée lui avait donné accès à l'arrière-cour. Bien emmitouflé dans ses couvertures, le bébé dormait sans inquiétude. Par un sentier de terre boueuse très peu utilisé et en prenant toutes les précautions nécessaires pour ne pas tomber, elle avait gravi la pente qui menait au monastère, non loin du château. Elle s'y était présentée par une porte de service où elle avait été reçue par le cuisinier, ébahi de voir dame Rize, les pieds boueux, qui serrait un paquet contre son cœur.

Elle avait demandé à voir Gauvin, le représentant des sages, qui était arrivé accompagné du grand prêtre. L'air hypocritement étonné et le visage grave, le sage avait écouté avec attention l'histoire de Rize, qui prétendait que, alors qu'elle faisait sa promenade matinale, son oreille avait été sollicitée par de faibles vagissements ; elle avait trouvé le poupon abandonné près d'un ruisseau. Ne voyant personne aux alentours, elle s'en était saisie, décidée à lui sauver la vie. Elle avait choisi de l'emmener au monastère où elle savait que des soins appropriés lui seraient prodigués. Comme le grand prêtre s'étonnait qu'elle ne l'ait pas porté à l'orphelinat du royaume, Rize s'était exclamée qu'elle était prête à débourser une annuité destinée à défrayer l'éducation de l'enfant. Le grand prêtre, avec l'accord de Gauvin, avait accepté de se charger de cette responsabilité.

Le cœur serré, Malock approuva d'un signe de tête.

— Je monte voir la reine.

Sur ce, il sortit de la bibliothèque qui, avec ses énormes foyers et son plancher de bois patiné par le temps, lui servait de refuge quand son esprit se débattait dans l'incertitude.

Debout devant les portes de chêne, il rassembla son courage pour affronter la détresse de son épouse. La chambre baignait dans la pénombre et il devina plus qu'il ne vit la forme du corps de Faya étendue sur le lit. Près d'elle, dans une sorte de couffin, un bébé dormait.

— Malock !

— Faya ! Comment vas-tu ?

— Je suis fatiguée et j'ai peur. Notre fils te ressemble, il possède l'hérédité des Valberingue. Et si Dénys s'était trompé ? Si notre enfant n'était pas l'Élu ?

— Voyons, ma mie, tu sais bien que la prophétie a été étudiée par les sages qui ont vu le début et la fin des temps ! Il ne peut pas y avoir d'erreur.

— Promets-moi que tu iras voir le prince et constater par toi-même comme je t'ai donné un bel héritier.

— Oui, mon amour. J'irai aussitôt après la célébration des Ponèdes.

Les Ponèdes étaient des prêtres mi-hommes, mi-femmes. Ils suivaient de près l'évolution des dieux. Il n'était pas bon de se retrouver auprès d'eux. Ils vivaient en communauté fermée près du monastère et les chants qui accompagnaient leurs célébrations étaient si forts qu'il fallait fermer portes et lucarnes à des lieues à la ronde pour s'en protéger. Les pauvres gens qui avaient le malheur de se trouver aux alentours se voyaient possédés par ces mélodies pendant des semaines.

Avec toute la tendresse qui gonflait son cœur, le roi embrassa sa femme sur le front. Son regard se posa ensuite sur l'enfant. C'était un bébé joufflu, très robuste. Une touffe de cheveux noirs lui couronnait la tête, qu'il avait ronde et bien faite. Son nez épaté surmontait une petite bouche qui s'étirait en une mince ligne. Ses sourcils, également noirs, se perdaient dans un front large et un peu bombé.

L'air bouleversé, Malock demanda à sa bien-aimée:

— Dis-moi, Faya, comment est notre garçon? Est-il aussi fort que celui-ci?

— Gorrh, car je l'ai nommé ainsi, est magnifique. J'ai vu qu'il avait sur l'épaule droite cette petite marque de naissance qui vous caractérise, toi et ta lignée.

Elle pointa du doigt le bébé endormi dans son couffin.

— Cet enfant-ci, je l'ai nommé Gareth. Je crois qu'une fois son épaule marquée nous n'aurons aucun problème à le faire passer pour le prince. Il ne nous reste plus qu'à jouer notre rôle de parents et à attendre que les prêtres nous ramènent Gorrh, au moment de l'accomplissement de la prophétie. Comme ce temps me paraît lointain !

— L'éveil se fera tout en douceur, dit le roi. Le temps que cela prendra, la prophétie ne le précise pas. Tout dépendra des aptitudes de l'enfant à assimiler les connaissances qui lui seront enseignées. Par chance, il sera bien entouré… Tu dois te reposer, maintenant.

Le roi quitta la chambre et retourna à la bibliothèque où il savait retrouver son ami et confident Dénys. Le prêtre farfouillait dans des parchemins étendus partout sur la table. C'était un petit homme d'une vingtaine d'années qui, malgré une chevelure d'un blanc de neige, portait admirablement son âge. Il avait le regard azur dans un visage imberbe extrêmement mobile. On pouvait toujours y lire les émotions qui y passaient. Ses gestes spontanés et ses humeurs changeantes étaient source de joie pour le roi qui y voyait un défi de tous les instants.

— Ah ! Votre Majesté, vous voilà ! Eh bien ! maintenant, le sort en est jeté. Que les dieux bons nous viennent en aide ! Il ne faut pas négliger les risques que nous courons dans cette aventure, ni les dangers qui menacent l'enfant élu.

— Je sais, cher ami, je n'ai jamais eu autant de craintes de ma vie. Quand l'éveil aura lieu et que Béléos se rendra compte que Valbur est de retour, il n'aura de cesse de le poursuivre. J'espère seulement que nous serons en mesure de nous opposer efficacement à sa colère…

Chapitre un

Sous les rafales et la pluie froide, Gorrh courait comme s'il sentait tous les démons à ses trousses. Avec l'agilité de ses dix-sept ans, il se faufila au milieu d'un buisson épineux, ce qui lui tira une grimace de douleur. Pour échapper aux galeux, il se fit tout petit et se mit à prier. Les oraisons apprises au monastère offraient un choix diversifié.

Il entendit une cavalcade qui annonçait l'arrivée de ses poursuivants. Ces monstres, semblables à des chiens, mais à six pattes, devaient être une dizaine, à en juger au bruit qu'ils faisaient. Ils entourèrent le buisson où Gorrh s'était réfugié et poussèrent des glapissements et des grognements profonds. Le plus gros, celui qui semblait le chef, enfonça un museau nauséabond à travers les épines et planta ses dents dans la bure de Gorrh. Il tira de toutes ses forces. Son regard torve accrocha celui de l'adolescent qui y lut une rage et une férocité effrayantes.

— Mais qu'est-ce qui m'a pris de contrevenir aux lois des prêtres et de m'aventurer dans ces bois interdits, pensa-t-il dans un éclair de panique.

Il saisit le poignard qu'il gardait toujours caché sous sa robe lorsqu'il s'aventurait à l'extérieur de l'enceinte du monastère et en asséna un bon coup sur le museau du galeux qui recula.

— Jamais je ne pourrai me débarrasser de ces sales bêtes. Quelle manière stupide de mourir!

Tous ensemble, les monstres se jetèrent sur le buisson. Gorrh avait beau se recroqueviller autant qu'il le pouvait, les galeux allaient tôt ou tard se saisir de lui, inévitablement. Alors qu'il croyait sa dernière heure venue, il entendit un son dont l'écho aigu semblait venir de partout à la fois. On aurait dit une myriade de notes douces ou cinglantes qui s'entrelaçaient. Une voix s'éleva et s'imposa aussitôt à travers cette musique. Perçante à la limite du supportable, elle agaçait l'oreille autant qu'un millier de violons en furie. Gorrh n'avait jamais entendu un chant aussi puissant. C'était comme s'il envahissait son esprit et cherchait à l'empêcher de penser. Les assaillants se mirent à hurler de douleur et prirent leurs pattes à leur cou. Gorrh se retrouva seul, isolé dans son buisson. Seule la puanteur résiduelle qui se diluait lentement dans l'air lui prouvait qu'il n'émergeait pas d'un cauchemar.

Il se tordit et vit à travers les branches épineuses une silhouette qui, d'un pas vif, se dirigeait vers lui. Avec maintes contorsions, il s'extirpa de sa cachette et se releva en étirant son long corps.

— Alors, mon prêtre, on s'amuse souvent avec les galeux?

La question était posée sur un ton ironique où perçait un brin d'humour. Celui qui venait de parler se tenait bien campé sur ses jambes, les bras croisés. Il avait l'allure d'un jeune homme fier et arrogant.

— Par le dieu bon, je vous dois la vie! Mais qui êtes-vous?

— On me nomme Philin. Je suis de la race des Ponèdes... Malgré tout le respect que je vous dois, que faites-vous à traînailler dans ces bois? Ne savez-vous pas qu'ils sont maléfiques?

— Et vous, ne craignez-vous pas ces monstres?

— Oh! moi, vous savez, j'aime bien faire des pieds de nez aux démons. Je m'amuse à les défier et à les étudier. Mon travail consiste à prendre des notes sur différentes espèces et sur leur mode de vie. Ainsi, j'ai appris leurs us et coutumes qui sont, croyez-moi, des plus primitifs. Tenez, prenez ces galeux: on les appelle ainsi parce que leur salive, très abondante, est porteuse de gale. Celui, qui a le malheur de toucher une de leurs proies laissées à l'abandon se voit contaminé.

— Vous êtes donc cet aventurier, celui qui hante nos bois et montagnes, celui dont les récits des exploits et combats font frémir les enfants dans les chaumières?

— À votre service, mon prêtre!

En esquissant une révérence moqueuse, Philin lui jeta un regard interrogateur.

— Dites-moi, n'avez-vous pas entendu mon chant? Vous devriez avoir les oreilles bourdonnantes et les idées confuses.

Avec stupéfaction, Gorrh s'aperçut que, au contraire, aucune résonnance ne hantait ses oreilles. Il connaissait bien, pourtant, les effets du chant des Ponèdes. On en parlait avec crainte. Or, il avait les idées claires et il percevait très bien les bruits environnants. Ce chant, qu'il avait trouvé très beau, aurait dû le déboussoler. Il avait bien ressenti un certain malaise au début, mais il avait senti s'élever en lui une sorte de barrière qui triait les notes, de telle sorte que certaines lui échappaient.

Ce genre de sensation étrange se manifestait régulièrement ces derniers temps sans qu'il en comprenne le pourquoi. Au cours des derniers jours, il avait eu des pensées contradictoires et ses gestes l'avaient trahi souvent. Ainsi, hier soir, le menu du réfectoire proposait du ragoût de porc et de la tourte de pigeon. Malgré son envie de déguster du ragoût, il s'était retrouvé avec la tourte qu'il avait engouffrée en lorgnant l'assiette de son voisin, le père Gauvin qui, lui, avalait son ragoût allègrement. De plus, ses rêves lui laissaient des sueurs froides. Tous les soirs, avant de se coucher, il se demandait où ils allaient l'emporter. Il visitait des lieux inconnus qui pourtant lui laissaient un sentiment de regrets et de nostalgie, comme s'il s'agissait de paradis perdus ; il y voyait des paysages désolés et des gens qui pleuraient des jours ensoleillés et de bien-être. Tout cela lui faisait peur.

— Hé ! mon prêtre, m'écoutez-vous ?

Philin agitait sa main devant la figure de Gorrh pour attirer son attention.

— Excusez-moi, Philin. Oui, j'ai bien entendu votre chant, mais pour moi ce n'était qu'une mélodie, fort jolie d'ailleurs.

Les cloches du monastère se mirent à tinter. L'heure de rejoindre son maître d'études était venue. Il devait se hâter, déjà qu'hier l'envie subite d'aller à la pêche l'avait assailli avec une telle insistance qu'il était parti à la rivière interdite ; le temps passant, il avait raté son cours d'herboristerie. Le père Gauvin l'avait regardé d'une drôle de manière, à son retour. Un poisson raidi au bout de sa ligne, il dégoulinait de pluie et avait les pieds bourbeux. Il n'avait jamais aimé la pêche et voilà que pour cela il manquait son cours préféré…

— Je dois vous laisser Philin. On m'attend au monastère. Merci encore! J'espère qu'on se reverra!

Une fois sa robe de bure époussetée, Gorrh s'avança sur le chemin. Avant de disparaître, il se retourna et lança:

— Au fait, je me nomme Gorrh et je ne suis pas prêtre, seulement novice.

Il se mit à courir avec l'espoir de rentrer à temps.

Le château était en effervescence. On se préparait à la fête des deux lunes, qui soulignait chaque année le temps des récoltes. Afin de récompenser ses paysans et ses villageois qui peinaient à tirer de la terre un maigre butin et qui payaient une redevance sur le produit de leur travail, le roi, à cette occasion, ouvrait grandes les portes de son château. Plusieurs familles de la noblesse en profitaient pour présenter leurs fils ou filles pendant le bal des deux lunes en espérant qu'un mariage en résulterait. Une nourriture abondante était proposée sur de longues tables, éparpillées sur les pelouses. Le vin et la bière coulaient à flot des futailles, percées bien à l'abri à l'ombre des arbres. Pour une fois, on faisait ripaille. Dès le lendemain, on retomberait dans la vie de tous les jours, rude et besogneuse. Des jeux d'adresse permettaient aux petites gens de faire valoir leurs habiletés, mais surtout il y avait la possibilité de faire quelques gains. Les sujets du roi dont la bourse était peu garnie se voyaient remettre à l'entrée des jetons qui leur permettaient de participer aux immanquables paris. Plusieurs d'entre eux, à la fin de la journée, se retrouvaient plus riches de quelques tourains et pouvaient pendant quelque temps améliorer leur ordinaire.

Assis à la grande table de la bibliothèque, le roi Malock repoussa le parchemin qui stipulait les diverses demandes qu'on lui adressait en vue de cette fête et poussa un long soupir.

— Amélia s'en occupera, décida-t-il.

Pour l'instant, il avait d'autres chats à fouetter.

Dix-sept années de soucis et d'inquiétude avaient mûri le visage du roi. De petites rides couraient tout autour de ses yeux et en accentuaient paradoxalement l'étrange beauté. Ses cheveux, jadis d'un noir d'encre, étaient désormais zébrés de fils d'argent, ce qui s'accordait avec sa grande sagesse.

Il jeta un coup d'œil autour de lui. Cette pièce, il la chérissait. Il s'y sentait en sécurité. Avec ses planchers de bois polis par les nombreux pas et ses vieux meubles éraflés, elle témoignait de plusieurs générations. Jour et nuit, le foyer fait de pierres des champs laissait danser en son sein des flammes qui jamais ne parvenaient à réchauffer cette immense salle.

Sa tasse de thé à la main, il se mit à triturer les manuscrits éparpillés sur la vieille table de bois. Son regard tomba sur sa main où un faible rayon de soleil jouait. La grisaille, installée depuis belle lurette, n'était pas généreuse de tels moments. Un vent humide se faufila par la fenêtre. Il frissonna. Son front se creusa.

Cette fichue température résultait de la guerre des dieux, ainsi que les créatures malfaisantes qui hantaient les bois au point que même les pauvres chasseurs se voyaient interdire d'y pénétrer s'ils ne voulaient pas devenir gibier eux-mêmes.

Le roi se prit à espérer. Gauvin et Dénys revenaient du monastère : il y avait des changements relatifs à la prophétie, avaient-ils laissé entendre. Bientôt, il en saurait davantage.

Ses doigts tapotèrent de plus belle sur la table. Son attente fébrile ne dura pas longtemps.

Échevelé, Dénys entra. Le passage du temps n'avait pas prise sur lui. Le visage lisse, les yeux rieurs, il débordait d'énergie. Il avait l'air excité et craintif tout à la fois. Gauvin suivait derrière, le corps désormais courbé par son grand âge. Son regard sage dégageait la bonté. Son visage aux joues maigres, encadré par une longue chevelure grise, lui donnait l'air sérieux. Il tenait dans ses mains un paquet de parchemins froissés et la sueur humectait son front.

Le roi leur fit signe de s'asseoir et, la bouche soudain sèche, demanda :

— Quelles sont les nouvelles, finalement ?

Dénys prit la parole d'une voix tremblante.

— Gorrh commence à changer. Des rêves peuplent ses nuits et ses agissements se contredisent. Il ne comprend pas ce qui se passe et il se questionne.

— Vous en êtes sûr ?

— Oh oui, mon roi, dit Gauvin

Le vieil homme alla mettre une bûche dans l'âtre ; il sentait tout au fond de lui un froid qu'aucune source de chaleur n'aurait pu chasser.

— Ce matin, j'ai vécu l'évidence. Comme Gorrh ne paraissait pas au réfectoire pour le petit-déjeuner, je suis monté dans sa cellule. Quand je suis entré, il était bien assis sur sa paillasse et il m'a demandé pourquoi je n'avais pas apporté son repas. Il avait le regard vague et il ne paraissait pas se rendre compte de ce qu'il disait. En m'approchant, j'ai prononcé son nom et il s'est mis dans une colère terrible en me criant qu'il n'aimait pas ce nom. Je l'ai saisi par les épaules et il s'est effondré dans mes bras. Il tremblait de tous ses membres. Il m'a avoué qu'il était en pleine confusion, qu'il faisait des gestes contre sa volonté, comme si quelqu'un d'autre prenait possession de son corps. Il faut l'envoyer à Léoden.

Malock se mordit les lèvres, pensif.

Léoden était une ville nichée sur une île où une communauté de sages vivait en vase clos. Vue depuis la Cité-Frontière, une ville marchande qui bordait la mer, Léoden n'était qu'un petit point qui noircissait l'horizon. Seule une invitation formelle permettait d'y accéder en franchissant un pont ensorcelé qui se chargeait de trier les intrus. Gare à ceux qui osaient s'y engager sans avoir été acceptés d'avance, car ils s'étaient jetés à l'eau. Les vagues les ramenaient sur les berges de la Cité, mais quelquefois elles les engloutissaient.

À l'idée de pousser Gorrh à entreprendre un aussi long voyage, parmi les dangers que recelait la nature sauvage, à l'imaginer errant sur les routes isolées, inconscient du lourd fardeau qu'il trimbalait en lui, le cœur de Malock se serrait. Ce fils dont il avait accepté par nécessité de se séparer sortait à peine de l'enfance, et déjà la prophétie se manifestait. C'est la voix nouée par l'émotion qu'il demanda :

— Tu l'as laissé seul ?

— Rize lui tient compagnie. Qui de mieux que sa marraine peut lui changer les idées ?

Le roi approuva, même s'il enviait Rize pour ces moments passés près de son fils.

— Je vais dépêcher un messager à Léoden afin de prévenir les sages de l'arrivée de Gorrh dans les prochaines semaines. Prépare-le, dis-lui qu'il s'en va là-bas parachever son éducation. Il ne doit pas savoir qui il est vraiment avant de rencontrer les sages. Nous devrons être prudents. Les patrouilleurs de Béléos seront sûrement sur les routes. Avec leur acuité sensorielle, ils vont rechercher l'aura du dieu Valbur et ils vont sans doute la percevoir, même si elle ne se dégage que très peu du corps de Gorrh.

— Qui va l'accompagner ? demanda Dénys.

— Je vais lui donner le second commandant de mes troupes, Érick. Il est loyal et c'est un très bon épéiste ; je lui fais entièrement confiance. Philin, le Ponède, l'accompagnera aussi. Il en aura besoin pour traverser bois et montagnes. C'est le meilleur traqueur de monstres du royaume. Avec lui, ils seront en sécurité. Rize aussi sera du voyage. Sa magie est redoutable. En outre, elle pourra aider Gorrh à mieux se comprendre, sans lui avouer pourquoi il se sent ainsi. Trois jours suffiront à rassembler ce dont ils auront besoin. Ils devront partir en secret pour garder l'anonymat. J'ai parlé !

Alors qu'ils allaient se retirer, Gauvin et Dénys furent arrêtés par la voix du monarque.

— Demandez à Philin de choisir le meilleur chemin et le moins pénible.

Gauvin fit la moue.

— Pour cela, ils devront contourner la montagne maudite.

Malock approuva. Le cœur au bord des lèvres, il monta à la tour voir la reine.

Gareth sentait la colère monter en lui. Cet imbécile d'Érick venait avec un coup sournois de le jeter par terre. Après une heure de combat assidu, la lassitude le gagnait. Tous ses muscles lui criaient leur douleur. Érick, infatigable, s'amusait à le harceler avec son épée.

— Parfait, mon prince, c'est assez pour aujourd'hui.

Il tendit la main, et saisit celle du prince qui se remit sur pied dans un nuage de poussière.

— Lâchez-moi! Vous ne respectez pas la façon de faire.

— Ah non? Et vous croyez que dans tous les combats les règles sont suivies? Vous croyez que, quand vous aurez un bandit devant vous, il vous fera la révérence avant de vous sauter dessus? Voyons, mon prince, quand on se bat, il y a deux choses qu'on doit posséder: l'agilité, que vous êtes en train d'acquérir, et la ruse, que vous voulez ignorer. Apprenez à lire les intentions des autres. Vous verrez que vous ne vous en porterez que mieux.

Avec une moue de dépit, Gareth ramassa son épée et prit le chemin des bains. La fureur rendait son âme aussi sale que son corps. Arrivé à la salle d'eau, il perçut une odeur de rose. Jélima, sa servante et maîtresse, l'attendait. Peut-être allait-elle lui masser le cou et la nuque.

Elle avait un regard profond; ses yeux noirs miroitaient comme un puits de ténèbres. Sa peau couleur ambre invitait à la caresse et ses longs cheveux noirs dansaient librement sur ses reins. Gareth l'avait ramassée dans un bordel au cours d'une des sorties nocturnes qu'il s'autorisait régulièrement avec son ami Pinolt. Il n'avait pu s'empêcher de vouloir la posséder entièrement. Il l'avait donc ramenée au château, et ce, malgré les avertissements de sa tante Amélia. Celle-ci se méfiait de Jélima; elle la savait hypocrite et parvenue, elle ne pouvait qu'entraîner Gareth dans des complots sordides et malencontreux. Avec son mauvais caractère et son goût du pouvoir, le prince n'attendait qu'une chose, se retrouver sur le trône.

Et il verrait à ce que l'opportunité s'en présente le plus vite possible.

Gareth se coula dans le bain. La main douce de Jélima vint lui caresser le dos. Il saisit un verre de vin et ferma les yeux. Ses pensées se mirent à errer. Il était prince et seul héritier du royaume. Son père, le roi, fondait de grands espoirs en lui. Il lui avait assuré une éducation selon son rang et lui avait permis d'acquérir les bonnes manières. En outre, il avait pu se former aux arts de la guerre.

Mais il y avait une chose, oui, une seule qu'il avait apprise par lui-même, c'était la soif du pouvoir. Il n'avait que dix-sept ans, mais il possédait l'avidité de gouverner. Devrait-il attendre la mort du roi? Son père, comme lui-même, descendait d'une longue lignée; les Valberingue, ses ancêtres, étaient reconnus pour leur longévité et leur résistance aux maladies. Son grand-père, le roi Filgurh, avait régné jusqu'à l'âge avancé de soixante et onze ans et le roi Malock jouissait d'une santé à toute épreuve et débordait d'énergie malgré le fardeau de ses responsabilités. Gareth n'aurait pas la patience d'attendre la mort du roi pour porter la couronne. Il devait s'entourer de nobles et dignitaires de confiance pour parvenir à ses fins.

Les doigts de Jélima le tirèrent de ses rêveries. Elle le massait avec des gestes langoureux. Il sentait ses muscles se détendre et un sentiment de bien-être l'envahir.

— Dis-moi, Jélima, as-tu vu le roi, ce matin?

— Non, mon maître. Dans les cuisines, on raconte qu'il a fort à faire, ces jours-ci. On m'a dit qu'avec les préparatifs de la fête des deux lunes votre père, avec son entrain habituel, exige d'être informé de tout et de rien, ce qui lui rogne du temps sur son horaire. Par contre, j'ai vu Gauvin et Dénys se rendre à la bibliothèque; ils avaient l'air affolé. Ils en sont ressortis plus tard, fort préoccupés.

— Vraiment? Que peuvent-ils bien mijoter, ces trois-là? Il est rare que Gauvin quitte son monastère! Il devait y avoir une urgence.

— Peut-être que le roi avait besoin de conseils pour la cérémonie des deux lunes. Dénys ne peut voir à tout. Gauvin a sûrement son mot à dire.

— Justement, non, le Conseil n'a rien à voir dans cette rencontre. La fête appartient au peuple et la messe sert uniquement à motiver l'assistance en vue des prochaines moissons. Il n'y a là que remerciements et espoir en l'avenir. Les prêtres du monastère n'ont besoin de l'avis de personne pour la présider adéquatement.

Il sortit du bain et se laissa envelopper d'un drap doux par Jélima. Elle se mit à le sécher lentement, ce qui l'énerva. Il saisit ses chausses propres. Une tunique compléta sa mise.

— Fais parvenir un message à Korin. Qu'il me rejoigne au Bouc d'or à la tombée de la nuit. J'aurai mon déguisement habituel. Surtout, qu'il vienne incognito.

Le Bouc d'or se dressait en bordure du village, c'était un établissement sans âge. Nul ne savait qui avait construit l'édifice et donné vie à ce commerce. Les propriétaires s'y étaient succédé au fil des ans sans jamais se souvenir qui avait vendu à qui. On y trouvait une nourriture de qualité et le meilleur vin du royaume. C'était un endroit de plaisir et de débauche. Grâce à quelques écus d'or donnés en douce au tavernier, on pouvait avoir accès, derrière la grande salle, à une table retirée qui assurait tranquillité et discrétion.

Gareth était assis à sa place habituelle. Une grande chope de bière à la main, il attendait patiemment Korin qui était en retard, ce qui n'était pas dans ses habitudes. Il s'était vêtu d'un habit de paysan. Une moustache tombante lui couvrait la lèvre supérieure et une calotte usée cachait sa chevelure noire. Il adorait changer de personnalité, ce qui lui permettait de se mêler au petit peuple. Un courant d'air fit bouger les rideaux et il vit apparaître un quêteur qui, sans cérémonie, s'assit en face de lui.

— Un pot de bière serait le bienvenu, messire. Je la boirai, bien sûr, à votre santé.

Le prince lui tendit un gobelet graisseux en terre cuite et lui fit signe de se servir.

— Vraiment, vous avez de ces manières de vous vêtir! On se demande d'où vous vient votre garde-robe.

D'un œil railleur, Gareth le détaillait. Korin portait des vêtements usés et crasseux qui dégageaient une forte odeur.

— J'ai mes petits secrets.

Le prince pinça le nez et entra sans préambule dans le vif du sujet.

— Ce matin, Gauvin est venu au château accompagné de Dénys. Il se manigance quelque chose, car le sage ne quitte que très rarement son monastère. Il faut que tu trouves ce qui se trame.

— Avez-vous quelque indice à me fournir?

— Non! Par contre, tu devrais surveiller Dénys de près. Il est plus accessible que Gauvin.

Korin balaya d'une main nonchalante la mousse qui traînait sur sa lèvre supérieure et reposa son gobelet vide sur la table. Il se leva, ce qui suffit à porter son odeur de fauve jusqu'au nez du prince.

— Parfait, dit-il, vous aurez vos réponses dans deux jours. Soyez au vieux saule après le repas de midi, je vous y attendrai.

Sur ce, il tourna les talons, suivi de sa puanteur.

— Non, je ne veux pas y aller !

— Tu iras !

Bien campé sur ses jambes, le menton pointant vers l'avant, Gorrh fusillait Gauvin du regard. Il avait beau être le maître, il n'avait pas le droit de le priver de ses cours et de ses amis. Non, mais, l'exiler à Léoden, un coin perdu on ne savait où, et avec des étrangers, encore !

— Estime-toi heureux. Seuls quelques-uns des nôtres ont l'avantage de poursuivre leurs études en ces lieux. Tu ne dois pas dédaigner cette chance. Pour toi, ce sera une expérience formidable qui t'amènera à te surpasser. Tu as des aptitudes que tu dois affiner et seuls ceux de Léoden ont le pouvoir de te former dans ce sens. Prépare ton paquetage, tu pars dans trois jours.

— Et vous ? Ne pouvez-vous pas venir avec moi ?

— Je te rejoindrai au moment opportun. J'ai encore beaucoup à faire ici, pour l'instant. Par contre, tes compagnons de route ont toute ma confiance et celle du roi. Tu ne seras pas laissé à toi-même, rassure-toi !

— Le roi ? Qu'est-ce que le roi vient faire là-dedans ?

— Peut-être ne le savais-tu pas, mais Sa Majesté a pour habitude de suivre la progression de ses prêtres. Ainsi, quand je lui ai soumis l'idée de t'envoyer à Léoden poursuivre tes études et montrer tes résultats et aptitudes, il m'a approuvé sans aucune hésitation. Tu dois obéissance à ton roi et tu iras là-bas. Tu lui feras honneur. Demain, tu seras présenté à Sa Majesté ainsi qu'à la reine. Je te prie de prendre un bain et de t'arranger pour être présentable. J'espère que tu n'as pas oublié les bonnes manières que je t'ai enseignées. Je viendrai te chercher après le petit-déjeuner pour te présenter à tes compagnons de route. Allez je te laisse. Ramasse-moi ces parchemins et fais-moi le ménage de cette bibliothèque ; on se croirait dans une boutique de bric et de broc.

Sur ce, Gauvin enfila le couloir qui menait à la chapelle, laissant derrière lui un Gorrh ébahi.

Lui, Gorrh, présenté au roi ! Quel honneur ! Jamais dans ses rêves les plus fous il n'aurait pensé que ce soit possible. Bien sûr, il avait souvent assisté à des défilés que le roi et la reine présidaient. Il se revoyait se presser à travers la foule pour voir sur le bout des pieds le cortège qui passait non loin de lui. Une fois, il avait accroché le regard du roi. Il avait la bonté des cieux. Il s'était senti scruter jusqu'au fond de l'âme et une sensation de bien-être s'était installée dans son cœur. Avec regret, il avait dû détourner la tête. Déçu, il avait alors espéré avoir la chance de l'approcher un jour, ne fût-ce que quelques instants. Les dieux l'avaient entendu.

Avec empressement, il fit un ménage sommaire des lieux. Il enroula maladroitement les parchemins et les jeta pêle-mêle sur les tablettes, ce qui fit danser la poussière.

La pluie, poussée par le vent, lavait les vitraux. C'était une morne journée.

Avec de la chance, il n'aurait pas son cours de combat, donné dans la cour arrière près des jardins. Il pourrait ainsi aller rendre visite à son ami Kerv, l'herboriste, et lui annoncer la bonne nouvelle. Tout en secouant sa robe, il partit vers la caserne. Lorsqu'il s'y présenta, son maître d'armes vérifiait l'équipement pour s'assurer que tout soit en ordre. Une cotte de mailles devait être bien graissée et rutilante. Autant Gorrh abhorrait l'odeur que dégageaient ces lieux, autant il détestait le combat. Pour lui, un futur prêtre devait dédaigner la violence, mais l'Église avait une tout autre opinion.

On avait déjà vu un de ses représentants finir embroché au bout d'une épée lors d'une mission de paix en Lacédoine. Depuis, on exigeait que les novices apprennent au moins les bases de l'art du combat. Les sujets prometteurs se voyaient dirigés vers des cours plus poussés.

Le cœur plein d'espoir, Gorrh s'avança.

— Bonjour, maître !

— Ah, Gorrh, tu es en avance !

Avec un sourire niais, l'adolescent lança :

— Je me demandais, vu la température, si je n'avais pas quartier libre aujourd'hui, mais, bien sûr, je m'en remettrai à votre bon jugement.

— Tu m'en vois ravi, jeune homme. À ton air, je déduis que tu as envie de tout, sauf d'une leçon de combat. Je me trompe ?

— Touché, mon maître, mais, comme je vous le disais, la décision vous appartient.

— Écoute, on m'a avisé de ton départ prochain. Étant donné ces circonstances, tu as sûrement des arrangements à prendre, ainsi que des préparatifs à faire. De toute manière, avec ce mauvais temps, il serait mal venu de s'entraîner à l'extérieur. Allez, va et promets-moi de pratiquer les techniques de combat régulièrement. Quand tu reviendras, je veux pouvoir me mesurer à toi d'égal à égal.

— Merci, maître ! Je vous en donne ma parole, à mon retour, je vous ferai honneur.

Gorrh se retrouva en moins de deux au dispensaire. C'était un petit appentis débordant d'herbes et de pots diversifiés ; malgré la fenêtre ouverte, il y régnait une odeur de plantes tenace. Kerv se tenait penché au-dessus de fioles, concentré sur son travail. C'était un vieil homme au crâne ras et au visage rond. Il semblait prisonnier de son corps dodu, mais ses gestes étaient souples. Il se redressa à l'approche du jeune homme.

— Mon garçon, quel plaisir de te voir ! Tu n'as pas cours ?

— Non, maître Kerv, pour une fois le mauvais temps me profite. J'ai une nouvelle à vous apprendre.

— Quoi ? Tu es enfin décidé à devenir mon apprenti ?

— J'aurais bien aimé, mais on a d'autres projets pour moi. Figurez-vous que je vais être présenté au roi demain.

— Quoi ! Toi, présenté au roi ! Mais en quel honneur, mon garçon ?

— On m'envoie à Léoden y poursuivre mes études, Gauvin m'a recommandé au roi, vu mes résultats, et il a approuvé. Lui et la reine désirent me rencontrer avant mon départ.

— Hé, sais-tu que très peu de prêtres ont eu cette chance ! Je te savais doué pour la médecine, mais j'ignorais que tu excellais dans d'autres matières. Ne va surtout par voir là une offense à ton intelligence !

Avec un hochement de tête, l'adolescent approuva. Non, il ne voyait pas là matière à se formaliser ; il se savait féru en herbes et soins du corps. Il avait toujours aimé réparer les membres disloqués et trouver la cause d'une maladie. En combat corps à corps, il était nul. Par contre, même s'il détestait les armes, il l'emportait souvent sur ses adversaires, allez savoir pourquoi…

— J'ignore combien de temps je serai parti, maître Kerv. Vous allez me manquer. Pensez-vous qu'on pourra s'écrire?

— Bien sûr, mon garçon. Quoique la distance soit grande d'ici à Léoden, nous procéderons avec les pigeons. Tu partiras avec Carmille, le meilleur de notre pigeonnier; dès ton arrivée, tu m'enverras ta première missive… Tiens, viens ici, j'ai quelque chose pour toi.

Kerv alla vers un petit meuble. Gorrh savait que nul autre que le maître herboriste n'avait le droit de l'ouvrir. Les panneaux de guingois laissaient entrevoir une panoplie de sacs en cuir et de pots de tailles diverses. L'herboriste saisit un petit sac en cuir rouge fermé par une boucle de cuivre. Il rabattit les panneaux et lança:

— Viens t'asseoir près de moi, je vais t'expliquer.

Gorrh se laissa choir sur une chaise branlante. L'herboriste déposa le sac entre eux deux et déclara:

— Ce sac m'est précieux.

Il le pointa et poursuivit:

— Un sort lui a été jeté par un magicien blanc. Tiens, je te le donne. Il te sera plus utile qu'à moi. Ici, j'ai tout ce qu'il me faut et je ne voyage plus. Fais-en bon usage.

Gorrh prit le sac avec respect et, lentement, l'ouvrit. À l'intérieur, une petite quantité d'herbes toutes fraîches dégageait un parfum qui taquinait ses narines. Il s'en saisit et reconnut plusieurs des essences qu'il avait dans la main. Les autres demeuraient un mystère pour lui.

— Comment ferai-je pour les identifier?

— Quand tu t'en serviras, tu n'auras qu'à dire les symptômes de la maladie et ta main saisira les herbes, selon la dose qu'il te faudra. En plus, les plantes que tu utiliseras se remplaceront immédiatement.

Comblé par ce cadeau, Gorrh l'enfouit dans sa poche.

— Je vous remercie, maître Kerv, je vous promets de ne pas m'en séparer et d'en prendre bien soin.

Alors qu'il serrait affectueusement le jeune homme dans ses bras, l'herboriste ne put empêcher une larme de couler sur sa joue

— Je te souhaite bonne route, mon garçon. Surtout, n'oublie pas de m'écrire. Que le dieu bon te bénisse !

Chapitre deux

Ce matin annonçait une journée triste et venteuse. Gorrh traînaillait dans sa chambre et arpentait la pièce comme un lion en cage. Ses cheveux, humides et aplatis, s'emmêlaient sur son crâne. Enroulé dans une serviette rude, il attendait Gauvin. Celui-ci frappa à la porte et entra, les bras chargés de vêtements. Boris, le barbier, le suivait avec ses instruments.

— Alors, jeune homme, pas trop nerveux?

D'une voix chancelante, Gorrh murmura :

— J'ai les tripes à l'envers, j'ai peur de faire un faux pas.

— Allons, tout ira bien. Viens, approche, Boris va arranger la broussaille que tu as sur la tête.

Gorrh s'assit sagement sur un banc et se laissa aller sous les doigts agiles. De sa tignasse, des boucles noires tombèrent à ses pieds.

— Tiens, je t'ai apporté des vêtements neufs. Ils devraient t'aller comme un gant, du moins, je l'espère.

Gauvin étala les habits sur le lit. Pour une fois ce n'était pas une robe de bure ; des chausses bleues, une chemise d'un blanc pur qui s'ornait de fines lames d'or, des bas de laine d'une douceur étonnante étaient posés sur des bottes de marche noires luisantes. Les vêtements habillaient le lit et donnaient l'image d'une courtepointe qui égayait les draps habituellement ternes des couches des novices.

— Ce genre d'habillement n'est pas pour un futur prêtre, dit-il étonné.

— Ça, c'est sûr! Par contre, pour le voyage, ils seront plus pratiques. À ton arrivée, tu n'auras qu'à remettre des soutanes; ils t'en fourniront. Tu ne peux être présenté au roi mal fagoté. Allez, essaie-les pour qu'on juge de ton allure.

Boris coupa une dernière mèche et Gorrh se leva pour enfiler chemise et chausses. Il se tourna vers la psyché et resta sans voix. Le jeune homme bien campé sur ses jambes qui se tenait devant lui, épaules larges, taille mince, avait éclipsé l'adolescent. Ses cheveux courts et bouclés encadraient un visage aux pommettes saillantes. Le menton volontaire s'accordait à son regard aigu. Ses yeux gris dégageaient une luminosité profonde, qui donnait à l'expression un air sérieux et réfléchi. Gauvin pouffa en s'exclamant:

— Fantastique! C'est vrai que l'habit ne fait pas le moine! Bien, allons-y, ne faisons pas attendre Nos Majestés.

Ils mirent peu de temps pour se rendre au château, dont la masse opulente se découpait sur le ciel gris et s'imposait dans la grisaille ambiante. Ils parcoururent le couloir qui conduisait au grand salon et montèrent une volée de marches usées par des milliers de pas. Gorrh ne put s'empêcher d'admirer les tableaux qui couvraient les murs; ces peintures montraient les représentants de la famille royale depuis les premiers souverains. Ils se retrouvèrent dans le salon de la tour. C'était une grande pièce chauffée par un foyer immense ; les fauteuils imposants et bien rembourrés invitaient les visiteurs à s'y laisser choir. Le roi et la reine, installés près de la cheminée, attendaient fébrilement cette rencontre. Assis près d'eux, Philin, Rize et Érick complétaient le tableau. Gauvin et Gorrh s'approchèrent et firent la révérence.

— Pardonnez-nous, Majesté, pour ce retard, dit Gauvin.

Avec un trémolo dans la voix, le roi dit en tendant la main.

— Voici donc le jeune Gorrh ! Bienvenue parmi nous !

Intimidé, l'adolescent lui prit la main et la baisa selon la coutume.

— Monseigneur, ma reine, c'est un honneur pour moi de vous être présenté.

Le jeune homme se releva et jeta un coup d'œil à la souveraine. C'était une belle femme au visage ouvert et avenant dont le regard doux semblait lui sourire. Bien que toute menue, elle dégageait une impression de force. Elle complétait bien la personnalité du roi qui, lui, possédait une assurance et une maîtrise de soi hors du commun. Elle lui dit :

— Venez près de moi, Gorrh.

Il s'avança et, humblement, s'agenouilla en penchant la tête. Elle lui prit le menton tendrement et le força à croiser ses yeux pour sonder le fond de son cœur ; ce qu'elle y vit la rassura et lui fit aimer davantage ce jeune homme, son fils dont elle se languissait depuis si longtemps et que pour un instant seulement elle retrouvait enfin, beau et bien éduqué, imprégné au surplus des valeurs morales de bienveillance, de compassion et de respect. Aucune méchanceté ne ternissait la prunelle de ses yeux, leur douceur en accentuait la bonté et la franchise de son regard témoignait de sa droiture. Comme elle aurait aimé le serrer dans ses bras, se laisser aller aux effusions que le protocole lui refusait, ainsi que l'obligation de garder le secret sur sa naissance ! Malgré elle, l'émotion la submergea et ses yeux s'embuèrent.

Elle se tourna vers son mari qui devina les émotions dont elle était la proie. Une profonde complicité les unissait depuis longtemps. Elle enchaîna :

— Le roi a de grandes espérances te concernant et tu sauras les combler. Tu peux te relever. Va rejoindre les autres !

— Bien, fit le roi. Maintenant, parlons de ce voyage.

Le souverain se rajusta dans son fauteuil et tira sur sa robe pour bien la tendre sur ses jambes ; ce fichu matériel avait tendance à se froisser. Il regarda l'adolescent et commença :

— Je te présente tes compagnons de route. Je crois que tu connais déjà Philin ; il vous guidera sur les chemins qui mènent à Léoden. Ta marraine, Rize, a répondu à ma demande avec empressement ; elle vous aidera à régler les problèmes qui pourraient rendre votre parcours difficile. Voici Érick, second commandant et maître d'armes ; il sera votre escorte.

Il pointa un rouleau de parchemin que le Ponède tenait dans sa main.

— Philin a tracé un itinéraire que j'ai approuvé. Vous pourrez le consulter tout à l'heure.

Le roi passa une main impatiente sur un pli rébarbatif. La reine Faya sourit de le voir ainsi préoccupé de sa mise.

— J'ai envoyé un message à Léoden, continua-t-il en ignorant superbement la mimique de sa femme. Vous devriez y être dans deux mois. Passé ce délai, si vous n'y êtes toujours pas, nous devrons conclure qu'il y aura eu des problèmes. Gauvin pourra entrer en contact mental quotidiennement avec Rize. Nous pourrons ainsi suivre votre progression. Soyez prêts à l'aube ; rejoignez-vous aux écuries. Allez, et que le dieu bon vous garde !

Tous se levèrent, mais le roi arrêta l'adolescent.

— Gorrh, reste, je dois te parler.

L'adolescent rougit de l'attention appuyée qu'on lui portait. Le couple royal voulait s'entretenir avec lui en privé ! Jamais il n'aurait osé espérer un tel honneur.

Lorsque les autres eurent pris congé, le roi expliqua :

— Léoden te permettra de parfaire ton éducation. Les sages t'apprendront des choses qui, jusqu'ici, te semblent nébuleuses, ils répondront aux questions que tu te poses.

Gorrh ouvrit la bouche, mais le souverain s'exclama, sans lui laisser le temps de prononcer le moindre mot :

— Non ! Ne me demande rien, je ne puis te répondre ! Par contre, je dois te remettre quelque chose.

Le roi se leva et alla ouvrir sur son bureau une petite boîte. Il y prit une bague en or surmontée d'une pierre d'un bleu azur. Gorrh n'en avait jamais vu d'aussi belle.

— Je te l'offre. Elle seule pourra t'ouvrir les portes lorsque viendra le temps de faire reconnaître tes droits. Maintenant agenouille-toi !

Le roi Malock le bénit. Lorsqu'il prononça la formule sacrée, sa voix tremblait d'émotion. Gorrh se releva et salua respectueusement ses hôtes. Au moment où son regard croisa celui de la reine, il constata que ses yeux étaient toujours étrangement brillants, comme s'ils étaient pleins d'eau…

Les écuries étaient la fierté du roi. C'était des bâtiments solides et d'une propreté impeccable. Elles abritaient les meilleurs chevaux, reconnus pour leur robustesse et leur endurance. Torick, maître écuyer, se tenait dans la cour avec Gorrh et ses compagnons. C'était un homme âgé d'une cinquantaine d'années, dont la barbe en bataille et les cheveux roux tout aussi emmêlés auraient donné envie à une mère souris d'y faire son nid. Son nez rond ainsi que ses yeux noirs et globuleux lui donnaient l'air d'un gobelin.

Un silence seulement troublé par le hennissement des chevaux accentuait la fébrilité des voyageurs en ce grand jour. La rosée matinale tapissait le sol aux endroits où les bêtes n'avaient pu piaffer et faisait briller l'herbe de mille diamants sous le jour grisâtre qui se levait. L'air embaumait.

Gorrh montait un cheval gris à la crinière et à la queue noires. La bête avait un regard intelligent, mais rébarbatif. Le cheval d'Érick, un robuste étalon noir, piétinait, impatient de prendre la route. Rize semblait ne faire qu'une avec sa haquenée gris pommelé au regard doux. Quant à Philin, peu habitué à monter, il semblait suspendu en l'air sur son immense cheval d'un noir profond. Maître Kerv fit son entrée dans la cour, un pigeon perché sur l'épaule. Il marcha d'un pas décidé vers Gorrh.

— Salut, mon garçon! Tiens, je te remets Carmille. Prends-en soin. Laisse-le aller, il te suivra du haut des airs. Ne te préoccupe pas de sa nourriture, il est son propre pourvoyeur.

Le pigeon voleta jusqu'à l'épaule de Gorrh où il se mit à roucouler. Sans même interrompre son chant, il y déposa une énorme fiente. En voyant le visage du jeune homme qui plissait le nez avec une mimique de dégoût, ses compagnons se tordirent de rire.

— Eh bien voilà, il t'a adopté! dit Kerv avec un grand sourire. Tu verras, vous formerez une bonne équipe, tous les deux.

D'un geste dédaigneux, Gorrh attrapa la déjection comme il put, du bout des doigts, et s'essuya avec la serviette que Torick lui tendait.

— Toi, la volaille, je t'en dois une! Si tu ne veux pas finir sur une broche, sache te tenir!

Gorrh prit le pigeon et le lança dans les airs où il se mit à tournoyer.

— Allez, les amis, on a déjà trop lambiné. Le jour se lève.

Sur un dernier salut, il tourna bride et, suivi de ses compagnons, il s'enfonça dans le brouillard.

La fête des deux lunes battait son plein; le château bourdonnait d'activité. Les cuisiniers, le front en sueur et les joues rougies par la chaleur des fourneaux, s'activaient à la mangeaille pour les gens du peuple. Les nobles, eux, avaient droit à de la nourriture de meilleure qualité. Vu la température maussade, on avait dû créer une ambiance artificielle de beau temps. Les magiciens s'étaient mis à l'œuvre tôt la veille, ils avaient lancé le sort et devaient le soutenir pendant deux jours, ce qui exigeait d'eux une forte concentration et les vidait de leur énergie. Les jardins regorgeaient de fleurs épanouies durant la nuit. Des papillons de toutes les couleurs se baladaient de l'une à l'autre et agrémentaient la vue. Sur les pelouses avant du château, les tables débordaient de nourriture. Le vin et la bière coulaient à flots.

Dans la cour se déroulaient les jeux, qui, cette année, allez savoir pourquoi, étaient très prisés. Tir à l'arc, combats corps à corps, courses de chevaux et autres, le choix ne manquait pas. Les chevaliers s'affrontaient. Les mises étaient de rigueur; on gagnait ou perdait. Les plus pauvres serreraient précieusement dans leurs mains les jetons reçus à l'entrée. Ainsi, nobles ou petites gens, tous avaient leur chance. Les portes grandes ouvertes du château laissaient passer une multitude de personnes curieuses. Néanmoins, les visiteurs étaient limités à la cour intérieure et aux jardins.

Le roi se trouvait en compagnie de Gareth dans le salon vert. Devant eux, un petit déjeuner trônait. Le souverain se servit un bol de thé et reprit des fruits, qu'il adorait. Gareth repoussa son assiette vide et s'adossa avec le soupir de celui qui a trop mangé. Son père l'avait envoyé chercher tôt. Un serviteur l'avait tiré du lit à la barre du jour en lui disant que le roi l'attendait. Immédiatement.

— Immédiatement!

Quoi! Le roi le prenait-il pour un esclave? Il était prince, tout de même! Bien que contrarié, il s'était arraché des bras de Jélima et s'était frayé un chemin à travers ses vêtements éparpillés. Il s'était habillé à la hâte. Sa main avait aplati ses cheveux ébouriffés, après quoi il avait suivi le serviteur jusqu'au salon.

— Tu es prêt pour ce soir? demanda le roi, les sourcils froncés.

— Oui, père, j'ai bien hâte de rencontrer la princesse Valène de Théodie.

— Tu verras, c'est une jeune fille très intelligente et d'une infinie beauté. Son père, le roi, la considère comme son joyau. Elle a un frère, le prince Jalbert, un jeune homme d'une vingtaine d'années reconnu pour son sens de la justice; il est très à cheval sur les principes. Ne te le mets pas à dos. En tant qu'héritiers, vous devrez collaborer.

Le roi sauça ses doigts dans un petit bol d'eau ; délicatement, il les essuya un à un.

— Nous avons besoin d'eux autant qu'eux ont besoin de nous, continua-t-il. Ils possèdent la force militaire la plus puissante des terres extérieures, leur armée ne peut être comparée à aucune autre. Nous, par contre, nous possédons le commerce. Quant à leurs magiciens, ils sont équivalents aux nôtres et tous pourraient unir leurs forces au besoin. Une alliance entre nos deux royaumes consolidera ces liens. Vous êtes promis l'un à l'autre depuis votre enfance ; profite de leur séjour ici afin de mieux les connaître.

Gareth acquiesça d'un mouvement de tête. Bien sûr qu'il serait gentil avec cette demoiselle. Après tout, elle allait lui apporter un royaume, une fois le roi et le prince de Théodie éliminés. Il ne lui restait plus qu'à éclaircir le problème des manigances de son père. Korin lui avait rapporté à leur dernier rendez-vous que le roi avait expédié illico un jeune novice du nom de Gorrh à Léoden. Bien sûr, c'était déjà arrivé à quelques reprises dans le passé, mais, cette fois-ci, ordre avait été donné de procéder en catimini. Selon Korin, le jeune novice ne devait pas atteindre ce lieu. Il devait disparaître, car, selon une prophétie sortie on ne sait d'où, ce jeune importun viendrait un jour réclamer son dû.

Korin n'avait pas pu ou voulu lui dire quel était ce dû. Il soupçonnait Gorrh d'être le bâtard du roi et il craignait qu'il ne vienne spolier le prince de son héritage. Gareth devait l'éliminer. Selon les rumeurs, le jeune Gorrh était parti bien escorté. Rize, Érick et le Ponède Philin l'accompagnaient. Il avait donc été décidé que Korin ainsi que quelques hommes de son choix partiraient à leur poursuite. De son côté, Gareth, avec l'aide de Jélima, chercherait à en apprendre davantage.

Revenant au présent, Gareth regarda son père et lui sourit.

— Ne vous inquiétez pas, père, je ferai honneur au royaume.

— Bien. Maintenant, dis-moi, cette fille, Jélima, que tu as ramenée des bas-fonds, que vas-tu en faire ?

— Je la garde à mon service. Quoi qu'en dise tante Amélia, Jélima sait très bien où est sa place.

— Arrange-toi pour qu'elle ne nuise pas à tes relations avec la princesse. Quand tu l'épouseras, tu devras te débarrasser de cette intrigante. Je ne saurais endurer des complots et des scènes de jalousie dans mon château. Amélia saura lui trouver une place dans un duché. Maintenant, va, j'ai du travail.

Après un salut au roi, le jeune prince se retira. Quelle idée de se débarrasser de Jélima ! Elle faisait partie de son plan. La promise ne pourrait que plier et se soumettre à ses désirs. Quant au roi, il ne serait plus. Convaincu d'avoir les choses en main, il se dirigea vers la cour afin d'assister aux tournois.

Les appartements de la reine dégageaient une bonne odeur de nourriture fraîchement sortie du four. Faya, Amélia et la princesse Valène étaient attablées devant un petit déjeuner tardif. Les servantes papillonnaient autour d'elles et devançaient leurs moindres désirs. La princesse, arrivée tard la veille, ressentait la fatigue du voyage ; la route était longue, de Théodie au royaume, sans compter les dangers qu'ils avaient dû affronter. Bien qu'ils fussent escortés par les meilleurs hommes de la garde du roi, c'est avec soulagement qu'ils avaient aperçu les tours du château.

Amélia lui tendit un plat, la tirant de ses pensées.

— Tenez, princesse, rien de mieux qu'un beignet au miel pour vous redonner de l'énergie.

Amélia était réputée pour sa grande gourmandise. Valène choisit un beignet et sourit.

— Merci, princesse Amélia… Pourriez-vous me faire plaisir?

— …

— J'aimerais beaucoup que vous m'appeliez par mon prénom. Vous me feriez grand honneur.

— Oh! mais c'est parfait, vous ferez de même avec moi. Laissons tomber les princesses par-ci et les princesses par-là. À la longue, on ne s'y retrouverait plus.

— Justement! Et vous pourrez en faire autant, Majesté.

— Avec plaisir Valène, répondit la reine Faya.

Elle jeta un regard amusé à la jeune fille. Avec sa chevelure de feu et ses yeux verts, elle ressemblait fort à son père, le roi Édwouard. Sa mère était décédée en lui donnant la vie et la princesse ne l'avait jamais connue, mais elle lui avait laissé en héritage un caractère fonceur et une forte personnalité. Valène assistait souvent au conseil de guerre et se distinguait au combat avec les armes légères. Elle accompagnait souvent son frère lors d'excursions à travers bois et montagnes, au grand dam de leur père. L'endurance et la bravoure qu'elle démontrait quand venait le temps de pourchasser monstres et bêtes féroces lui avaient valu le respect des hommes de troupe. La reine se sentit presque coupable envers Gareth. Il ne se doutait pas du tout de quelle trempe était sa future épouse. Dominateur avec la gent féminine comme il l'était malgré son jeune âge, il trouverait chaussure à son pied. La reine fit signe aux servantes de desservir et les trois femmes se retirèrent au salon. Assises confortablement près du feu, elle poursuivirent la conversation avec entrain. Valène leur raconta les péripéties du voyage avec moult détails.

— Vos bois pullulent de créatures féroces. Mon frère a dû en embrocher une demi-douzaine, mais nous n'en avons reconnu qu'une espèce. On dirait qu'elles n'ont pas encore eu l'idée de migrer. Tant mieux pour nous! En Théodie, dans les terres extérieures, on en a répertorié trois sortes, dont les galeux. Toutes les semaines, le roi monte des expéditions pour les chasser. Malgré cela, on se rend compte qu'ils se reproduisent comme des lapins.

— On a pu en limiter la population avec l'aide des Ponèdes, dit Amélia. Ils ont posé des pièges. Gareth s'amuse à leur donner la chasse, mais souvent il revient bredouille. On se demande si ces bêtes ne possèdent pas un genre d'intelligence. Peu importe, à force d'acharnement, un jour les bois seront nettoyés de ce fléau et nous pourrons de nouveau en profiter.

Amélia saisit un gros chat gris qu'elle posa sur ses genoux et changea de sujet :

— Votre présence nous fait honneur, Valène. Faya et moi allons vous enseigner nos us et coutumes. Demain, si vous le voulez bien, je vous ferai visiter le château, ainsi que les dépendances. Bien sûr, le prince Jalbert peut se joindre à nous.

— C'est avec ravissement que je me laisserai guider. Je connais l'histoire du royaume, mais qui n'est pas curieux de voir et de parcourir les couloirs empruntés jadis par des rois aussi célèbres !

— Vous verrez, nos fantômes sont très bien élevés et même très discrets, ajouta la reine, pince-sans-rire. Et maintenant nous ferions mieux de nous rendre aux courses. J'ai parié avec le roi Malock que ma jument allait battre son cheval, ce qui devrait me rapporter une fort jolie somme.

La reine se leva avec grâce et, suivie des deux femmes, s'empressa de se rendre aux estrades.

La foule se pressait pour mieux voir. Les chevaux trépignaient d'impatience et les cavaliers peinaient à les retenir. Le roi, debout à son balcon, agita joyeusement un mouchoir blanc pour donner le signal du départ. Dans un nuage de poussière et de mottes de terre, les puissantes bêtes s'élancèrent. Édwouard, roi de Théodie, bien assis dans un fauteuil, prenait plaisir à suivre la course. Il admirait la puissance des muscles qui travaillaient sous le dur cuir et la force que dégageaient les chevaux. C'était précisément sa passion. Depuis des années, il désirait acquérir un couple et augmenter ainsi la qualité de son haras pour fournir à ses éclaireurs et messagers de meilleures montures. Le mariage de Valène avec le prince lui donnerait l'occasion d'améliorer son cheptel, pensait-il.

Les chevaux prirent la direction des champs et disparurent. Seule une brume poussiéreuse témoignait de leurs passage. En se tournant vers le roi, Édwouard demanda :

— Le prince ne concourt pas ?

— Non. Selon la coutume, il ne doit être vu par la princesse que lors des présentations formelles. Nos écrits disent : « Quand les regards des promis se rencontreront, les deux lunes seront hautes et leur âme sera mise à nu. À cet instant, les dieux décideront si l'union sera bénie et si les deux se compléteront. » Entre nous, Édwouard, je n'ai jamais cru à ce genre de choses, mais la reine tient à ce que tout se fasse selon les règles.

— Je comprends. Ma femme, que j'ai tendrement aimée, ressassait sans cesse ce genre de dires.

Un murmure grossissait, annonçant l'arrivée des coureurs. La jument de la reine, bien en tête et les naseaux frémissants, franchit la ligne d'arrivée. Une ovation monstre monta de la foule. Plusieurs avaient doublé leur pari, dont la reine elle-même. Faya prit le bras de Malock en lui jetant un regard moqueur.

— Voyez, mon amour, me voilà plus riche.

— Et qu'allez-vous faire de cet or, ma mie ? Votre escarcelle est déjà bien gonflée.

— Je la donnerai à Dénys qui la distribuera aux divers orphelinats, ce qui assurera une gâterie aux enfants.

— Que de bonté, Majesté, dit la princesse Valène.

— Mais non, voyons, ce n'est qu'un juste retour des choses. Ces enfants appartiennent à l'État et nous nous devons de pourvoir à leur bien-être et à leur éducation.

Elle prit la main du roi, signifiant ainsi qu'il était temps de quitter les estrades. Suivis de la cour, ils reprirent la direction du château.

De son côté Gareth traînait dans les écuries avec son ami Pinolt. C'était un noble rondouillard, âgé de dix-sept ans à peine, d'apparence banale. Par son teint, son visage glabre trahissait, malgré ses jeunes années, la mauvaise nourriture et les excès de boissons. Grassouillet sur des jambes maigrichonnes, il était l'image même de la mauvaise santé.

Ils trouvèrent un coin tranquille éloigné des stalles et se laissèrent tomber sur un tas de foin. Pinolt sortit une flasque de ses poches et s'envoya une longue goulée.

— Tenez, mon prince, dégraissez-vous le gosier et dites-moi ce que c'est que cette histoire de prophétie.

— Elle remonterait à la nuit des temps et aurait été jalousement gardée par les sages de Léoden. Voici ce que je sais. Un soir de tourmente, Dénys, confident du roi, s'est vu possédé par une force surhumaine. Sous sa main qui tenait une plume, et cela indépendamment de sa volonté, est apparue une suite de mots et de lettres qui, à première vue, lui semblèrent être de l'écriture ancienne. N'y comprenant rien, Dénys invita Gauvin à en prendre connaissance. Il y reconnut la première phase de la pro-phétie d'Algor. Très peu la connaissent, du moins, c'est ce que m'a rapporté Korin. Ce qu'on en dit, c'est que les frères dieux se sont affrontés sur les monts Linghgot pour une question de juste mesure, ce qui, pour nous, pauvres humains, peut paraître stupide. Cependant, les deux frères équilibraient les mondes ; ils régnaient ensemble. Valbur harmonisait la naissance du jour, assurant ainsi la conti-nuité de la vie. Béléos, lui, orchestrait avec brio les forces de la nature. Mais il avait pris goût à la démonstration de la puissance des éléments et, souventes fois, il s'était laissé enivrer par le pouvoir qui lui était accordé. Il prit plai-sir à mettre en furie les forces et déchaîna des tempêtes qui mirent les terres à mal et détruisirent les bourgades. Valbur accusa son frère d'abuser de son don. Les deux devinrent des rivaux, mais Béléos entra dans une terrible colère et tenta d'éliminer son frère. Il s'ensuivit de grandes batailles.

Gareth arracha le flacon à Pinolt et but une longue gorgée. Il poursuivit :

— On dit que Valbur réussit à s'échapper à la dernière seconde en s'expulsant de son corps et qu'il trouva refuge dans une âme pure. Le porteur de l'âme, qu'on désigne comme l'Élu, devra, lors de l'éveil, trouver l'Icône qui dévoilera la seconde phase de la prophétie.

— Et d'où Korin tient-il cela ?

— Korin est digne de ma confiance ; ses sources sont infaillibles.

— Bien, maintenant, mon prince, en quoi cette prophétie d'Algor nous concerne-t-elle ?

— Je l'ignore encore. Franchement, j'ai l'impression que nous avons un rôle à jouer dans cette histoire. Mon père garde secrète cette mission de Gorrh. J'ai besoin d'aide pour découvrir ce qu'il trame. Je me méfie de ce qu'on prépare. Je veux m'assurer que mes alliés m'accorderont toute leur confiance. Je ne peux acquérir le trône seul.

— Je vous assure de mon soutien et de ma fidélité.

— Parfait ! Ce soir, je rencontre la princesse Valène, pendant le repas. Je t'ai placé à côté de Dénys. Essaie d'élucider une partie du mystère.

Les tables regorgeaient de nourriture et le vin coulait comme d'une source. La famille royale et sa suite avaient pris place et attendaient. Conformément à la coutume, la princesse se faisait attendre, ce qui mettait la patience du prince à rude épreuve. Les musiciens s'en donnaient à cœur joie, sans faillir à la modération. Gareth jeta un coup d'œil dans la salle et vit Dénys et Pinolt en grande conversation. De son côté, Korin s'amusait ferme ; déguisé en serviteur, il remplissait les verres et épiait du côté des cuisines. Jélima s'était vue expédiée par Amélia avec le petit peuple dans la cour du château où elle devait pourvoir au bien-être des gens, ce qui faisait l'affaire du prince ; elle serait ainsi ses yeux et ses oreilles. Rien de tel qu'un forgeron ou une blanchisseuse pour laisser échapper une information qui, à leurs yeux, semblait anodine, mais qui recelait une foule de renseignements utiles ! Ses pions étaient placés.

La musique cessa et le silence se fit. Les trompettes retentirent pour annoncer l'arrivée de la princesse et les têtes se tournèrent d'un seul mouvement vers les immenses portes. Valène s'avançait, escortée de son père, et regardait droit devant elle. Sa beauté éblouissait. Elle éclipsait toutes les femmes présentes. De sa personne irradiait une puissance que le prince ressentit comme un danger. Il se leva et, ébloui par cette magnificence, les jambes chancelantes, il se dirigea vers elle. Les deux lunes, qu'on devinait à travers le voile, dansaient dans le ciel. Elles laissaient traîner un pâle rayon de lumière qui, par la fenêtre, frôla les deux mains qui s'unirent lorsque Gareth saisit celle de la princesse. Leurs regards se croisèrent, s'accrochèrent, à la recherche de leur âme.

L'impact fut effroyable. Valène vit pour la première fois le mal en face. Elle en fut soudain comme imprégnée et une noirceur indescriptible s'abattit sur elle pour lui laisser un arrière-goût palpable de peur et de chagrin. Devant elle se tenait un homme prêt à tout pour régner. Aucune loi, aucune règle ne sauraient l'arrêter. Cet être ne respectait rien. De son côté, Gareth se heurta à un mur d'une force inouïe qui l'empêcha de fouiller l'âme de la princesse. Une crainte surnaturelle l'envahit. Il vit la peur au fond des yeux de Valène, qui fut vite remplacée toutefois par une expression de défi. Il lâcha la petite main et fit une courte révérence.

— Princesse, je suis heureux de vous rencontrer enfin !

— Moi de même.

— Laissez-moi vous accompagner à notre table.

Sa main enserra le bras de Valène et, d'un pas ferme, il la guida. La foule leur céda le passage en applaudissant.

— Jamais ! Vous m'entendez, père ? Jamais je ne l'épouserai !

Valène se tenait au milieu de la chambre du roi, en furie et les narines frémissantes. Les poings fermés, elle tapait rageusement du pied.

— Cet homme est le reflet de l'enfer, il respire le mal et sue la cruauté !

— Voyons, ma fille, ne me sors pas ce genre de sornettes ! Vous avez à peine eu le temps de vous voir. À moi, il semble un garçon charmant !

— Père, j'ai vu son âme et, croyez-moi, elle est d'une noirceur indescriptible. Je n'en veux pas comme époux. Faites-moi épouser n'importe qui, mais pas lui !

— Assez ! Je suis ton père et tu dois m'obéir. Tu vas prendre le temps de le connaître, ce ne sont que des légendes de bonnes femmes ces histoires d'âmes compatibles. Tu t'es laissée abuser par ton imagination ! À ton âge, une jeune fille est très influençable. Nous allons comme convenu rester ici deux semaines ; vous pourrez vous apprivoiser. Tu me feras le plaisir de démontrer de la bonne volonté.

— Mère m'aurait appuyée, elle ! Jamais elle ne m'aurait forcée à fréquenter un homme qui me répugne !

Sur ce, elle sortit de la pièce en claquant la porte. Las, le roi se laissa tomber dans un fauteuil et passa sa main dans ses cheveux gris. Sa fille, il la chérissait plus que tout. Pour elle, il était prêt à démanteler le monde. Pourtant, il devait passer outre à ses objections et l'unir au jeune prince. La survie de son royaume en dépendait. Au diable ces rituels ridicules qui étaient censés annoncer la couleur de l'avenir, ces histoires des deux lunes qui devaient présider au premier regard des futurs !

Il se releva péniblement et partit rejoindre son fils qu'il savait dans sa chambre. Il trouva Jalbert en train de farfouiller dans une pile de vêtements à la recherche de chausses propres.

— Jalbert, j'ai besoin de toi !

— Qu'y a-t-il qui ne puisse attendre que je sois présentable ? Vous semblez possédé par mille démons venus droit des enfers.

Il exhiba triomphalement des chausses froissées et se pressa de les enfiler, tout en ajustant sa chemise tout aussi chiffonnée.

— Jalbert, quand apprendras-tu à mieux t'ordonner ? Un prince doit être à la hauteur de son titre. Tu as un valet spécialement pour ça. Avec son aide, tu n'aurais pas à te tracasser et tes vêtements seraient mieux classés et plus soignés.

— Voyons, père, vous le savez bien, je déteste qu'on s'immisce dans mes affaires. Croyez-moi, je m'en sors très bien ainsi. Alors, que puis-je pour vous ?

— Elle ne veut pas l'épouser !

— …

— Elle dit qu'il a une âme de damné…

— …

— Toi seul peux la convaincre. Elle te fait confiance aveuglément. Pour le royaume et pour ton roi, il faut que tu lui fasses entendre raison.

— Père, je suis d'accord avec elle.

— Non, ne dis pas ça !

Le roi sentit comme une gifle lui rougir le visage. De sa voix cassante, il hurla :

— Comment pouvez-vous détester quelqu'un au premier coup d'œil ? Tu ne lui as même pas parlé. Quand les présentations ont été faites, tu t'es contenté d'un : «Salut mon prince !» Et ce, sans chercher à mieux le comprendre.

— Vous avez raison, père, mais ce jeune homme est inintéressant. Là où j'étais, je ne pouvais faire autrement que de l'écouter. À l'entendre parler, lui seul possède une histoire, le monde tourne autour de sa personne. Je n'en voudrais pas comme ami, et encore moins comme beau-frère.

— Jalbert, notre royaume doit se joindre à celui de Valberingue. Nous avons besoin de leurs routes et cette union nous garantira l'ouverture des frontières, indispensable à la consolidation du commerce.

— J'en suis conscient, père. Je vais parler à Valène. N'étant pas convaincu moi-même, je doute fort de réussir à l'amener à voir ce garçon d'un bon œil. Par contre, je crois pouvoir aiguiser son sens du défi et faire en sorte qu'elle décide par elle-même de vérifier ce qui se cache derrière ce jeune prince. Je ne peux vous assurer qu'elle acceptera de l'épouser.

— Peu importe ! L'essentiel c'est qu'elle accepte de le fréquenter pendant notre séjour. Qui sait, peut-être changera-t-elle sa manière de penser, ce qui m'empêcherait de la traîner de force à son propre mariage !

— Père, vous ne feriez pas ça ! s'exclama Jalbert, outré.

— Oh que si, mon garçon ! Elle l'épousera, je t'en donne ma parole !

Chapitre trois

Force détours furent faits afin d'éviter les broussailles et les ravines, caches privilégiées des monstres et démons. Plus les compagnons s'enfonçaient dans les bois, plus ceux-ci les engloutissaient. La brume qui les accompagnait depuis l'aube les enveloppait de son épais manteau et Gorrh sentait l'humidité s'accrocher à ses vêtements. Il leva la tête et aperçut Philin qui tressautait sur son cheval en maintenant un galop d'enfer. Pour un Ponède, il ne s'en tirait pas trop mal. Les Ponèdes étaient reconnus pour leur endurance à la marche à pied; par contre, c'était de piètres cavaliers. Cela faisait une demi-journée qu'ils chevauchaient et ses amis ne semblaient pas gagnés par la fatigue. Lui-même se surprenait à prendre plaisir à la randonnée.

Alors que la petite troupe arrivait sur une butte, Philin leur fit signe de s'arrêter.

— Allez, on fait une halte. On mange et on se repose les fesses!

Ils se trouvaient dans une clairière bordée de saules immenses dont les rameaux caressaient le sol, alors que de petites touffes de fleurs rouges tapissaient le terrain pourtant moussu, ce qui surprenait vu le peu de clarté que laissaient filtrer les feuillus. Ils mirent pied à terre. Après s'être laissé tomber d'une façon fort disgracieuse de son cheval, Philin s'étira pour faire circuler le sang dans son corps fourbu. Chaque muscle le faisait souffrir.

— Une bonne promenade me rendrait la forme, mais un besoin plus urgent demande vite une réponse. Comment procède-t-on pour les chevaux et la nourriture? demanda-t-il.

— Moi je veux bien m'occuper des chevaux; pour la bouffe, je suis nul.

— Entendu, Érick. Qui se propose pour notre bien-être gastronomique?

Toutes les têtes se tournèrent vers Rize.

— Bon. Eh bien, dans ce cas, c'est d'accord! Mais je vous avertis, je ne veux aucun commentaire sur ce qu'il y aura au menu et dans vos gamelles. Vous mangerez ce que je vous donnerai et pas un mot.

De sa voix autoritaire, elle ajouta:

— Gorrh, ramasse le bois pour le feu; choisis-le bien sec.

Sur ce, elle tendit la main vers les sacs à provisions et y farfouilla en grommelant. Une fois le feu bien allumé, elle mit l'eau à bouillir. Quand des bulles éclatèrent à la surface, elle y plongea des feuilles de thé. Le temps de l'infusion, ils mangèrent du jambon, des fromages et des galettes.

— Dites-moi, Philin, êtes-vous déjà allé à Léoden? demanda Érick, la bouche pleine.

— Non. D'après la carte de Gauvin, nous devrions y arriver d'ici cinq à six semaines. Tout dépendra de ce que nous rencontrerons en cours de route. Par contre, je connais bien les régions du nord pour y avoir chassé l'an passé. J'y ai vu des créatures horribles. Quand nous y serons, nous devrons redoubler de vigilance.

— On ne pourrait pas les éviter et prendre un autre chemin? demanda Gorrh qui se souvenait de sa dernière rencontre avec les galeux.

— Il y a toujours la montagne maudite.

— Alors, pourquoi la contourner?

— C'est le souhait que le roi a formulé. En outre, les dieux eux-mêmes n'y posent pas un regard. Cette montagne vole l'âme des hommes. On raconte qu'un jeune trappeur s'y est perdu. Il posait ses pièges en bordure. Un jour en relevant ses prises, il vit un énorme renard roux qui s'y aventurait. Jamais il n'avait vu une bête avec une aussi belle fourrure. Il décida donc de la suivre malgré les dangers. Un vieux berger qui passait par là un peu plus tard l'a vu qui errait auprès de la montagne. À n'en pas douter, le jeune homme avait côtoyé l'enfer. Le regard fou, il ne cessait de répéter: «Elle se nourrit de nous! Elle se nourrit de nous!» Terrorisé, le trappeur s'était écroulé devant le berger, qui l'avait fouillé et avait trouvé un parchemin fait d'écorce de bouleau qu'il avait fabriqué; il y avait écrit de son sang son histoire. Il relatait son parcours depuis sa disparition, ainsi que ses rencontres avec des esprits maléfiques. D'après les descriptions qu'il avait faites, la montagne cache dans ses bois des pièges et des sortilèges inimaginables. Il n'y a ni route, ni point de repère. On y affronte nos pires peurs. Voilà pourquoi nous devons l'éviter.

— Avec la magie de tante Rize ne serions-nous pas protégés?

— J'ai déjà été confrontée à des esprits maléfiques, répondit Rize en tendant une tasse de thé à Philin. Nous étions trois magiciens et nous avons combiné nos énergies pour les expédier là d'où ils venaient. Croyez-moi, ce ne fut pas de tout repos. Mon pouvoir est grand, cela dit en toute modestie, mais, seule, je ne sais si je pourrais assurer votre protection. Quand on tombe sur un esprit tordu, il suce toute notre énergie, et si possible notre âme.

Un battement d'ailes se fit entendre et une boule de plumes s'abattit sur Gorrh qui sursauta. Carmille se hissa sur son épaule et roucoula.

— Tiens, salut, la volaille. Tu atterris aussi bien que Philin monte.

— Mon prêtre, sachez que pour un Ponède je suis un bon cavalier. Bien sûr, je n'ai pas la grâce d'Érick, mais pour moi, l'important, c'est de me rendre à destination.

— Philin, appelle-moi Gorrh et tutoyons-nous. Je ne suis pas prêtre, mais simple novice.

— Parfait Gorrh, dit Philin avec une légère révérence et un ton moqueur.

Il rajouta aussitôt :

— Allez ! Il nous faut partir. Nous avons encore un long trajet à parcourir avant la nuit. Je veux atteindre le bourg d'Albourd au coucher du soleil. J'y connais une fort jolie auberge. On remballe.

Ils enfourchèrent leur monture et, suivis du pigeon, s'élancèrent à travers bois. Après quelques lieues, ils débouchèrent aux abords d'une rivière large d'une vingtaine de coudées. Philin s'arrêta et montra l'autre côté du cours d'eau. Gorrh le trouva très peu accueillant. En effet, sur la rive opposée, un tracé mal entretenu s'enfonçait dans un fouillis de branches et de feuilles.

— Voici mon plan, dit Philin. Nous traversons ici, la rivière est peu profonde. Cet obstacle franchi, j'ouvrirai la route et Érick la fermera. Ces bois regorgent de créatures démoniaques. Je crois être capable de les éviter, mais chaque détour peut nous réserver des surprises. Ah oui, Gorrh, rappelle ton pigeon, car du haut des airs il ne pourra pas nous suivre ; la végétation est trop dense. Tu n'auras qu'à le mettre dans une de tes sacoches. Des questions ?

— Euh ! Oui…

— Quoi, Gorrh ?

— Maître Kerv ne m'a pas dit comment…

— Comment quoi, demanda Rize en fronçant les sourcils.

— Comment le faire venir à moi.

— Essaie tout simplement de l'appeler par son nom, mon chéri, répondit Rize avec un sourire moqueur au coin des lèvres, ce qui y fit naître de petites ridules.

Gorrh se remplit les poumons et poussa un «Carmille !» retentissant. Il se tourna et se retourna sur sa selle en cherchant dans les airs afin de l'apercevoir. Il le reçut en plein sur la nuque. Des pattes griffues s'accrochèrent à son cou. Il rentra la tête dans les épaules, se tortilla et réussit à attraper l'oiseau qui rampait vers son crâne pour le fourrer dans une de ses sacoches dont il s'empressa de refermer le rabat.

— Voyons, Gorrh, dit sa tante dans un accès de fou rire, laisse-lui au moins un espace ; il faut qu'il respire.

Avec un soupir, Gorrh délaça une partie de l'ouverture de son sac, juste assez large pour entrevoir la tête emplumée de Carmille.

— Les oiseaux sont vraiment stupides, du moins, celui-ci. Je vais devoir lui apprendre à atterrir.

— J'ai hâte de voir ça, dit Érick.

— Bon, on y va, lança Philin en pénétrant dans la rivière.

Ils se suivirent à la queue leu leu. Des pierres qui dépassaient de l'eau les obligeaient à avancer lentement.

De l'autre côté, ils firent halte avant de s'engager dans la forêt.

— N'oubliez pas, rappela Philin, la moindre chose qui vous semble hors de l'ordinaire, vous m'en avisez. Gorrh, de temps en temps, jette un œil sur Érick et assure-toi qu'il suit

Sur ce, ils entrèrent dans l'enchevêtrement végétal.

Aussitôt, ils se sentirent oppressés. La pénombre régnait et une forte odeur de moisissure les assaillit. Gorrh devinait à peine la silhouette de Rize devant lui. Ils chevauchaient difficilement dans le sentier à peine tracé. La ramure des arbres entravait la liberté de mouvement. On aurait cru que chaque pas était une victoire pour l'ennemi, qui tantôt frappait le visage, tantôt égratignait les mains. Bercé par le balancement de son cheval, Gorrh laissa ses pensées vagabonder. Ces derniers jours les événements se bousculaient; sa vie avait basculé. Orphelin et depuis toujours voué à une vie de prêtrise sans histoire, voilà qu'il était maintenant en route vers Léoden, alors que le roi lui-même lui prédisait un avenir peu commun. Lequel? Là était la question. Il se sentait très ordinaire. Bien sûr, il se passait de drôles de choses dans sa tête, quelqu'un ou quelque chose poussait ses pensées et s'emparait par moment de sa volonté, ce qui lui faisait commettre des bizarreries. Cela aiguisait sa curiosité, sans doute, mais en même temps la peur le fouaillait et son imagination lui proposait les pires scénarios. Il nourrissait de plus en plus de doutes sur sa santé mentale. Il devrait peut-être en parler à tante Rize.

Il jeta un coup d'œil derrière lui et entrevit dans la pénombre du sous-bois Érick qui lui faisait signe que tout allait bien. Arrivé près d'un ravin, il se sentit pris d'angoisse et de vertiges. Ses yeux lui faisaient mal et sa tête voulait exploser. Il fit stopper sa monture, croyant atténuer ainsi le malaise, et ferma les yeux. Érick faillit lui rentrer dedans. Le jeune garde n'eut que le temps de le soutenir pour l'empêcher de tomber de cheval.

— Philin ! cria Érick.

Gorrh avait les yeux révulsés. L'inconscience le gagnait. Avec peine, Philin et Rize rebroussèrent chemin. En voyant le teint livide de son filleul, Rize, inquiète, ordonna :

— Vite, aidez-moi à l'étendre.

Avec délicatesse, ils le déposèrent sur un tapis de fougères.

— Qu'as-tu, demanda Rize en lui caressant les cheveux.

Gorrh secoua la tête et leva vers sa marraine un regard halluciné.

— Nous ne devons pas traverser ce ravin, sinon, ma tante, vous mourrez.

— Que me chantes-tu là ? Tu as vu quelque chose ?

— Oui, enfin non, bien, oui et non. Dans ma tête ! C'est dans ma tête, que ça s'est déroulé ! Une horde de bêtes nous a attaqués, elles nous ont surpris. Malgré le courage d'Érick, elles vous ont saisie et entraînée dans les bois. Nous n'avons pas pu vous sauver.

— C'est ce qui t'a donné la migraine ?

— Enfin, je crois. J'ai eu mal juste avant. Mes yeux voulaient sortir de leur orbite. Maintenant, ça va un peu mieux. Ma tante, qu'est-ce que j'ai ?

— Je crois que tu as eu une vision, mais ne t'en fais pas ! dit-elle en lui tapotant la main pour le rassurer.

— Une vision ! s'exclama Philin. Il a des visions ?

— Personne n'est parfait, dit Rize, il y a des gens qui n'y échappent pas. Est-ce la première fois, Gorrh, que tu as ce genre de prémonition ?

— Oui, et croyez-moi, je pourrais m'en passer. C'était horrible!

— Tu t'y feras. Je t'apprendrai à maîtriser ton esprit.

— Et alors, que fait-on? demanda Érick qui regardait Gorrh d'une drôle de manière. Je ne me sens pas le courage de foncer dans une horde de monstres affamés. Philin, y a-t-il une autre possibilité?

— Un instant! s'exclama Rize, la voix sévère. Ne changeons pas nos plans.

— Quoi! Mais vous n'y pensez-pas! Vous allez mourir, madame, rétorqua Érick avec un regard horrifié.

— Oh! comme il est trognon! dit Rize.

Il se mit à rougir.

— Ne vous en faites pas, jeune homme, enchaîna-t-elle. Maintenant que nous sommes prévenus, je me servirai de la magie. Nous traverserons ce nid de monstres sans le moindre problème. On remonte sur nos montures et je jette un sort d'invisibilité et de non-odeur. Je ne veux pas entendre un mot le temps de la traversée. Philin, nous devrons avancer lentement, car je limiterai la vue des chevaux, ainsi que leur ouïe et leur odorat; il ne faut pas qu'ils prennent panique. Vous êtes prêts?

Ils acquiescèrent à l'unisson et remontèrent. Rize marmonna quelque chose et balança la main de gauche à droite. Elle regarda Philin et lui fit un signe de tête. Ils s'engagèrent d'un pas régulier dans le ravin. Après une dizaine de minutes, des grognements sourds se firent entendre. Les buissons en bordure du chemin frémissaient, laissant deviner des présences menaçantes. Dans un détour, à l'ombre d'un gros rocher, Gorrh aperçut une petite troupe de bêtes agglutinées. Elles étaient accroupies, en attente. Ils passèrent tout près, jusqu'à les frôler. Il ne put s'empêcher de les regarder. Elles étaient hideuses. Leur corps robuste et difforme était surmonté d'une toute petite tête. Elles avaient les oreilles pointues et des yeux globuleux. Le nez manquant était remplacé par deux trous qui leur mangeaient le visage. La gueule, animée par de puissantes mâchoires, laissait voir des incisives effrayantes. Gorrh sentit battre son cœur et serra les doigts sur les rênes. Philin, droit sur son cheval, continua à ouvrir la marche. Il évitait le plus possible d'approcher les créatures. Avec un soupir de soulagement, ils se retrouvèrent de l'autre côté. Passé une demi-lieue, ils s'arrêtèrent. Rize balança la main pour annuler les sorts qu'elle avait jetés. L'épuisement se lisait sur son visage.

— Madame, ça va ? demanda Philin, inquiet de sa pâleur.

— Ça ira. Ce genre de tour de magie demande beaucoup de concentration et je fatigue très vite.

— Vous avez vu ? Non, mais vous avez vu ces montres ? Par les dieux bons, jamais je n'aurais imaginé qu'il puisse exister des êtres aussi laids, s'exclama Érick, tout aussi blême que Rize.

— C'était des mange-cœurs, dit Philin avec un frisson. J'en ai déjà attrapé un et l'ai disséqué. Leur sang est noir comme l'enfer. Leur cervelle est grosse comme un petit pois, mais grande est leur férocité. Ils se déplacent en meute et se nourrissent d'organes vitaux, peu importe leur proie. Nous devons redoubler de vigilance : là où il y a un troupeau de mange-cœurs, non loin d'eux traînent des bêtes semblables à des chacals, les vidangeurs, qui, eux, dégustent les restants.

— C'est dégoûtant ! fit Gorrh avec une grimace.

— Oui, en effet, mon ami. Reposez-vous quelques minutes, je vais en reconnaissance m'assurer qu'il n'y a pas de danger.

Philin sauta en bas de son cheval et tendit la longe à Érick.

— À pied, je passe plus facilement inaperçu, dit-il sur un ton d'excuse.

D'un pas assuré, il s'enfonça dans la nature.

Une heure s'écoula. À son retour, ses compagnons avaient les nerfs à fleur de peau.

— Il n'y a pas l'ombre d'une bestiole dans le coin, dit-il, l'air satisfait.

Ils enfourchèrent leurs montures et s'élancèrent au grand galop vers Albourd.

Ils y arrivèrent à la tombée du jour et se rendirent sans délai à l'auberge. L'établissement n'en portait que le nom. C'était un vieil édifice décrépi qui semblait ne tenir debout que grâce aux épaisseurs de peinture rajoutées au fil des ans. Son enseigne délabrée, d'un bleu lavé par la pluie, battait au vent avec un bruit grinçant. Elle affichait les mots: *Sanglier d'or*. Les écuries ne payaient guère de mine.

— Ouah! Philin, quel luxe! s'exclama Érick moqueur. Tu nous avais bien prévenus que c'était une fort jolie auberge?

D'un air gêné, Philin tritura un de ses boutons.

— Enfin, pour moi qui suis habitué à dormir à la belle étoile c'est un fort joli gîte. Malgré son apparence, nous y trouverons un accueil, croyez-moi, chaleureux.

Et il avait raison. Après avoir mis les chevaux à l'écurie, l'aubergiste, un sourire engageant traversant son gros visage joufflu, les installa à une table tout près du foyer d'où se dégageait une agréable chaleur. Les meubles, quoique disparates, étaient solides. Le plancher strié par les coups de talons témoignait d'un va-et-vient presque centenaire. De la cuisine cachée par deux battants s'échappaient des effluves appétissants qui réveillèrent l'estomac des voyageurs. Gorrh regarda autour de la salle ; ils étaient les seuls clients.

— Votre auberge me semble bien calme, remarqua-t-il.

— Messire, nous sommes à la morte-saison. J'ai bien quelques clients absents pour le moment, mais qui reviendront au lever des lunes se nicher dans leur lit.

— Et pour nous, demanda Rize, avez-vous quelques chambres disponibles ? Sinon, pourrions-nous bénéficier de vos écuries pour la nuit ?

— Que les dieux me bannissent à jamais si je n'ai pas pour vous, gente dame, une chambre décente. Par contre, ces messieurs devront se contenter de partager la paille des chevaux, les autres chambres étant occupées.

— De mieux en mieux, marmonna Érick.

Il jeta à Philin un regard plein de rancune.

— Voulez-vous un bon repas ? Ma femme, Soria, a préparé de délicieux pâtés aux pigeons. Vous verrez, ils sont succulents.

— Aux pigeons ! s'écria Gorrh, se souvenant de Carmille oublié dans sa sacoche.

Il se leva d'un bond et palpa son sac qui pendouillait sur la chaise. Il l'ouvrit, saisit Carmille qui dormait et l'en retira.

— Celui-ci, vous ne le mangez pas, dit-il à l'aubergiste. J'en ai besoin.

— Oh ! qu'il est dodu ce pigeon, remarqua la femme de l'aubergiste qui déposait justement une cruche de bière devant les convives. Je vous l'achète un demi-tourain, offrit-elle avec un sourire.

— Non ! Il est à moi.

Gorrh sentait monter la colère.

— Allons messire, dit l'aubergiste d'un ton conciliant, c'est d'accord, il est à vous. Si vous le permettez, je vais vous prêter une petite cage, pour le mettre en sûreté. Ce sera tout de même mieux que cette sacoche.

Rassuré, Gorrh approuva de la tête. Les amis attaquèrent les pâtés qui étaient en effet excellents. Une fois qu'ils eurent mangé et qu'ils se furent réchauffés avec un bon grog, Rize monta dans sa chambre pour la nuit et les trois compagnons se retrouvèrent à l'écurie.

— Et voilà pour le luxe! marmonna Érick sur un ton de reproche en désignant les alentours.

— Voyons Érick, la paille est fraîche, l'endroit est chaud et sec, constata Gorrh avec un sourire avenant. Nous dormirons comme des pierres.

— C'est ça, continua Érick en se mettant à fouiller dans son barda.

Il en retira sa couverture et se fit un nid dans la paille. Avec un air offensé et des gestes brusques, il s'enroula dans le drap rugueux et leur tourna le dos. Gorrh et Philin se dépêchèrent de l'imiter.

Au matin, ils se retrouvèrent devant un petit déjeuner qui aurait fait la joie d'un ogre. Ils s'empiffrèrent d'œufs, de crêpes et de saucisses, le tout arrosé de thé brûlant. Le temps qui, pour une fois, montrait de la bonne volonté les incita à se remettre en route aussitôt sustentés. Ils parcoururent des lieues et des lieues, cheminèrent dans un paysage d'arbrisseaux malingres, traversèrent des rivières au fort courant et contournèrent de profonds ravins, en ne prenant que le temps de se nourrir et en ne consacrant que quelques heures par jour au sommeil. Ils apprécièrent l'expérience de Philin qui leur évitait bien des embuscades. À la tombée du septième jour, ils montèrent le campement en bordure d'une rivière.

Malgré sa fatigue, Gorrh sentit le besoin d'aller à la pêche. Il se confectionna une perche avec la tige d'un jeune arbre au bout de laquelle il mit un fil. Il creusa la terre et y trouva un beau gros ver tout luisant. Installé confortablement près du cours d'eau, il lança sa ligne. Un sentiment de bien-être monta en lui. Philin s'approcha et s'enquit :

— Alors, ça mord ?

— Cette rivière regorge de poissons, répondit Gorrh. Dis à tante Rize qu'il y aura des truites pour le repas.

— Comment peux-tu en être sûr ? Tu viens à peine de tremper ta ligne.

— Je le sais, c'est tout. Allez, va nous préparer un bon feu, je vous rejoins dans peu de temps.

Sur ce, la ligne plia et Gorrh remorqua un gros poisson. Ébahi, Philin se dépêcha d'aller prévenir Rize.

— Du poisson ? Mais Gorrh déteste la pêche, et le poisson. Jamais je ne l'ai vu en manger.

Rize était sceptique.

— Vrai comme je suis là, madame ! Il m'a prévenu qu'il s'occupait de rapporter le repas du soir.

— Eh bien, allons-y pour du poisson !

Elle fouilla dans ses bagages et en sortit casseroles et théière, pendant que Philin s'occupait du feu. Gorrh revint bientôt le sourire aux lèvres. Il tenait une branche où pendaient ses captures saumonées. Profondément heureux, il offrit son trésor à sa tante.

— Tenez ma tante, tel que promis !

Rize le dévisagea longuement. Elle prit les truites et s'enquit :

— Merci, mon garçon, tu en mangeras bien une ou deux ?

— Trois, si ça ne vous fait rien. J'ai une faim de loup.

Elle se mit à l'ouvrage. Ils firent un repas royal. Gorrh savoura ses prises avec gourmandise. Repus, ils flânèrent tard près du feu et échangèrent leurs impressions sur leur voyage. Quelque temps après la levée des lunes, Érick et Philin se retirèrent. Restée seule avec Gorrh, Rize en profita pour amener la conversation sur les événements de l'après-midi.

— Dis-moi, mon garçon, tu aimes vraiment la pêche?

Le regard troublé, le jeune homme fixa sa tante. Il hésitait entre lui révéler la vérité, ce qui le ferait sûrement passer pour fou, et lui faire un pieux mensonge en lui disant qu'il adorait ce sport qu'il avait découvert dernièrement. Mais comment mentir à cette femme qui lui avait tout donné? Avec sa grande sagesse, peut-être que Rize trouverait la solution à son problème. Il se lança à l'eau. Peut-être y trouverait-il un tronc flottant auquel s'accrocher!

— Non, ma tante, elle me répugne.

— Alors, pourquoi t'y es-tu mis avec une telle détermination? Tu te pavanais, fier comme un coq, tout à l'heure, quand tu m'as rapporté tes prises, sans compter que tu as dévoré ton poisson. Tu aimes le poisson?

— Non, ma tante, il me lève le cœur.

— Tu veux bien me dire ce qui ne va pas, Gorrh?

Avec un profond soupir, Gorrh s'accrocha à la perche que lui tendait sa marraine.

Les mains moites, les traits du visage tendus, il entreprit de décrire à sa tante les émotions qui lui broyaient le cœur, pendant que son regard se réfugiait dans les flammes.

— J'ai peur d'être fou. Peut-être y en a-t-il dans ma famille. Je ne connais pas mes origines, mais j'ai sûrement une parenté quelque part. Je suis peut-être celui qui a hérité de la tare familiale. Tenez, vous, tante Rize, votre corps et votre conscience ne font qu'un. Quelquefois, vous devez lutter avec votre conscience afin de prendre la bonne décision, mais c'est vous qui avez le dernier mot, vous imposez votre volonté. Moi, par contre, souventes fois quelque chose d'étrange domine mes pensées. Une sorte d'ambiguïté prend toute la place, elle me dicte mes désirs et mes gestes. Le pire c'est que je ne puis me défendre d'apprécier ces moments. Quand je me retrouve seul avec moi-même après les gestes qui m'ont été imposés, je me sens comme incomplet. Est-ce ainsi que commence la folie ? Il y a les rêves, aussi ! Depuis quelques semaines, je ne connais plus de nuits paisibles. Mon sommeil est perturbé par des cauchemars où je vois des terres de désolation ; je ressens un immense regret de choses que j'aurais perdues mais dont j'ignore la nature, j'éprouve une peine immense à cause de ce qui n'est plus. Comment puis-je voir en rêve ce que je n'ai jamais vécu ? Dites-moi, est-ce que la folie me possède ?

— Viens là, Gorrh.

Rize tendit les bras pour le recevoir. Il se leva et s'y réfugia. La senteur et la chaleur du corps de sa marraine le réconfortèrent. En le serrant tout contre elle, elle se mit en devoir de le rassurer.

— Je peux t'assurer que tu es issu d'une famille honorable, exempte de toute maladie.

Il voulut prendre la parole, mais, d'un geste aussi doux que le vol d'un papillon, elle effleura ses lèvres de son doigt.

— Non, laisse-moi finir. Oui, je connais tes parents. Ne me demande pas qui ils sont, je n'ai pas le droit de te répondre, du moins pas encore. Par amour pour toi, ils ont dû te mettre au monastère où ils te savaient en sécurité. Tes rêves, tes visions et tes manières d'agir font partie du déroulement normal des choses. Tu es encore bien jeune pour tout comprendre. C'est pourquoi tu es attendu à Léoden où te sera révélé qui tu es vraiment. Les sages te guideront et t'aideront à comprendre et à t'accepter.

— Ma tante, vous savez qui je suis ?

— Oui, je le sais. Tu es celui que j'ai vu grandir et qui m'a donné de grandes joies. Tu es celui qui a pris toute la place dans mon cœur, car je t'aime comme mon propre fils. Ne t'en fais pas, mon garçon, je suis avec toi et tout va bien se passer. Maintenant, allons nous coucher, il se fait tard et nous avons une longue route demain.

Elle lui baisa le front.

Chapitre quatre

Malgard avait dispersé ses hommes, accompagnés de gops et autres monstres immondes aux multiples pouvoirs. Le mage noir les avait éparpillés dans les grandes régions qui bordaient Léoden. Bien sûr, aucune route ni le plus petit sentier n'avait été oublié. Ils devraient fouiller montagnes et bois à la recherche des novices qui se dirigeaient vers le lieu désigné. Les villes et les villages seraient visités, afin de glaner des renseignements sur la venue d'étrangers.

Les sages de Léoden possédaient l'unique écrit des âges anciens et connaissaient la cache où reposait l'Icône. Le lieu était inaccessible aux patrouilleurs, mais Malgard avait eu la brillante idée de déployer une centaine de ses hommes aux abords de l'endroit. De plus, des magiciens noirs s'étaient faufilés dans la population, déguisés qui en commerçant, qui en voyageur ambulant, qui encore en mendiant.

Depuis quelques semaines, Béléos percevait le début de l'éveil, car une faible amélioration des températures se faisait sentir. Bien sûr, aucun mortel ne pouvait se rendre compte de ce léger réchauffement. Le temps pressait, l'Élu était en route. Le problème consistait maintenant à trouver de qui il s'agissait. Le seul indice que Béléos possédât était l'âge approximatif du porteur du faux dieu. Il devait avoir près de dix-sept ans. Était-ce une fille ou un garçon? Il l'ignorait, ce qui le mettait en fureur. Il était encore trop tôt pour qu'il ressente l'énergie de l'âme parasite, mais cela ne saurait tarder. Pour le moment, l'important était de bien disposer ses hommes et de faire le guet.

— Damnation! Tu me dis bien cinq novices?

— Pardon! Oh dieu suprême, je dis bien cinq novices. Trois garçons et deux filles, tous de différentes régions et du même âge.

Béléos et Malgard étaient assis dans le jardin du château qui trônait sur les monts Linghgot. Perdu dans les brumes nuageuses et protégé par les enchantements, l'endroit était inaccessible au commun des mortels. C'était un lieu tapissé de roches moussues et de pierres érodées par le temps. Aucun arbre n'y prenait racine.

D'un mouvement impatient, Béléos passa la main dans sa chevelure hirsute.

— Sont-ils tous sous surveillance?

— Oui, être parfait, ils sont épiés par mes meilleurs hommes. Ils n'atteindront pas le but de leur voyage.

— Malgard, tu es stupide! Ils doivent y arriver, au contraire! Seul l'Élu peut nous conduire à l'Icône. Nous devons l'identifier avant qu'il n'y parvienne et, pour cela, nous devrons suivre chacun de ces novices. Il faut les provoquer, connaître leurs réactions face au danger. Peut-être le faux dieu se trahira-t-il. Ainsi nous saurons qui est l'Élu.

Béléos étira le bras pour caresser son gops étendu à ses pieds. Ses longs doigts creusèrent les poils rêches pour égratigner la peau pourtant épaisse de la créature. Du sang se mélangea à la fourrure.

— Quand les sages en auront fini, il nous conduira jusqu'à l'Icône. Bien sûr, avec de la chance et toute la ruse souhaitable, nous la retrouverons avant eux.

Malgard sentit des sueurs froides lui couler dans le dos. Il avait un problème, un gros problème ; Korin, son meilleur mage noir, était à la poursuite d'un jeune novice qui venait de quitter le royaume de Valberingue pour se diriger vers Léoden et il avait pour mission de le trucider. De plus, il avait coupé toute communication avec ses supérieurs afin de mieux se concentrer sur sa proie. À moins qu'il ne contacte lui-même Malgard, celui-ci ne pouvait l'atteindre.

Par ailleurs, Gareth soupçonnait ce jeune homme d'être le bâtard du roi et il ne devait y avoir aucun obstacle à son accession au trône. Et si ce novice était l'Élu !

Malgard blêmissait, en proie à ces pensées troublantes. Le dieu haussa les broussailles qui lui servaient de sourcils.

— Qu'as-tu à te tortiller ainsi, misérable ?

— C'est Korin…

— Quoi, Korin ? Il a un problème avec le prince ?

— …

Béléos avait besoin de Gareth pour le représenter dans ce monde ; l'adolescent possédait une noirceur d'âme comparable à la sienne. C'est pourquoi, quelques années auparavant, il avait fait en sorte que Korin rencontre le prince pour préparer le terrain. Le mage noir avait pour mission de le surveiller et de maintenir son emprise sur lui.

— Parle, misérable vermisseau, ou je t'arrache la langue !

En s'efforçant de rassembler les débris de son courage, Malgard se mit en devoir d'expliquer à son dieu ce qui le préoccupait. Béléos vit rouge.

— Par les enfers, que tous les démons te mangent la cervelle avant ta mort! Je te maudis, Malgard! Entends-moi bien: si ce jeune novice n'arrive pas à Léoden avec tous ses morceaux, je te jure que tu pourriras éternellement en enfer. S'il s'agit de celui qui porte l'âme de mon cher frère et que Korin le tue avant le temps, sois rassuré, il t'y rejoindra. Envoie des chasseurs à la poursuite de Korin et arrange-toi pour qu'ils le trouvent.

Avec un sourire doucereux, il ajouta:

— Il en va de ta vie éternelle, mon cher ami!

Le bras levé, Korin fit arrêter ses hommes. Tous étaient fourbus; une pluie torrentielle les mitraillait depuis deux jours et leur avait donné du fil à retordre; en noyant les sentes, elle avait effacé les indices. Lyam, vieux traqueur chevronné, avait malgré tout su déjouer les astuces de la nature et après maints détours il avait retrouvé la piste empruntée par leurs proies. Elles avaient pris un chemin inhabituel, s'écartant des routes et coupant à travers bois et rivières, au risque de rencontrer des créatures dange-reuses.

Korin connaissait ceux qui accompagnaient le futur prêtre. C'était la crème, pour un novice. De telles pré-cautions pour assurer la sécurité du voyageur cachaient certainement quelque chose.

Malgré le retard occasionné par la pluie diluvienne, il décida de monter le camp. De toute manière, la nuit allait bientôt être là. Ses hommes affichaient des visages tendus par la fatigue. Aux mouvements raides de leurs muscles endoloris, Korin jugea qu'ils avaient bien mérité un peu de repos. Les tentes s'élevèrent, pendant que le repas chauffait.

Devant eux serpentait une rivière peu accueillante. Sur la berge opposée, on pouvait deviner travers les filaments brumeux un bois à faire frissonner le plus téméraire; les arbres étiraient de longues branches maigres à peine garnies de feuilles, qui pointaient comme des doigts griffus à l'affût de quelque chevelure. Une piste mal déblayée s'enfonçait dans une pénombre inhospitalière.

— Vous êtes certain qu'ils ont traversé ici ? demanda Korin à Lyam.

— Messire, à des lieues à la ronde, il n'y a pas d'autres possibilités. Peu de gens connaissent cet endroit; seuls quelques initiés l'utilisent. Le Ponède a défié cette rivière souventes fois lors de ses expéditions de chasse. Il connaît bien ce gué.

— Et ces bois, que nous réservent-ils ?

— Des peurs et des sueurs froides. Je peux vous assurer que nous ne sommes pas au bout de nos peines. Demain, nous devrons redoubler de vigilance. Parlez à vos hommes ce soir et assurez-vous qu'ils comprennent bien ce qui les attend.

— Avec ma magie, je crois être capable de faire face à quelque bête infernale que ce soit.

— Détrompez-vous, messire ! Dans cette forêt se cachent des monstres dont les pouvoirs ne peuvent être déjoués, même par un magicien de haut niveau. Qui sait, avec de la chance, peut-être tomberons-nous sur des créatures moins menaçantes ! Si Philin et ses compagnons ont pu passer, c'est qu'ils ont eu, en plus de l'expérience du Ponède, la bénédiction des dieux. Souhaitons en disposer nous aussi.

— Pour avoir emprunté cette route à quelques reprises, vous n'en êtes pas moins toujours revenu ! Pourquoi cette inquiétude ? demanda Korin suspicieux.

— Un traqueur, messire, n'a pas d'odeur. Si une bête le voit mais ne le sent pas, il représente un élément de décor sans intérêt, qu'il se déplace ou demeure immobile. Par contre, vous et vos compagnons dégagez une forte odeur qui, pour eux, est l'appel d'un mets apprécié. Vous pouvez vous laver et vous frotter, vous dégagerez toujours une senteur, qu'elle soit bonne ou mauvaise.

Voyant Korin s'agiter, il ajouta :

— Calmez-vous ! Mes expériences antérieures seront garantes de notre réussite. Après une bonne nuit de sommeil et un bon petit déjeuner, nous serons prêts à affronter le diable en personne.

Avec un salut, Lyam tourna les talons et alla se restaurer. Korin le suivit. Il se demandait comment aborder le sujet avec ses compagnons. Ils en avaient vu d'autres et c'était de fiers combattants chacun dans son domaine.

En plus de Lyam, Basteth, le jeteur de sort, l'accompagnait. Il avait fait ses preuves dans différents tournois dont seul le vainqueur sortait vivant, de sorte qu'il avait affronté avec succès des candidats des plus hauts niveaux de toutes les Terres-Connues, semant sous ses pas des dizaines de morts. Avec la gloire lui était venu l'honneur de seconder Korin dans diverses tâches.

Il y avait aussi le Renifleur, seul être au monde capable de sentir l'aura des âmes à des lieues à la ronde. Cet être exceptionnel possédait un appendice nasal ayant la forme d'une grosse poire qui déséquilibrait son corps petit et souple. Deux yeux jaunes à la pupille féline crevaient un visage tout en rondeurs.

Malgard avait encore eu l'obligeance de lui prêter Krein, le meilleur archer des Mondes-Oubliés, et Salbrique, son frère jumeau qui, lui, excellait dans l'art des combats corps à corps ; lances, épées ou même simples dagues prenaient vie dans sa main. Tous les deux exhibaient une ossature puissante qui s'accompagnait d'une taille immense; c'était des géants des pieds à la tête. Ils avaient la beauté ténébreuse de leur peuple. Ils fixaient tout d'un regard charbonneux où il ne faisait pas bon se perdre et de longs cheveux noirs et souples couvraient des épaules colossales. Leur visage rude et bien découpé affichait un caractère à la fois dur et implacable. Comment les distinguer l'un de l'autre? Korin s'y perdait. Il avait pensé marquer le visage de l'un des jumeaux, mais Malgard l'en avait dissuadé en lui expliquant que, ce faisant, il s'attirerait la colère des jumeaux, une colère redoutable.

Le mage prit sa gamelle remplie de ragoût de lapin ainsi qu'un pain noir et rejoignit ses acolytes autour du feu. Il leur parla longuement. Au fur et à mesure de ses explications, il constata que ses hommes s'agitaient, le sourire aux lèvres. «Parfait, ils ont hâte d'en découdre!» se dit-il. Lui-même se sentait gagné par un plaisir anticipé. Il se leva et écourta la veillée en répartissant les tours de garde.

Au matin, ils se levèrent fatigués et de mauvaise humeur; la nuit avait été hantée de plaintes et de hurlements, en provenance de l'autre côté de la rivière, qui les avaient réveillés en sursaut à plusieurs reprises. Seul Lyam avait dormi du sommeil du juste, ce qui faisait enrager Korin. Après un petit déjeuner hâtif, ils se mirent en route. Autant en finir au plus vite. Ils progressèrent d'un pas régulier à la queue leu leu, l'oreille tendue et l'œil aux aguets. Le traqueur allait devant. Bien que les cris et hurlements se fussent maintenant tus, le calme mettait leurs nerfs à rude épreuve. Korin se demandait comment Lyam faisait pour s'y retrouver dans ces buissons abondants et ces bois touffus. On eût dit qu'il décodait la forêt comme un livre ouvert. La journée passa paisiblement et, le soir venu, le vent se leva, précurseur d'une ondée.

— Nous érigerons le camp là-bas, dit Lyam en montrant une clairière à quelques coudées devant eux. Mieux vaut être en terrain dégagé pour voir venir.

Ils s'installèrent rapidement et allumèrent plusieurs feux afin d'éloigner les bêtes et les monstres indésirables. Avec empressement, Korin jeta un sort de protection autour du campement; une fine lumière bleutée délimitait la zone protégée.

— Demain, nous atteindrons Albourd, lança Lyam en sirotant son thé. Nous devrions y arriver à la mi-journée. Je propose d'y acheter nos provisions, car nous aurons une longue route à faire avant le prochain village.

— Parfait, enchaîna Korin, nous avons trop de retard à rattraper pour traînailler en ville. Dis-moi, Lyam, toi qui connais bien le Ponède, crois-tu que nous pourrions le devancer et lui tendre un piège à un point stratégique?

— Messire, il suit un itinéraire qui nous est inconnu. Il y a des dizaines de chemins qui mènent à Léoden, mais Philin n'en emprunte aucun. Par contre, je peux vous affirmer qu'ils montent vers le nord. Ils devront longer la montagne maudite jusqu'à la croisée des chemins et, de ce point, une seule route traverse un canyon étroit qui débouche sur une plaine. Peut-être pourrions-nous y tendre une embuscade.

— Mais comment arriver là-bas avant eux? demanda Korin en fronçant les sourcils.

— Il n'y a qu'une possibilité messire, mais elle est hasardeuse.

— Laquelle?

— La mer.

— La mer! s'exclama un des jumeaux d'une voix rocailleuse. Ne dit-on pas qu'elle dévore tout bateau qui ose s'y aventurer?

— Vous avez raison, depuis le combat des dieux, elle s'obstine à recracher tout ce qui y flotte et ne laisse que débris et cadavres sur ses rivages. Mais il y a une infime chance de la déjouer.

— Comment? s'empressa de demander Korin.

— Il y a, à quelques lieues d'Albourd, un petit village de pêcheurs où s'ancre un bateau réputé indestructible. Bien sûr, la preuve n'en a jamais été faite. La légende prétend que ce bateau possède l'âme de la mer. Son propriétaire, qui en faisait usage pour nourrir sa famille avant la guerre des dieux, avait pour principe de ne pêcher que la quantité de poissons requise, sans jamais puiser au-delà des ressources offertes par la mer. En reconnaissance du respect démontré par ce capitaine, elle lui serait apparue un soir de vent calme sous la forme d'une sirène. Après un long entretien, elle lui aurait donné l'amitié des vagues et le respect des vents.

— Ce capitaine, vit-il encore au village? s'enquit Korin d'une voix incertaine.

— Oui, mais, le problème, c'est que cet homme, après la bataille des dieux, n'a plus osé reprendre la mer car, voyez-vous, il ne croit pas lui-même à son histoire.

Korin réfléchissait intensément. Emprunter la mer lui ferait sauver un temps précieux et lui permettrait certainement de devancer le novice et son escorte. S'il rencontrait ce capitaine, grâce à ses pouvoirs magiques, il pourrait sonder ses souvenirs et ainsi vérifier la véracité des faits rapportés par la légende. Par contre, si la rumeur se révélait fausse, qui sait combien de temps ils auraient encore perdu!

Il ne balança pas longtemps. Il eut bientôt évalué le pour et le contre de cette opportunité et décidé qu'ils iraient à ce village. Avec l'aide de son dieu, ils surprendraient Philin et compagnie. Content de sa décision, il se leva, s'étira, et lança :

— Demain nous pousserons jusqu'à ce village pour y rencontrer cet homme. Ça vaut la peine de vérifier la réalité de toute cette histoire.

Son oreille se tendit vers des gémissements venus on ne savait d'où.

— Cette nuit s'annonce aussi tumultueuse que la dernière, constata-t-il. Toi, le Renifleur, tu feras le premier tour de garde. Vous enchaînerez toutes les quatre heures ; je prendrai le dernier quart.

Entourés de hurlements et de lamentations ils s'éclipsèrent dans leur tente.

Pour une nuit mouvementée, cela en fut toute une. Ils sursautèrent aux cris de panique du Renifleur. Au sortir de sa tente, Korin entra en collision avec Krein qui, à peine réveillé, brandissait un énorme couteau. Une horde de démons, car c'était bien des démons, s'acharnait sur le dôme de protection qui se craquelait sous les coups, faisant vaciller la lueur bleue qui l'illuminait.

Vivement, Korin analysa la situation. Lyam attisait les feux en y ajoutant d'énormes bûches pour engendrer plus de luminosité, le Renifleur, toujours hurlant, courait partout. Krein se tenait au côté de son frère ; tous les deux étaient armés et prêts à toute éventualité. Korin cria à Lyam à travers le tumulte :

— Sont-ce des démons de haut niveau ?

— Je ne crois pas, messire, répondit le traqueur essoufflé, sinon ils auraient déjà abîmé la protection. Quoique celle-ci fléchisse. Y a-t-il moyen de la renforcer ?

Soudain, un bras griffu jaillit d'une faille et manqua de saisir le Renifleur qui passait par là.

— Par les dieux ! s'exclama Korin.

Il brandit bien haut sa main et marmonna un charme, tout en désignant la sphère. La lueur bleue se renforça et la faille se sutura en se refermant sur le bras du démon qui fut sectionné et retomba dans l'enceinte. Krein, se dépêcha de saisir le membre qui gigotait avec le bout de son couteau et le déposa avec dédain dans le feu. Une odeur écœurante monta dans l'air. À l'extérieur, une variété invraisemblable de diables dansaient tout autour, narguant Korin et ses complices. Les hommes regardaient avec horreur évoluer ces âmes perdues et se demandaient comment s'en débarrasser.

Toute la nuit, les entités s'amusèrent à les harceler. Korin était obligé de redoubler d'énergie pour maintenir le dôme en bon état ; sous les coups, il s'affaiblissait constamment. Le Renifleur, épuisé, gisait recroquevillé à côté de Lyam qui, lui, nourrissait sans arrêt les feux. Au matin, à la faible lueur de l'aube, comme par enchantement, les créatures maléfiques disparurent dans un dernier ricanement. Éreintés, les hommes se firent un petit déjeuner. La nuit les avait traumatisés. Mais même si l'appétit n'était pas au rendez-vous, il fallait bien prendre des forces pour continuer.

— Pensez-vous qu'ils nous attendent, là, dehors, cachés dans les buissons ? demanda Krein en jetant des coups d'œil scrutateur vers la forêt.

— Non, je ne crois pas, répondit Lyam. Les démons apparaissent généralement la nuit pour disparaître au lever du jour. Ces démons moqueurs peuvent se révéler dangereux si on a le malheur de les irriter. Tout bien considéré, nous avons eu de la chance.

Il regarda le Renifleur et ajouta :

— Ils ont eu un plaisir fou à voir évoluer notre ami.

Malgré sa honte, le chasseur d'âmes fut heureux d'avoir pu les aider un tant soit peu.

Après s'être sustentés, ils démontèrent les tentes et Korin, non sans appréhension, fit disparaître la bulle de protection. Ils poursuivirent leur route, qui les rapprochait d'Albourd. À grand galop, ils laissèrent les horreurs de la nuit derrière eux. Ils se retrouvèrent dans le petit village de pêcheurs entre chien et loup et s'employèrent immédiatement à faire des provisions. Composé de baraques et de maisons toutes aussi brinquebalantes les unes que les autres, le village dégageait une forte odeur de poissons et de sels marins. Ne sachant où trouver le personnage qu'il entendait contacter, Korin décida de commencer l'investigation du côté des tavernes, qui étaient manifestement très fréquentées. Il sépara les hommes en deux groupes qui se donnèrent rendez-vous sur les quais. Korin prit avec lui le Renifleur et s'engagea dans une ruelle illuminée par un simple lampadaire. Étroite, elle plongeait en pente douce dans les ombres. Quelques portes mal équarries la bordaient, accrochées à des murs d'où suintait une humidité malsaine. Attirés par le son d'une musique aiguë, les deux comparses se dirigèrent vers un porche surplombé d'une enseigne qui grinçait sinistrement dans le vent : *Le Diable Vert*, affichait l'inscription. Ils poussèrent la porte et furent aussitôt enveloppés par une fumée qui les prit à la gorge. En toussotant, Korin se dirigea vers le fond de la taverne où quelques tables libres les attendaient. Aussitôt, un petit homme maigre et nerveux les aborda, pressé de prendre leur commande.

— Bonsoir, étrangers, lança-t-il, désireux d'engager la conversation. C'est moi, le tavernier ! À votre service ! Que puis-je vous offrir pour adoucir votre gosier ?

— Du vin chaud serait le bienvenu, répondit Korin en faisant du regard le tour de la salle enfumée.

De son côté, le tavernier dévisageait le Renifleur effrontément. Il acquiesça enfin et tourna les talons.

— Eh bien, l'ami ! tu attires l'attention sur nous encore une fois. Je devrais peut-être employer ma magie à camoufler cet appendice qui te ballotte au milieu du visage.

Horrifié, le Renifleur ouvrit la bouche et fit non de la tête en suppliant le magicien du regard. Avec un sourire moqueur Korin enchaîna :

— Bien sûr, tant qu'à y être, je pourrais aussi bien te couvrir de longs cheveux blonds et te mettre des oreilles d'âne, ce qui, il me semble, t'arrangerait pour le mieux.

Avec un rire cruel, il fit mine de le transformer. Le Renifleur se recroquevilla sur sa chaise et palpa son visage, surpris de sentir que rien n'avait changé. Korin adorait s'amuser aux dépens des autres ; cela affirmait sa supériorité. Le tavernier revint, coupant court aux moqueries de Korin.

— Voilà, messires, le meilleur de mes vins.

Il se pencha à l'oreille de Korin et s'enquit tout bas :

— Dites-moi, votre ami que voilà, est-il infirme ?

— Mais non. Tout petit, il s'est heurté le nez sur une porte et, depuis, il n'a jamais désenflé.

— Ah !

— Eh oui, que voulez-vous, aucun chirurgien jusqu'à ce jour n'a osé l'opérer, de peur qu'il ne perde à tout jamais ses facultés olfactives.

— Pauvre homme, soupira le tavernier.

Voyant qu'il était en veine de conversation, Korin, mine de rien, demanda :

— Dites-moi, votre taverne me semble très achalandée. Je me trompe ?

— Bien vu, messire. Sans vouloir me vanter, mon établissement est le plus recherché des environs. La mangeaille et le vin que je fais venir d'au-delà des royaumes sont, laissez-moi vous l'affirmer, uniques en leur genre. Qui dans ces terres peut se vanter d'avoir dégusté un chausson au canard arrosé d'un bon vin d'Olvalsie? Eh bien, le voyageur arrêté au *Diable Vert*! Et, croyez-moi, grâce au bouche à oreille, la réputation de ma maison n'est plus à faire.

— Et le poisson? Vous cuisinez du poisson? demanda Korin, non sans arrière-pensée.

— Fort peu, messire. La mer étant fâchée, nos pauvres pêcheurs ont dû se tourner vers les lacs et rivières, qui offrent moins de variété.

— Comme c'est dommage! dit Korin en jetant un coup d'œil au Renifleur.

Il s'amusait à faire tournoyer son vin dans sa chope.

— Mon ami que voici aimerait jeter un coup d'œil sur les bateaux de ces pêcheurs, poursuivit-il d'un air innocent. J'ai promis à son père de lui faire rencontrer un capitaine afin de parfaire son éducation. Voyez-vous, là d'où il vient, il n'y que sable et sécheresse. Ici, paraît-il, un certain capitaine possède un bateau fort spécial. Le nom de l'un où de l'autre, je ne les connais point. Par contre, on m'a affirmé que cet homme résidait dans les alentours. Cela vous dit quelque chose?

Les sourcils froncés, le tavernier joua avec sa moustache le temps d'une courte réflexion. Une étincelle illumina son regard.

— Ah! Mais oui! s'exclama t-il. C'est celui de la légende.

Il se pencha tout près de l'oreille de Korin et murmura:

— C'est Tourneflot. Son bateau se nomme *La Tourmente*. Entre vous et moi, vous feriez mieux de choisir quelqu'un d'autre. Ce vieux fou risque fort de vous raconter des histoires horribles qui pourraient dégoûter à jamais un jeune de prendre la mer.

— Laissez-moi en juger! dit Korin avec un regard dur. Où pouvons-nous le trouver?

Le tavernier se releva vivement et se passa la main dans les cheveux.

— Au quai, messire! Son bateau y est amarré et il l'habite. Vous le reconnaîtrez à son allure quelque peu délabrée. Je parle du bateau, bien sûr, quoique Tourneflot ne donne pas sa place.

Korin sortit de sa bourse trois tourains d'or et sourit au tavernier.

— Tenez! Emmenez-nous deux de vos chaussons au canard et du vin.

Le tavernier serra les pièces dans son poing et fit une révérence digne d'un noble.

Une fois bien rassasiés et n'en revenant pas de leur chance, les deux compères s'empressèrent de retrouver les autres au quai. Fébrile, Lyam se promenait de long en large, les mains derrière le dos. Quand il aperçut Korin et le Renifleur qui s'avançaient, il ne put s'empêcher de s'exclamer:

— Ah! Messire, nous l'avons retrouvé.

— Nous de même, mon bon ami, nous de même, fit Korin avec un sourire qui lui allait d'une oreille à l'autre. Maintenant, cherchons-le.

Devant eux, amarrés, dormaient, bercés par la mer, une dizaine de bateaux, petits et gros. Mais tous avaient un point en commun, l'usure et la négligence. Les coques de bois gonflées par l'eau de mer abritaient mille et une vies.

Ils commencèrent leurs recherches par le premier situé à leur gauche et longèrent le quai en déchiffrant les noms. Le huitième bateau s'avéra le bon. *La Tourmente* tanguait doucement sur les vagues, relié au quai par une petite passerelle. D'une grandeur raisonnable, le rafiot paraissait plutôt solide. Son mât s'élevait fièrement, vierge de toutes voiles, celles-ci reposant bien enroulées à son pied. Une lueur pâle que laissait filtrer une écoutille décida Korin à monter à bord. Lyam l'y suivit, pendant que les autres demeuraient là à faire le guet. Arrivés sur le pont, ils se dirigèrent vers la lumière, bien décidés à mettre la main sur Tourneflot. Ils le trouvèrent dans une cabine, affaissé sur un vieux matelas défoncé. Le bonhomme, les cheveux hirsutes, gisait entouré de bouteilles vides ou à moitié pleines ; l'air empestait l'alcool. Son gros visage rubicond tourné vers la porte était sillonné de ridules. Sa peau était marquée par le vent du large. De ses lèvres charnues s'exhalait un sifflement régulier. Il dormait profondément. Avec agacement, le magicien s'avança et agrippa l'épaule du dormeur qu'il secoua sans ménagement.

— Hé ! Vous, là, debout !

Un grognement monta de la poitrine de Tourneflot qui se recroquevilla et s'enfonça plus profondément encore dans les limbes. Exaspéré, Korin soupira et sortit d'une petite pochette qu'il avait toujours sur lui une poudre d'un vert éclatant.

— Avec ça, il va se réveiller aussi sec qu'un claquement des doigts.

Il prit la poudre au fond de sa main et la maintint tout juste sous le nez du ronfleur en lui fermant la bouche. Tourneflot ouvrit des yeux ronds et s'assit sur le lit, comme mû par un ressort. Il fixa les deux compères d'un regard halluciné.

— Alors, capitaine, vous avez bien dormi? demanda Korin, mine de rien.

— Par les enfers, vous êtes qui, vous?

Étourdi, Tourneflot sentait tanguer son lit

— Vous nous voyez désolés d'interrompre votre sommeil, dit Korin d'un ton hypocrite, mais c'est une urgence. Je me nomme Korin et je suis magicien. Voici Lyam, traqueur de profession. Nous aimerions louer votre bateau ainsi que vos services, mais, avant tout, nous voulons discuter un peu avec vous.

— Oubliez ça. Depuis belle lurette, je ne navigue plus et mon bateau est hors d'usage.

Il se saisit d'une bouteille à moitié vide et se gratifia d'une solide lampée.

— Dites-moi, Tourneflot, vous avez peur?

— Moi peur! Et de quoi?

— Mais de vous-même, Tourneflot, de vous-même et de votre bateau. Vous noyez votre malaise dans l'alcool. Vous savez, cette histoire selon laquelle vous avez été visité par une sirène qui vous aurait donné le privilège de naviguer à votre gré sur les mers... Eh bien, vous n'avez jamais osé en vérifier la véracité, de peur de passer pour un fou si cela s'avérait faux. Moi, je suis magicien et je peux vous faire revivre les événements. Par vos souvenirs, je pourrai savoir si ce moment vécu avec la sirène est réellement arrivé ou si c'est le fruit de votre imagination. Vous verrez, vous ne sentirez absolument aucune douleur.

— Mais pourquoi? Je me porte très bien ainsi!

— Vous vivez dans la misère, capitaine. J'ai besoin de votre bateau et de votre savoir. Si cette histoire se révèle vraie, je loue vos services vingt mille tourains d'or, et ce, pour un simple aller-retour vers les côtes de la vallée sans nom. Après l'odyssée, vous serez le seul des royaumes extérieurs à pouvoir naviguer sur les mers. Cela vous ouvre d'énormes perspectives, vous serez riche à force de transporter gens et marchandises d'un royaume à l'autre.

— Et si c'est faux? Si cette histoire était née de mon imagination?

— Vous aurez au moins la chance de ne plus douter, ce qui, croyez-moi, agrémente de beaucoup la vie d'un homme. Alors, nous y allons?

— Ça ne fera pas mal? demanda Tourneflot d'une voix qui graillait.

— Faites-moi confiance. Vous ne sentirez rien du tout. Installez-vous confortablement et fermez les yeux.

Le magicien posa la main droite sur la tête de l'homme et concentra toute son énergie à pénétrer les souvenirs de Tourneflot. Petit à petit, il remonta le temps, pénétra dans les profondeurs de ses souvenirs et mit son âme à nu. Mentalement, il balaya les réminiscences sans intérêt et centra ses recherches sur la peur de l'homme, ce qui le mena directement à cette nuit où la sirène lui était apparue. Il le vit sur le pont par une nuit sans vent, rajeuni et moins usé par la vie. Par le regard du capitaine, il vit une vague se gonfler légèrement pour s'élever graduellement à la hauteur du pont. Sur sa crête surgit une tête avec de longs cheveux et un doux visage de femme qui lui sourit. Des épaules rondes et un corps dépourvu de jambes, mais se terminant par une queue de poisson, émergèrent. Korin ressentit la peur éprouvée alors par Tourneflot. Mais la sirène se mit à parler d'une voix douce et chantante. Korin sentit son cœur se calmer au rythme des paroles prononcées. La légende disait vrai, la mer leur ouvrait le passage. Avec une joie palpable, Korin revint doucement dans son corps et rouvrit les yeux.

— Et puis? demanda Lyam curieux.

En regardant tour à tour Lyam et Tourneflot, Korin jubila.

— Soyez rassuré, vous êtes béni des dieux.

Avec un énorme soupir de soulagement, le capitaine tendit la main vers une bouteille de vin qui traînait par terre et la déboucha.

— Holà ! Finie, la piquette ! fit Lyam en lui arrachant la bouteille. À partir d'aujourd'hui, vous serez sobre jusqu'à notre retour. Il ne manquerait plus qu'on aille s'échouer à cause d'un capitaine qui ne saurait plus reconnaître la gauche et la droite du gouvernail. Quand voulez-vous appareiller, Korin ?

— Qu'en pensez-vous, capitaine ? S'il n'en tient qu'à moi, le plus vite sera le mieux.

Songeur, Tourneflot se gratta la tête.

— Avec les marées qui ne suivent plus les lunes, il m'est difficile d'avancer une heure, décréta-t-il. Le mieux serait de vous embarquer sitôt les provisions achetées. J'ai bien quelques réparations à faire au bateau, mais ça ne devrait pas être long, je procède à son entretien régulier. Au fait, vous n'êtes que tous les deux ?

— Nous serons six, déclara Korin. Il se fait tard. Nous allons trouver un endroit pour dormir et irons compléter les achats demain matin. Le temps de mettre ensuite les chevaux en pension, nous devrions être à bord dans l'après-midi.

Il ajouta d'un ton sévère :

— D'ici là, pas d'alcool ! Je suis sérieux, n'en doutez pas !

Piteusement, le capitaine jeta un regard désolé vers les bouteilles et acquiesça.

Le lendemain, comme prévu, les six compères s'embarquèrent, impatients de lever l'ancre. À la tombée du jour, la marée se décida à monter et le capitaine, avec appréhension, pointa le nez de *La Tourmente* vers le large, en se demandant dans quoi il s'était embarqué.

Chapitre cinq

Deux longues semaines s'étaient écoulées depuis l'arrivée de la princesse et de ses proches au château de Valberingue, ce qui avait paru à Valène un siècle de compromis et de journées interminables. Malgré les promesses qu'elle avait faites à son frère, elle ne pouvait s'empêcher d'éprouver un sentiment de répulsion envers Gareth. Le jeune prince avait montré une patience infinie pour amadouer la jeune femme. Valène dédaignait toutes ses approches et laissait le soupirant s'empêtrer dans ses belles paroles.

La veille de son départ, à bout de patience, il accepta d'accompagner la princesse à un pique-nique organisé par sa tante Amélia. La pluie, qui avait noyé la nuit, et le vent qui avait soufflé sur les rêves des dormeurs, laissaient la place à une aube timide, mais bienvenue. Une petite brise agaçait la peau et, quoique nuageux, le ciel retenait sa peine. Ils partirent donc en fin de matinée en direction du belvédère, construit à la demande de l'arrière-grand-mère de Gareth et qui se trouvait à une bonne heure de cheval du château.

Ce qui ne devait être qu'une simple expédition se transforma en un véritable défilé. Haute noblesse, serviteurs et amis de la famille accompagnaient le prince et la jeune fille. Même les souverains étaient de la partie. Le petit groupe d'une dizaine de personnes au départ se gonfla, si bien qu'il y eut bientôt une quarantaine d'accompagnateurs. Cette affluence incommodait Gareth. Il voyait ce moment comme sa dernière chance d'arracher à Valène la promesse d'une prochaine visite. Bien sûr, il n'était pas idiot. Il avait bien vu qu'elle éprouvait un sentiment de mépris envers lui. Mais cet état de choses, au lieu de le peiner, l'aiguillonnait. Il y voyait un défi à sa mesure. Il aurait bien aimé que la petite princesse éprouve un véritable amour pour lui; elle aurait été beaucoup plus facile à manipuler. Par contre, il se ferait un plaisir de la mettre à sa main, sans le moindre remords. Une fois qu'il l'aurait épousée, il s'arrangerait pour que Valène lui donne un héritier le plus vite possible. Ensuite, peut-être la garderait-il à ses côtés, peut-être déciderait-il de l'éliminer. Tout dépendrait de sa manière d'agir.

Le sentier que suivait le groupe était étroit. On ne pouvait chevaucher que deux de front. La garde personnelle du prince sondait le sous-bois afin d'y découvrir un éventuel ennemi, qu'il soit bête ou homme. Le prince n'étant pas très populaire auprès des villageois, à tout moment pouvait surgir des fourrés un individu décidé à venger l'honneur de sa fille ou un amoureux dont la promise portait contre son gré le bâtard du prince.

Gareth chevauchait à côté de son ami Pinolt, qui affichait un air morne et bourru, résultat de leur beuverie de la veille.

— Allons, mon ami, souris, on dirait que tu avances vers ta propre tombe. Ne vois-tu pas que c'est une magnifique journée?

— Qu'est-ce qui vous a pris de me tirer du lit à la barre du jour? J'étais très bien, et de plus j'avais d'autres projets pour aujourd'hui.

— Eh bien, ils attendront! Je veux la séduire avant son départ. Son frère est pendu à ses basques et elle s'en accommode très bien. Au belvédère, je veux m'isoler avec elle. Arrange-toi pour occuper le prince, ce qui ne devrait pas être trop difficile.

— Avec tous ces gens autour, cela ne me semble pas aller de soi, dit Pinolt en fronçant les sourcils... Attends, je crois que j'ai une idée! Tu sais, les grottes, celles qui sont un peu au nord, on pourrait toi et moi emmener le frère et la sœur les visiter. On les connaît comme notre tunique. On se rendrait jusqu'au petit lac et je suggérerai une baignade. Je suis certain que ta princesse n'osera pas s'y tremper. J'offrirai au prince un moment de détente dans ses eaux; lui ne refusera pas. Tu en profiteras pour t'éclipser avec ta belle.

— Ah! Mais comme c'est brillant! Ce plan me semble parfait!

Gareth s'esclaffa et poursuivit:

— Décidément, je ne pourrais souhaiter meilleur chaperon que toi. Je m'en vais de ce pas rejoindre Valène et lui glisser un mot du projet.

Valène qui chevauchait près de son frère sentait enfin ses muscles se détendre. Elle laissa errer ses pensées. Après les deux semaines qu'elle venait de passer enfermée dans le château, ce pique-nique était le bienvenu.

Impossible! Il lui était tout simplement impossible d'imaginer qu'elle pourrait passer le reste de sa vie avec Gareth. Juste d'y penser, elle sentait les poils de ses bras se dresser. Sans doute était-il bel homme, il ne devait pas manquer de faire tourner les têtes des jeunes damoiselles du royaume, mais il lui répugnait. Dès sa première rencontre avec lui, quand leurs mains s'étaient jointes et que leurs regards avaient fusionné, elle était tombée dans un puits de ténèbres, elle avait vu la noirceur de l'âme du jeune prince. Sa belle apparence faisait illusion, mais elle ne pouvait plus être dupe. Se donner à lui équivaudrait à donner son âme au diable. Jalbert lui avait avoué que, sans vraiment pouvoir se l'expliquer, il éprouvait le même sentiment à l'égard de Gareth. À la demande de son père, le roi Édwouard, il avait demandé mollement à sa jeune sœur de faire un effort pour trouver des côtés positifs au jeune homme.

— D'accord, lui avait-elle répondu, j'essaierai, mais je n'y crois pas… On ne saurait trouver du charme à un monstre.

Désolé pour sa sœur, Jalbert avait gardé pour lui ces paroles. Le roi serait sûrement entré dans une rage folle s'il les avait entendues. En voyant Valène faire preuve de bonne volonté, Édwouard s'était secrètement réjoui. Peut-être pourrait-il amener sa fille à accepter l'union qu'il avait conclue pour elle sans devoir la forcer. Car mariage il y aurait, qu'elle le veuille ou non.

Quand elle vit le prince s'approcher, elle ne put s'empêcher de ressentir une grande lassitude. Elle devrait encore rester sur ses gardes et ménager les apparences. Un air narquois sur les traits, il s'enquit:

— Alors, Valène, vous appréciez la promenade?

— Je ne vous cacherai pas que cette balade me plaît. Amélia a eu une brillante idée. Chez nous, dans les terres extérieures, le prince et moi avons coutume de sortir tous les jours, peu importe le temps. Cela peut vous surprendre, mais ces promenades me manquent.

— Mais vos bois ne sont-ils pas comme les nôtres, hantés par des monstres? Votre père ne s'inquiète-t-il pas de vous savoir dehors à la merci de ces démons?

Valène s'esclaffa.

— Voyons, c'est cela, qui est excitant. J'aime ignorer ce que me réserve chaque détour. Jalbert et moi avons rapporté de ces expéditions de magnifiques trophées. N'est-ce pas, Jalbert?

— Valène a parfaitement raison, confirma le frère avec un sourire. Au château, notre salle des trophées ferait honte au plus émérite des chasseurs de monstres. On y trouve des spécimens grandeur nature qui donneraient des cauchemars au prince des enfers lui-même. Mais que voulez-vous, chez nous, en Théodie, c'est un défi de poursuivre les créatures malfaisantes et de multiplier les prises. Savez-vous qu'avant la guerre des dieux, alors que les forêts regorgeaient de magnifiques cervidés et que le soleil se montrait sans voile, chaque fois qu'une des lunes se cachait derrière, nous fêtions la Terre Mère pour sa bonté de nous offrir toute cette nourriture. Aujourd'hui, nous devons lutter contre diverses créatures qui détruisent ce que la Terre Mère s'efforce de sauvegarder. Ces démons ne se contentent pas de se nourrir des animaux, ils s'amusent à les pourchasser par simple plaisir, ce qui détruit l'ordre des choses. En les chassant, nous en éliminons le plus grand nombre possible, mais la tâche est immense. Ils se reproduisent à la vitesse d'un vent de tempête.

Ne voulant pas être en reste Gareth affirma:

— Vous avez bien raison, mais ne craignez-vous pas pour la sécurité de votre jeune sœur?

— Ma sœur! Si vous la voyiez manier l'arc, vous n'en croiriez pas vos yeux et vous ne seriez pas si inquiet.

Dans sa tendre enfance elle avait pour habitude de porter un arc de ma fabrication fait à sa mesure. Les poupées que notre père s'entêtait à lui offrir, à son grand dam elle s'empressait de les empiler dans un coin sombre de sa chambre et les oubliait aussitôt. Elle venait assister à l'entraînement, sagement assise dans les gradins, son arc inutile à l'épaule. Un jour, j'ai vu l'envie dans ses yeux, et je n'ai pu m'empêcher de m'amuser à lui en montrer le maniement. Quelle surprise ce fut pour moi quand je m'aperçus que la petite, à force de nous observer, avait tout enregistré dans sa mémoire. Elle savait comment prendre la pose, comment tendre son bras et quand lâcher la flèche. Il ne lui manquait plus que d'affermir la tension. Nous avons pris l'habitude de nous entraîner régulière-ment et elle a fini par être acceptée par les hommes de la compagnie.

Valène s'attendrit à ce souvenir. Ce fut d'une voix douce qu'elle demanda :

— Tu te souviens, Jalbert, de la colère que père a faite en l'apprenant ?

— Par l'enfer, comment l'oublier ?

— Quoi ! Le roi ne le savait pas ? demanda Gareth, soufflé.

— Non. Il faut dire que nous faisons plein de choses que père ne sait pas, laissa échapper la princesse avec un air de défi. Et je vous interdis d'en parler à qui que ce soit !

Elle regretta d'avoir livré ne fût-ce qu'un petit peu d'elle-même au prince.

— N'ayez crainte, avec moi, votre secret sera bien gardé, lui dit-il sans pour autant oser la regarder.

Ils arrivèrent à un embranchement et bifurquèrent vers la droite. Ils pouvaient entendre, un peu plus loin, les éclaireurs fouiller les bois pour chercher les bêtes à l'affut.

De longues plaintes gutturales sortaient par moments de la forêt, ce qui en faisait frissonner plus d'un. Gareth vit la chair de poule courir sur les bras de Valène.

— Nous arriverons bientôt au belvédère. Vous verrez, la vue y est superbe.

La princesse lui lança un semblant de sourire, ce qui l'encouragea.

— Nous nous demandions, Pinolt et moi, si, après le pique-nique, vous et votre frère aimeriez nous accompagner aux grottes. Elles se sont formées dans les temps premiers et elles alimentent les légendes des premiers-nés. Leurs murs sont couverts de dessins et signes magnifiques. J'aimerais vous les faire visiter. J'en profiterais en cours de route pour vous raconter leur histoire… Enfin, ce qu'on en dit.

Surprise de l'intérêt du prince pour ces grottes, la princesse se méfia. Depuis son arrivée, elle avait remarqué que le prince, de nature agressive, était porté vers les sports violents. Il n'avait de cesse de se trouver des raisons pour participer aux diverses épreuves organisées par l'armée du roi. Que ce fût dans les combats corps à corps, dans les duels ou les épreuves d'endurance, il tenait à être de la compétition et il était incapable d'accepter la défaite. Elle l'avait vu combattre jusqu'à l'épuisement ; il ne se relevait que pour mieux foncer. Les blessures et les ecchymoses étaient pour lui des preuves de sa bravoure. Ce genre d'homme la révulsait. Jamais, durant les deux dernières semaines, il n'avait démontré un quelconque intérêt pour les choses simples de la vie. Il ne rêvait que de guerres et de batailles.

Et voilà qu'il se proposait comme guide pour lui faire visiter un site historique et artistique ! L'histoire de ces grottes devait être vraiment fascinante, pour qu'il s'y intéresse. À moins que cet empressement soudain fût une nouvelle tactique pour la séduire. Elle ne pouvait décemment refuser la proposition, mais elle résolut de ne pas lâcher Jalbert d'une semelle.

— Si mon frère n'a pas d'objection à m'accompagner, cela me fera plaisir, dit Valène en cherchant des yeux le regard de Jalbert, qui approuva d'un signe de tête.

— Parfait! Vous me voyez ravi!

Il enchaîna aussitôt, le doigt pointé vers une pente douce qui montait entre les pins majestueux dont les branches chargées de cônes se courbaient vers le sol:

— Nous voici presque arrivés.

Au loin, on pouvait entendre des hurlements et des lamentations qui rappelaient aux promeneurs, si besoin était, que tout déplacement dans la nature n'était pas sans risque.

Ils s'engagèrent dans la montée. Valène remarqua, à sa grande surprise, que les bruits s'intensifiaient au fur et à mesure de leur progression.

— On dirait qu'une armée de bestioles nous attend là-haut, dit-elle.

— Oh! Ne vous en faites pas! Ces clameurs sont tout simplement portées par le vent. Au belvédère, nous serons en sécurité. Et je vous laisse la surprise de découvrir pourquoi. Voyez…

À nouveau, il pointait le doigt devant lui. Trois hommes leur signalaient que le chemin était libre de tout danger.

Ils contournèrent de vieilles racines qui coupaient la route et s'entêtaient à témoigner de la présence passée d'arbres majestueux. Ils se retrouvèrent sur un plateau qui s'avançait au-dessus du vide. Le belvédère était là, à quelques pas du bord. Toute la troupe mit pied à terre et chacun attacha son cheval aux piquets mis là à cet usage.

Les promeneurs s'éparpillèrent. Certains se rendirent au belvédère lui-même, alors que d'autres s'approchèrent de la clôture qui bordait le plateau. Ce fut cette direction que prit Valène. Elle eut le souffle coupé par la vue qui s'offrait à elle. Oubliés, les cris déchirants qui les entouraient et la moiteur de ses vêtements qui lui collaient au corps. Elle avait le monde à ses pieds. Aussi loin que portait son regard, les forêts et les plaines s'entrelaçaient. Petits points gris et chemins dansants, lacs et rivières s'amusaient à s'unir pour découper le décor et lui donner une touche couleur de ciel. Elle coula un regard vers sa gauche et découvrit de magnifiques chutes qui dévalaient une paroi de rocs luisants. La fureur de l'eau qui s'abattait au pied de la montagne s'entendait depuis l'endroit où elle se tenait. Étourdie par tant de beauté sauvage, Valène n'entendit pas son frère arriver. Elle sursauta lorsqu'une main se posa sur son épaule.

— N'est-ce pas magnifique, sœurette ?

— Ah ! Je ne savais pas qu'il existât encore des coins sur cette terre qui puissent nous redonner de l'espoir. Non, mais, regarde ! regarde comme c'est beau et grand ! Je ne peux m'empêcher de croire qu'un jour tout rentrera dans l'ordre. Imagine ! Pouvoir se promener dans ces bois sans autre souci que celui de choisir la meilleure vue pour monter le camp de nuit afin d'observer les étoiles, se lever le matin aux chants des oiseaux et voir le soleil danser sur les lacs ! Sais-tu que jamais je n'ai vu le soleil ? Les étoiles, je n'en connais que la description que tu m'en as faite. Quand tu me racontes les jours ensoleillés de ton enfance et les souvenirs que tu en gardes, je ressens en moi un grand vide. Mon passé n'est fait que de journées sombres et pluvieuses. J'aimerais un jour sentir la chaleur du soleil sur ma peau.

La main de Jalbert serra davantage l'épaule de la princesse, alors qu'il tentait de la réconforter.

— Tu mérites de voir ce jour, ma tendre sœur, ainsi que nos enfants et les enfants de nos enfants. Qui sait, si on garde l'espoir, peut-être que le chaos se résorbera de lui-même. En attendant, viens, allons rejoindre ton prétendant, histoire de démontrer à père ta bonne volonté.

Le ton s'était fait moqueur. Ils rejoignirent le prince qui s'activait à placer des sentinelles tout autour du plateau pour les protéger des mauvaises surprises. Les rois Malock et Édwouard, accompagnés de la reine et d'Amélia, avaient pris place au centre de la terrasse qui, comme par magie, s'était vue décorer de coussins et de tables. Aux alentours, des jeux s'organisaient. Valène et son frère se frayèrent un chemin pour rejoindre Gareth.

À leur arrivée, le prince sourit à pleines dents.

— Voilà, ma chère, votre sécurité est assurée. Les sentinelles montent la garde et les magiciens ont jeté un sort de protection qui nous rassurera pendant quelques heures.

Il se rapprocha de Valène et demanda :

— La vue vous a plu ?

— Magnifique ! Votre grand-mère a eu une idée merveilleuse de faire ériger ce lieu. Il représente la magnificence de la nature.

— N'est-ce pas ? Un jour tout ceci m'appartiendra et j'en ferai cadeau à ma femme, dit-il avec un air suffisant.

Il prit aussitôt un ton désolé pour s'exclamer :

— Mais que dis-je ! Il est encore tôt. Mon père a de belles années devant lui et moi, je suis encore bien jeune pour diriger un royaume. Allons, laissons là ces idées et allons voir ce que les cuisinières nous ont préparé.

Il empoigna le bras de la princesse et, suivi de Jalbert, rejoignit Pinolt, lequel traînait près des tables qui croulaient sous la nourriture. Valène détestait se faire conduire de façon aussi cavalière. Elle se libéra d'une légère secousse et se saisit d'une assiette pour la garnir de viandes et de légumes. Elle ne prit même pas la peine de choisir, tant elle était furieuse. Les manières suffisantes et prétentieuses du prince l'irritaient. Dès qu'ils se furent servis, ils rejoignirent les autres membres des familles royales qui s'en donnaient à cœur joie et s'empiffraient allègrement.

— Quel plaisir pour un roi, fit Malock la bouche pleine, d'échapper au décorum et aux traditions ! Allez, les enfants, venez vous graisser les doigts ; aujourd'hui, personne ne pourra nous en tenir rigueur.

Ils mangèrent, serinés par des lamentations que portait la légère brise venue du nord. Malgré cette mélopée détestable, la bonne humeur régnait, car le ciel caché derrière le voile se laissait entrapercevoir et donnait un avant-goût de ce que pourrait être une belle journée d'été. Égayé par le bon vin, les joues rouges et le regard moqueur, Édwouard racontait des anecdotes grivoises soi-disant survenues aux nobles de son royaume. Rires et commentaires osés fusaient autour de la table. Entraîné par la bonne humeur du roi, Gareth en profita pour lui demander la permission d'accompagner le prince et sa jeune sœur aux grottes. Le roi donna son accord, à la condition qu'ils emmènent avec eux au moins un magicien chargé d'assurer leur protection. C'est donc d'un pas léger et empressé qu'il entraîna sur le sentier le frère et la sœur, Pinolt et le magicien. Le protecteur choisi avait plusieurs tours dans son sac pour éloigner les démons.

Valène avançait de front avec Gareth. Le sentier se déployait au-devant d'eux, bordé d'une luxuriante végétation. Les pins et les mélèzes se débattaient à travers un fouillis de verdure pour gagner la lumière du jour. Valène porta son regard au loin et remarqua que la montée se perdait dans un banc de brume et donnait l'impression de n'en plus finir. Elle soupira. Son repas se retrouverait dans ses talons le temps de parvenir tout là-haut. Gareth se méprit sur cet énorme soupir et voulut lui être agréable. Il s'enquit :

— Peut-être désirez-vous vous reposer un peu ! Pour un homme, ce genre d'ascension exige de l'endurance et un cœur solide. Pour une jeune femme aussi délicate que vous, l'effort doit être extrême. Nous pourrions nous arrêter quelque peu.

Habituée à parcourir les bois avec son frère, la princesse avait les mollets fermes et les jambes solides ; elle n'avait aucune inquiétude quant à ses capacités.

— Oh là ! Ne me dites pas que vous avez des préjugés contre les femmes ! Voyez plutôt votre ami, sir Pinolt, là, derrière : on dirait qu'il est en pleine crise d'anoxie. Peut-être devriez-vous lui offrir, à lui, un moment de repos… Avec tout le respect que je vous dois, bien entendu, ajouta-t-elle, moqueuse.

Gareth se retourna et vit un Pinolt rouge et à bout de souffle qui chancelait sur ses courtes jambes.

— Eh bien, tu respires bruyamment, mon cher, dit Gareth.

— Je l'avais bien dit, mon prince, de me laisser au lit ce matin. Après cette nuit agitée où je n'ai pas fermé l'œil, additionnée du bon vin et de la bonne chère de tout à l'heure, mon corps commande un arrêt.

Tout cela avait été dit en mots saccadés. Pinolt se laissa tomber sur une bûche qui traînait près de lui. Ils firent une courte pause et se remirent en route dès que le petit noble eut repris bonne mine. Ils arrivèrent finalement à l'entrée des grottes, au pied de la montagne qui se dressait tel un mur de roche. Quelques arbustes en bordaient l'entrée.

— Eh bien ! Elles me donnent la chair de poule ! constata Jalbert, premier arrivé. Elles sont peu accueillantes.

Il ajouta, le cou étiré pour tâcher de voir au travers des ténèbres :

— Et très profondes !

— Ne vous en faites pas, le rassura Gareth. Pinolt et moi avons disposé des torches près de l'entrée la dernière fois que nous y sommes venus. Elles devraient se trouver ici.

Il s'avança dans l'ouverture où il disparut à leur vue. Ils l'entendirent farfouiller et le virent ressortir avec deux torches prêtes à être allumées. Il en tendit une à Pinolt et, le sourire aux lèvres, se tourna vers le magicien.

— À toi de jouer, mage.

Le magicien tira de sa poche deux petites boules qui dégageaient une énergie lumineuse. Il tendit l'une au prince et l'autre à Jalbert.

— Ce sont des pierres de protection, expliqua-t-il. Une seule peut protéger deux personnes. Comme vous êtes quatre, deux suffiront. Elles éloigneront les créatures des ténèbres qui pourraient se tapir dans les boyaux. Mais, attention, elles ne sont pas éternelles. Vous avez trois heures devant vous. Passé ce délai, elles s'éteindront. Faites en sorte d'être de retour à temps. Je vous attends ici.

Il s'assit sur une grosse pierre, ramassa ses jambes sous lui et ferma les yeux dans une attitude de grand penseur.

— Qu'est-ce qu'il fait ? demanda Pinolt inquiet. Il dort ?

— Mais non, il se concentre. Il protège nos arrières, expliqua Gareth. Allez, allumons ces flambeaux et en avant.

Ils s'engagèrent dans le noir. Un cercle de lumière se projetait quelques mètres devant eux. Déjà, l'humidité pesait. Le passage était suffisamment large pour permettre aux quatre explorateurs de marcher de front. Après quelques centaines de coudées, ils gravirent un escalier de pierres miné par le temps et débouchèrent dans une galerie où les murs, suintants d'humidité, s'ornaient de dessins et signes incompréhensibles, gravés grossièrement dans la roche. Quelqu'un avait eu la prévenance d'accrocher çà et là des torches au mur de pierre. Gareth s'empressa de les allumer pour leur permettre de mieux découvrir les idéogrammes.

— Qu'est-ce que c'est ? demanda Jalbert dont le doigt suivait le dessin d'un soleil entouré de petits points.

Pinolt et Valène s'avancèrent vers le jeune prince. Le petit noble toucha à son tour les signes et expliqua :

— Selon les sages, il faut lire ces représentations de droite à gauche et de haut en bas. Voyez, par exemple, ce mur.

Il désigna celui qui leur faisait face.

— Et celui-ci, dit-il avec un geste vers sa gauche où une autre paroi présentait d'autres écritures. Sur le mur d'en face, on commence à lire le premier dessin à notre droite suivi de celui du dessous jusqu'au dernier. Ensuite, on remonte à la deuxième rangée de droite pour redescendre, et ainsi de suite jusqu'au dernier dessin sur le mur de gauche.

À moitié accroupi, Pinolt gesticulait pour bien se faire comprendre.

— Et ça signifie quoi ? demanda Jalbert, curieux.

— Ça nous raconte le commencement des temps. L'histoire des premiers-nés. Cette manière de lire, selon les sages, est la seule plausible. Nos scientifiques, eux, ont une autre opinion. Ils affirment qu'en déchiffrant les signes de gauche à droite, comme quand nous lisons un parchemin, on obtient un tout autre message. Ça fait une centaine d'années que ces grottes ont été découvertes et les deux factions sont incapables de s'entendre sur la bonne légende.

— Et que disent-elles, ces légendes, demanda Valène, tout aussi curieuse que son frère.

— Les sages nous affirment, enchaîna Gareth, que les premiers-nés sont issus de la Mère-Lune... Mais attendez, je vais commencer par le début. Dans les temps premiers, le soleil et la lune – car, oui, il y avait bien une seule lune – s'amusaient à se poursuivre dans le ciel. Le premier, sur son passage, réchauffait la terre pour réveiller les plantes et les arbres, alors que la seconde donnait la fraîcheur et le repos aux végétaux qui prospéraient. Vint un jour où le soleil se fatigua de ces poursuites et ralentit sa course. La lune le rejoignit et l'éclipsa totalement. Ils fusionnèrent le temps de parsemer la terre d'étincelles de vie, si minimes fussent-elles. Quand ils se séparèrent, le choc fut si brutal que la lune perdit un morceau qui créa une deuxième petite lune. À partir des parcelles de vie semées sur terre, des animaux naquirent, ainsi que la race humaine. Ces premiers humains, on les nomme les premiers-nés. C'était un peuple de connaissance divine et de savoir. Il disparut à la suite d'un tremblement de terre qui remodela les mondes.

— Mais alors, demanda Jalbert, il n'y avait plus d'humains ?

— Cela, la légende ne le précise pas, déclara Gareth. C'est le propre des légendes de nous laisser dans le doute. De toute manière, il devait bien y en avoir quelque part, des humains, sans cela nous ne serions pas là.

— Et l'autre légende, celle des savants, que dit-elle? interrogea Valène.

— Pour ces gens, il n'y a que les faits, dit Pinolt, prenant la relève. Pour eux, ces signes et dessins ont été réalisés par les premiers-nés, qui, selon leurs dires seraient issus de la terre.

— De la terre? s'exclama Valène sceptique.

— Eh oui, de la terre! Nous ne serions qu'un paquet de boue façonnée à la manière des dieux, déclara le noble dans un éclat de rire. Selon les scientifiques, les dieux fatigués de tourner en rond à longueur de temps décidèrent un jour d'ennui de créer la vie. Car à quoi bon être dieu s'il n'y a personne pour vous adorer? Ils commencèrent par créer plusieurs sortes d'animaux, mais, comme ils avaient oublié de leur donner l'intelligence, ils auraient voulu créer un animal plus proche de leurs caractéristiques. Ils se mirent donc à façonner avec de la boue et du sable un être ayant les mêmes attributs que les leurs et le nommèrent «homme». Ils s'amusèrent à sculpter un autre modèle aux formes plus arrondies et lui donnèrent le nom de «femme». Une fois le travail achevé, d'un toucher du doigt ils firent battre le cœur de nos ancêtres et s'empressèrent de retourner dans leur royaume pour suivre l'évolution de ces deux modèles. Ils s'aperçurent au fil du temps que les deux protagonistes avaient fait en sorte de se reproduire et de peupler le monde. Ainsi seraient nés les premiers-nés qui, aux yeux des savants, n'ont pas disparu, mais ont évolué au cours des siècles, jusqu'à nous.

Le petit groupe s'était avancé plus profondément dans la grotte, laissant derrière lui la galerie aux multiples dessins. Il suivait un couloir où l'air frais saisissait. Valène se félicita d'avoir apporté une cape de laine.

Ils débouchèrent dans une galerie où stalactites et stalagmites se rejoignaient. On eût dit qu'ils étaient unis depuis toujours. Le reflet des torches qui dansaient sur ces témoins du passé séduisait le regard. L'écoulement des gouttes d'eau chargées de calcaire venait grossir ces pics et leur bruit régulier se mariait à celui d'une petite rivière souterraine qui coulait doucement, dans une douce musique.

— Oh! Mais c'est magnifique! s'exclama Valène.

— Oui! dit Jalbert.

Il tendit la main et caressa une stalagmite. Il en éprouva la froidure sous sa paume.

— Peu de gens ont la chance de voir ou de toucher ces vestiges surgis d'un autre temps, souligna Gareth. Venez, princesse.

Il prit la main de Valène et la posa près de la sienne.

— Constatez comme, malgré le froid et la dureté de ces pierres, même dans les ténèbres on peut sentir que la vie y est présente.

Valène palpa la rugosité froide. Des gouttelettes de calcaire qui nourrissaient constamment la stalactite mouillèrent sa main. Elle sentit une légère vibration. On aurait dit que la montagne marmonnait et que cette concrétion lui servait de moyen de communication.

— Peut-être avez-vous raison, Gareth, dit Valène en retirant sa main et en s'entourant de ses bras pour se rassurer. Ces grottes renferment des choses qui peuvent nous instruire. Mais, sincèrement, je ne crois pas qu'un tel lieu invite à autre chose.

— Il faut savoir ressentir les choses, expliqua Gareth. J'aurai plaisir à vous l'apprendre. Maintenant, si vous le permettez, je vais vous montrer le lac aux eaux chaudes.

Il désigna un petit orifice de la hauteur d'un homme et lui prit la main, manifestement résolu à ne pas la lâcher. Suivi de Pinolt et de Jalbert, il s'engagea d'un pas sûr à l'intérieur. Une descente les mena dans une galerie fermée où d'un petit lac montait une chaude vapeur. Curieux, Jalbert se pencha et tâta du bout des doigts ces eaux qui semblaient dormir. Leur tiédeur le surprit.

— Ça alors! On dirait un immense bain! Valène, on ne pourrait rêver meilleure température pour s'y tremper, s'exclama-t-il tout excité.

Pinolt vit sa chance; il ne put s'empêcher d'en rajouter. Il regarda Gareth, l'air triomphant, et lança:

— Mon prince, vous avez raison. Gareth et moi-même avons coutume de venir ici profiter de ces eaux. Elles prennent leur source au sein de la terre d'où elles rapportent à la surface des minéraux qui sont, dit-on, curatifs. Mais, attention, c'est un secret entre le prince et moi que nous gardons jalousement. Nous ne voudrions surtout pas voir arriver ici des hordes de gens pour s'éclabousser. Par contre, si vous voulez en profiter…

— Qu'est-ce que tu en dis, sœurette, demanda Jalbert avec espoir.

Le regard suppliant de son frère fit soupirer la jeune femme. Elle s'était juré de ne pas le laisser d'une semelle. Littéralement, elle voyait sa seule protection contre Gareth tomber à l'eau.

— Pas question que je mette ne serait-ce qu'un orteil dans ce lac, dit-elle d'un ton ferme.

— Pas de problèmes, enchaîna Gareth tout sourire. Laissons ces deux jeunes hommes barboter quelques instants pendant que j'en profiterai pour vous montrer la galerie suspendue.

Devant l'air réticent de la princesse, il ajouta vivement :
— C'est tout à côté !

— Allez, nous vous rejoindrons, s'empressa de dire Pinolt.

Soucieux de ne pas laisser le choix à la jeune femme, il enleva ses bottes et commença à déboutonner sa chemise.

La princesse, se sentant trahie, lança un regard furibond à son frère qui s'empressait d'imiter Pinolt.

— Je te rejoins bientôt, Valène, fit Jalbert en dansant sur un seul pied pour enlever sa botte. Vous, Gareth, prenez bien soin d'elle !

Il se sentait tout de même coupable d'abandonner sa sœur aux mains de ce jeune homme qui ne lui inspirait que de la méfiance.

— Ne vous en faites pas, avec moi elle est en sécurité.

Fidèle à sa mauvaise habitude, le prince prit le bras de Valène et la traîna dans le couloir.

Ils gravirent la déclivité qu'ils venaient de dévaler et suivirent un petit couloir qui les mena devant une série d'escaliers dont les marches de pierre arrondies par le temps et l'érosion se révélèrent glissantes. Arrivés en haut, ils tournèrent à leur gauche. Ils s'engouffrèrent dans une étroite fissure, firent quelques pas et débouchèrent sur une petite terrasse intérieure, suspendue haut au-dessus du vide par d'énormes piliers qui jaillissaient du plafond.

Précautionneusement, Valène s'avança de quelques pas. Une légère lueur verte venue des rochers attira son regard.

Tout en bas se trouvait une pièce de forme ronde, entourée de granit. La salle, de grandeur impressionnante, était parsemée de petits monticules de pierres de différentes hauteurs.

Un bras lui entoura la taille. Valène se retourna et son regard fut saisi par celui du prince.

— Il ne faudrait pas tomber, ma chère! Je me vois mal expliquer à votre père ou à votre frère que vous vous êtes retrouvée en bas.

Il désigna un rocher plat en forme de banc au bout de la plate forme.

— Venez, asseyons-nous quelques instants. De là, nous aurons une vue imprenable.

Valène se laissa entraîner et s'assit en prenant soin de laisser un espace entre elle et le prince. Gareth n'avait pas menti: ils dominaient la pièce.

Le silence s'installa, interrompu seulement par le son régulier des gouttes d'eau qui tombaient. Enfin seul avec sa promise, d'une voix douce, il brisa le silence de cet instant et entreprit de faire sa conquête.

— Je suis heureux d'avoir ce moment seul avec vous. Vous savez, avec ces fêtes et réceptions, nous avons eu très peu la chance de parler, tous les deux.

La princesse se triturait nerveusement les mains. La tête penchée, ses cheveux roux voilant son regard, elle l'écoutait. Quand allait-il passer à l'attaque?

D'un geste qui se voulait tendre, Gareth ramassa une mèche rousse et la ramena derrière l'oreille de sa promise. Ce contact la mit mal à l'aise. Elle n'aimait pas lorsqu'il la touchait. C'était comme s'il la salissait, comme s'il laissait une marque sombre sur son corps.

— Vous semblez bien lointaine! Puis-je connaître le fond de vos pensées?

Il lui fallait mettre cartes sur table. Peu importait son père, elle devait signifier au prince que jamais elle ne serait sa femme.

— Vous me voyez désolée, mon prince. Je sais que nous sommes promis l'un à l'autre, mais je ne peux me mentir à moi-même et vous épouser.

Voilà ! C'était dit ! Un sentiment de libération envahit sa poitrine et elle respira enfin librement.

— Vous savez, Gareth, ajouta-t-elle, on ne peut aimer sur demande. Je ne veux pas d'un mariage arrangé. Je ferai ma vie avec celui que je choisirai, qu'il soit prince ou mendiant. Jamais, vous m'entendez ? Jamais je ne me marierai pour un royaume !

Surpris par cette déclaration à l'emporte-pièce, le jeune homme dut se faire violence pour ne pas réagir vivement. C'était un sentiment de colère, qui lui venait spontanément, mais il devait à tout prix éviter d'y donner libre cours. Cependant, il ne pouvait non plus accepter de voir ainsi ruinées ses chances de conquérir cette jolie jeune femme qui lui était pourtant promise. Il tenta de l'amadouer.

— Voyons, Valène, soyez raisonnable ! Vous êtes née princesse, vous ne pouvez échapper à cette réalité. Vous devez, pour le salut du royaume, vous unir à moi. Ce n'est pas si terrible ! Je suis quand même beau garçon, ceci soit dit en toute modestie, bien entendu. Et puis, je vous ferai une belle vie. Vous ne manquerez de rien, je vous le promets. Laissez là vos rêves d'amour et donnez-moi l'occasion de vous apprendre à me connaître, et sans doute à m'aimer.

Il se rapprocha, la prit fermement dans ses bras et lui donna un baiser. Écœurée, Valène se débattit un moment et parvint à le repousser.

— Ah ! Mais lâchez-moi ! Vous êtes répugnant !

Elle s'essuya la bouche vigoureusement. Gareth éclata de rire.

— Non, mais, ne me dites pas qu'un petit baiser vous fait peur! Vous, la rebelle qui affronte monstres et bêtes féroces! Allez, ne vous en faites pas, vous finirez bien par vous y habituer. Allons, ne soyez pas fâchée, je vous promets que je ne vous toucherai plus jusqu'à votre départ!

Elle se leva, furieuse, et défroissa sa robe avec des gestes nerveux.

— Vous avez parfaitement raison, dit-elle la voix vibrante de rage. Vous ne me toucherez plus jusqu'à mon départ et au diable le royaume et mon père. Je ne veux plus vous revoir. Maintenant, menez-moi auprès de mon frère, il tarde à venir.

Plus furibonde encore en songeant à Jalbert, au fond d'elle-même elle murmura: «Non mais, il va m'entendre, celui-là!»

Paresseusement, Pinolt et Jalbert marinaient dans leur bain improvisé avec un sentiment de détente et de bien-être. Leurs vêtements roulés en boule à quelques pieds d'eux avaient été déposés sans précautions. Or, la petite pierre de protection s'était échappée de la poche intérieure de la veste de Jalbert, qui était malencontreusement trouée. Lentement, en suivant une pente légère, l'objet s'était dirigé vers le lac dans lequel il s'était englouti avec un petit ploc, sans que les joyeux compères entendent, tant leur conversation sollicitait leur attention.

En voyant soudain la peau plissée de ses doigts, Jalbert réalisa que les quinze minutes de trempette étaient écoulées depuis un moment déjà.

— Vite! Il faut aller rejoindre le prince et ma sœur, s'écria-t-il.

Ils émergèrent et enfilèrent leurs vêtements qui collaient à leur corps. Le temps pour Pinolt de saisir la torche qu'il avait suspendue sur le mur, ils entendirent un bruit tout près de l'entrée.

— Ça doit être eux qui reviennent, dit Pinolt. Venez, allons les rejoindre!

Ils s'empressèrent, contents de revoir leurs amis, mais se retrouvèrent nez à nez avec un lézard qui se tenait debout et qui faisait bien la hauteur de deux hommes. Le monstre, de couleur brunâtre, se tenait sur deux petites jambes arquées. Deux membres courts aux extrémités griffues lui tenaient lieu de bras. Ses yeux globuleux, d'un jaune orangé, fixaient Jalbert d'un regard menaçant.

Le prince réagit prestement. Il se saisit de son épée et, d'un geste souple, il la planta dans la gorge de la bête. Quand il la retira, un gargouillis se fit entendre. Le monstre, mort sur le coup, tomba lourdement sur le ventre dans une éclaboussure de sang noir.

— Qu'est-ce que c'est? s'enquit le prince en tâtant le cadavre du bout de sa botte.

— Ça, je ne puis le dire. Je n'ai jamais rien vu de ce genre.

Soudain, ils entendirent des bruits de pas lourds et une forte odeur de moisi envahit la caverne. À leur gauche, Jalbert aperçut d'énormes ombres engendrées par la lueur de la torche. L'instinct de survie prit le dessus. Il saisit Pinolt par la manche et se tourna vers un rocher qui présentait une faille. Il lança.

— Vite! Par là!

En tirant Pinolt derrière lui, il s'élança vers l'issue. Une poussière rouge se soulevait sous leurs pas. Pinolt comprit enfin l'urgence de fuir et se mit à courir sans lâcher la main du prince. Ils se jetèrent dans la faille en espérant qu'elle soit assez large pour qu'ils n'y restent pas coincés. Elle s'enfonçait profondément dans la montagne. Ils coururent, la torche tendue à bout de bras, frôlant le mur de roc, trébuchant sur les pierres qui tapissaient le chemin depuis des millénaires. Après maints détours, ils se retrouvèrent dans une petite galerie où l'air froid semblait venir de plusieurs ouvertures qui déchiraient les murs. Essoufflé, son haleine produisant une buée à chaque expiration, le prince demanda :

— Où est-on ?

— Où on est ? répéta Pinolt qui tournoyait sur lui-même.

— Oui, où on est ? Vous devez sûrement en avoir une idée !

— Je suis désolé, prince Jalbert, je ne suis jamais venu jusqu'ici.

— Quoi ? N'avez-vous pas dit que le prétendant de ma sœur et vous connaissiez ces grottes comme votre poche ?

L'air désolé, Pinolt se tordit les mains et baissa les yeux. Jalbert sentit bouillir la colère. Ces deux idiots les avaient abusés ! Il glapit :

— Vous nous avez menti !

— Non ! Enfin, pas tout à fait. On en connaît une grande partie, mais pas toutes. Ce qu'on vous a montré nous est connu. Nous n'étions pas censés prendre d'autres chemins. Si ces bêtes ne nous avaient pas attaqués, on ne se retrouverait pas ici. D'ailleurs, pourquoi avons-nous été attaqués ? Vous aviez la pierre de protection, n'est-ce pas ?

— Elle est dans ma poche.

— Montrez-la-moi, exigea Pinolt, suspicieux.

Impatient le prince mis la main dans la poche de sa veste. Son index passa à travers le trou.

— Par les dieux ! Je ne l'ai plus !

— Ah bien, voilà, c'est votre faute ! Vous l'avez perdue.

Furieux contre lui-même, Jalbert botta une roche qui traînait.

— Bon, d'accord, c'est ma faute ! Qu'est-ce qu'on fait, maintenant ? On retourne par où on est arrivé ? On fait de l'exploration ?

— Si nous revenons sur nos pas, nous affrontons les lézards. Par un autre chemin, nous risquons de tourner en rond ou de nous perdre encore plus. Revenons en arrière. Vu votre expérience de la chasse, je suggère que vous preniez les devants, épée au clair. Moi, je couvrirai nos arrières.

Avec un soupir, Jalbert saisit son épée et la maintint devant lui. Ils vinrent pour s'engager dans la faille, mais la torche, à bout de combustible, s'éteignit, les laissant dans le noir total.

— Merveilleux ! s'exclama le prince en s'arrêtant du coup.

Emporté par son élan, Pinolt trébucha contre lui. Jalbert le saisit par le revers de sa manche et ne le lâcha plus. De sa main libre, il tâtonna autour de sa taille et trouva le cordon qui maintenait ses chausses. Il le dénoua habilement et entreprit d'attacher le poignet droit de Pinolt à son propre poignet gauche.

— Eh, là ! Que faites-vous ?

— Mon cher, dans ces ténèbres, si nous ne voulons pas être séparés, il vaut mieux être attachés. Croyez bien que cela ne me plaît pas plus qu'à vous, mais nous n'avons guère le choix. Maintenant, venez ! Nous allons suivre le mur et trouver une place pour nous asseoir. J'ai besoin de réfléchir.

Le prince tendit la main devant lui et, à petits pas hésitants, il avança dans la direction où il se souvenait avoir vu la paroi avant que la torche ne s'éteigne. Il sentit soudain sous sa main la roche humide et lisse. Tranquillement, en remorquant Pinolt, il se mit à la longer. Il palpait à l'aveuglette le mur qui constituait leur seul repère. Il buta sur une pierre et s'étendit de tout son long. Pinolt suivit sa chute bien malgré lui et se retrouva par terre lui aussi, en débitant une pluie de jurons.

— Bon, je ne bouge plus.

Jalbert se redressa et, d'un geste inconscient, épousseta ses habits. Il se cala aussi confortablement qu'il put contre le mur. Pinolt fit de même. Il appuya son épaule contre celle du prince, pour profiter du réconfort tout relatif de sa présence. Le silence s'installa, troublé seulement par leur respiration.

Jamais Jalbert n'avait pris conscience qu'il pouvait écouter le silence. C'était effrayant. La voix aiguë le fit sursauter.

— Mon prince?

— Oui?

— Que fait-on?

— J'y réfléchis.

Ils étaient dans de beaux draps, pensait-il. Il appuya sa tête contre le rocher et ferma les yeux. Ils étaient perdus au cœur de la montagne, en pleines ténèbres et sans aucun repère. Sans la pierre de protection, ils étaient des proies faciles pour toute bête ou monstre qui rôdait dans les parages. Certains de ces démons se déplaçaient aisément dans le noir. Il ignorait si Pinolt était un bon épéiste, mais peu importait; quelles chances avaient-ils, dans le noir?

Quant aux secours, mieux valait ne pas compter sur eux. Ces grottes étaient un vrai labyrinthe. Son père serait fou de rage quand il apprendrait la nouvelle. Jalbert préférait ne pas être dans les bottes de Gareth à ce moment-là. Il ne put s'empêcher de pouffer de rire en imaginant la scène.

— Ah! Parce que vous trouvez ça drôle! s'offusqua Pinolt.

— Heu, non! Je pensais à quelque chose.

— Cessez de rigoler et réfléchissez plutôt au moyen de nous sortir d'ici.

— Je vous ferai remarquer que c'est vous qui nous avez mis dans de vilains draps! s'exclama Jalbert avec véhémence. Pour le moment, je suggère que nous nous reposions, le temps de prendre des forces. Après, nous longerons les murs pour essayer de trouver une sortie. Nous ne pouvons attendre qu'on vienne nous chercher, cela pourrait prendre des jours, sinon des semaines. Autant nous débrouiller. Vous êtes d'accord?

Pinolt qui grelottait resserra sa veste autour de lui et se colla davantage contre le prince.

— Je dois admettre que vous avez raison. Nous ne pouvons rien faire d'autre.

Il étendit ses petites jambes et ferma les yeux. Cela ne faisait aucune différence, il n'y voyait rien de toute manière.

Jalbert fut réveillé par quelque chose. Il ne savait quoi. Il s'était endormi, bercé par le silence. Il entendait le souffle régulier de Pinolt à ses côtés preuve qu'il se trouvait dans un sommeil profond. Mais ce n'était pas cela qui l'avait réveillé. Il tendit l'oreille; les yeux grands ouverts, il chercha désespérément à percer les ténèbres, tous ses sens aux aguets. Un bruit furtif lui parvint à sa gauche, froissement de pas ou de vêtements, il n'aurait su le dire.

En retenant son souffle, il sortit lentement son épée. Les deux mains sur la garde, il la tint droit devant lui. Du coude, il poussa son compagnon qui, dans un grognement, bougea son corps. La corde se tendit. Jalbert se rapprocha à l'aveuglette de l'oreille de Pinolt et murmura doucement :

— Réveillez-vous.

— Hum ! Qu'est-ce qu'il y a ?

— Chut ! Nous avons de la visite. Sortez votre épée tout doucement et préparez-vous à vous battre.

Pinolt, se redressa sans bruit et fit ce qu'on lui demandait. Il sentait sa peur revenir en force.

— Par l'enfer, mon prince, je ne me suis jamais battu !

— Eh bien, il y a toujours un début ! Gardez votre arme bien en avant de vous. Ainsi, vous serez prêt à mieux vous défendre, peu importe de quel côté viendra la chose. Nous devrons faire face en nous servant de nos oreilles et…

Il fut saisi par les épaules et sentit son épée lui glisser des mains. La tension de la corde le reliant à Pinolt disparut ; elle avait été coupée. Sans ménagement, on le mit debout et on lui ligota les bras derrière le dos. Aux bruits de froissement qui provenaient de sa gauche, il devina que son compagnon subissait le même sort. En dépit de leurs protestations indignées, on les emmena sans qu'ils puissent réagir.

— Quoi ! Je ne vous crois pas !

Incrédule, le roi Édwouard se tenait debout, droit comme un piquet au milieu du belvédère. Les muscles tendus par la fureur, ses yeux lançant des éclairs, il avait l'air d'un dieu vengeur.

La voix tremblotante et le regard contrit, Gareth baissa piteusement la tête et confirma :

— Hélas ! Majesté, c'est la vérité. Le prince et Pinolt, se sont égarés dans les grottes. À la demande de votre fils, nous nous sommes séparés un moment. Il voulait profiter des sources chaudes et il y est resté avec mon ami. J'en ai profité pour faire visiter à la princesse d'autres attraits de ces cavernes. Ne les voyant pas revenir, nous sommes venus les rejoindre et c'est alors qu'à l'entrée de la salle où nous les avions laissés nous sommes tombés sur le cadavre d'un monstre, tué d'un coup d'épée en pleine gorge. De Pinolt et du prince, nulle trace. Nous les avons cherchés un long moment, nous avons crié leur nom, mais seul l'écho nous a répondu. Comme notre propre pierre de protection perdait de sa luminosité, nous avons jugé plus sage de venir donner l'alerte.

La voix d'Édwouard claqua comme le tonnerre.

— Ces grottes, vous m'avez dit bien les connaître ! Vous avez sûrement une idée de l'endroit où mon fils se trouve !

— Je les connais, du moins partiellement. Il y a cependant des couloirs qui mènent on ne sait où. Ils paraissent s'enfoncer dans la montagne, mais impossible de les suivre, ils la creusent jusqu'au cœur. Je n'avais pas prévu qu'ils seraient dans l'obligation de s'y engager.

Contrarié par l'irresponsabilité de Gareth, Malock envoya une missive au château et forma une équipe de secours composée de magiciens et des meilleurs pisteurs du royaume. On inspecta les grottes connues, on visita tous les recoins où on pouvait s'aventurer sans risque. Les magiciens se postèrent devant l'ouverture des galeries qui n'avaient jamais été explorées. Ils lancèrent un sort de repérage destiné à localiser l'aura dégagée par un humain. Ils ne détectèrent aucune présence.

Le roi Édwouard prolongea leur séjour d'une semaine, en attente des résultats, mais il dut finalement accepter la fatalité. Les jours écoulés avaient sensiblement atténué sa colère contre Gareth. Le jeune prince était-il peu ou prou responsable des actes de Jalbert? Bien sûr, il aurait dû le prévenir que certaines grottes étaient hasardeuses, mais Pinolt le savait, lui.

Les disparus avaient affronté un danger comme le prouvait l'énorme lézard mort devant l'entrée où surgissaient les sources. Les pisteurs avaient remarqué quantité d'empreintes laissées par des bêtes autour du cadavre. Il connaissait son fils et le roi devinait que si Jalbert avait décidé de fuir par la première faille venue, c'est qu'il avait préféré la vie à la mort. Avait-il réussi à sauver sa peau? Le roi l'espérait.

La princesse, la mort dans l'âme, arpentait la chambre des invités. Elle s'arrêta devant la fenêtre sans rien voir de l'extérieur. L'inquiétude, la détresse et l'ennui la rongeaient. Dans quelques heures, elle s'en retournerait, laissant une partie d'elle-même derrière elle. Son père lui refusait de rester et de poursuivre les recherches. Elle avait eu beau argumenter ou faire du charme, rien à faire. Au contraire, le roi avait décrété que, désormais, en tant que seule héritière, elle devait se préserver de tout danger. La mort dans l'âme, elle n'avait eu d'autre choix que de se plier à cette exigence.

Elle laissa échapper quelques larmes derrière le rideau de ses cils. Son frère, témoin et complice de son enfance lui manquait.

Valène redressa le menton dans un mouvement rageur, essuya ses larmes et se tourna vers la glace. Elle entreprit d'effacer toute trace de son désespoir, s'assurant ainsi que personne ne puisse lire sur ses traits son état de faiblesse. Elle descendit remercier ses hôtes de leur hospitalité.

Ailleurs, dans une autre chambre du château, le prince Gareth jubilait. Malgré l'air contrit qu'il avait affiché toute la semaine, il ressentait une joie intense.

— Bénit soit-tu, Pinolt!

Un éclat de rire froissa l'atmosphère.

Dans l'intimité de sa chambre, Gareth et Jélima dégustaient leur petit déjeuner au lit. L'aube naissante les avait trouvés encore dolents de leur nuit d'amour. Gareth, dans un de ses rares moments d'égarement, caressait du bout des doigts le ventre de sa maitresse. Des vêtements, vestiges d'un effeuillage, décoraient le plancher.

Jélima rit de la mimique du prince, tantôt triste de la perte de son ami, tantôt heureux de la disparition de Jalbert. En gesticulant, Gareth lui fit renverser sur les draps jus d'oranges et café. Il saisit sa compagne à bras le corps et envoya valser les beignets, les œufs et le pain qui échouèrent par terre dans un fracas de vaisselles cassées.

— Vois, ma mignonne, comme les choses se placent d'elles-mêmes. Déjà, le prince de Théodie est hors course, et ce, sans la moindre intervention de ma part.

— Vous êtes bien sûr de vous, mon cher! Ils peuvent réapparaître sans crier gare!

— Oh que non! J'en suis certain! En ce moment, leur pierre de protection ne vaut plus rien. À mon avis, s'ils ne sont pas morts, ils tournent dans les méandres de cet enfer. N'oublie pas: ils n'ont ni nourriture ni lumière. Après une semaine de ce régime, la mort frappe à la porte de ta vie.

— Et Pinolt? N'en avez-vous pas de regrets?

— Pinolt? Sincèrement, ma douce, non. Bien qu'il fût un bon ami. Pour mes projets, je vais devoir sacrifier quelques-uns de mes pions, mais sois sans crainte, toi, je te garde.

— Hum, je vous adore.

Jélima embrassa le prince à pleine bouche. La noirceur de cet homme l'excitait.

On frappa à la porte. Sur la réponse du prince, un serviteur entra et déposa humblement les effets de Gareth afin que celui-ci puisse se vêtir. Il jeta un discret coup d'œil vers Jélima et ne put s'empêcher d'admirer sa nudité. Consciente de son désir, la jeune femme s'étira comme une chatte pour mieux l'aguicher. Témoin de ce petit jeu, Gareth ne put s'empêcher de sourire. Il adorait faire l'envie des autres.

— Allez femme, debout, le roi m'attend, je dois me préparer.

Il claqua les fesses de sa maîtresse dans un geste vulgaire et, d'un bond souple, il sauta hors du lit.

Avec un petit cri, Jélima se leva et lui sourit.

— C'est aujourd'hui qu'elle s'en va ?

— Si tu veux parler de la princesse, eh bien, oui ! Elle nous quitte dans l'heure.

— Ce n'est pas trop tôt ! Je me languissais, à passer mes soirées seule…

— Pour un temps, tu devras t'y faire. Quand je l'aurai épousée et jusqu'à ce qu'elle me donne un héritier, nous devrons faire attention. Avec son caractère, elle serait bien capable de me refuser un enfant, si elle apprend que je la partage avec une autre. Une fois ma descendance assurée, si je décide de me débarrasser d'elle, je te laisserai le plaisir de procéder, bien évidemment en toute discrétion.

— Alors, je serais reine ! dit Jélima d'un ton rêveur. Ça vaut bien un soupçon de solitude.

Elle tendit la main et prit celle de son amant qu'elle baisa.

— Allez, mon prince, accélérez, ne faites pas attendre cette Valène. Plus vite elle partira, mieux je me porterai.

Sur ce, d'un pas languide, elle quitta la pièce.

Habillé et rasé de frais, Gareth partit rejoindre leurs invités. Dans la cour, une bruine légère dansait dans les airs et saupoudrait humains et animaux d'une fine pellicule. Les carrosses et chevaux étaient prêts pour le départ. Valène se tenait près de son père qui parlait avec Malock. Lorsqu'elle vit le prince s'approcher, la princesse redressa la tête, la rancœur au bord des lèvres.

Un air de circonstance sur son visage, Gareth fit un baisemain à Valène et lui dit :

— Princesse, c'est avec tristesse que je vous vois retourner dans votre monde. Veuillez accepter mes plus profonds regrets. L'absence de votre frère pèse lourd.

— Il est trop tard, messire, pour des regrets. Qu'ils soient sincères ou non, je ne les accepte point. Jalbert illuminait ma vie. Vous êtes responsable de sa disparition. Vous avez omis de nous avertir des dangers de cette visite souterraine. Cela, je ne vous le pardonne pas !

Piqué, Gareth recula d'un pas. Décidément, cette fille était bien culottée ! Édwouard s'exclama horrifié :

— Valène !

Gareth fit un geste de la main pour calmer le roi et, hypocritement, dit d'une voix doucereuse dont la princesse ne fut pas dupe.

— Vous oubliez, princesse, que dans cette histoire j'ai perdu un ami qui m'était très cher.

— Peut-être, prince ! N'empêche que votre comportement reste inexcusable.

D'un mouvement vif, elle se tourna vers Malock et Faya.

— Si mes paroles vous ont offensés, je le regrette sincèrement. Veuillez me pardonner, j'ai les nerfs à fleur de peau.

Le regard doux et rassurant, la reine la serra dans ses bras et lui murmura à l'oreille :

— Partez sans crainte, Valène, et promettez-moi de garder espoir. Votre frère est un jeune homme qui déborde de ressources.

Malock, ne savait comment rassurer la jeune fille ; au fond de lui-même, il croyait bel et bien le prince perdu à tout jamais. Il s'approcha donc de Valène et, faisant fi des traditions, il lui baisa la main. Ses yeux cherchèrent les siens et y trouvèrent une immense peine. Sans dire un mot, la gorge serrée par l'émotion, il lui sourit en signe de pardon.

— On doit se mettre en route, décida Édwouard, qui détestait les longs adieux.

Un valet ouvrit la portière et aida Valène à monter. À son tour le roi grimpa. Le carrosse s'ébranla et Édwouard eut à peine le temps de crier :

— Je vous écrirai pour fixer la date des fiançailles.

Valène crut avoir mal entendu. Elle jeta un regard interrogateur à son père. Il opina. Nauséeuse, elle regarda le prince qui, lui, souriait, le contentement inscrit sur son visage.

Chapitre six

orrh se trouve dans un champ de blé. Les tiges qui pointent fièrement vers le ciel lui arrivent à la taille. Son regard porte au loin ; le vent doux et chaud fait onduler les herbacées, ce qui lui donne l'impression de se retrouver au beau milieu d'une mer d'or. La senteur de la terre chauffée par le soleil d'été dégage un parfum de vie. Le jeune homme se demande pourquoi il se trouve là. Il lève les yeux vers le ciel et est ébloui par la luminosité de l'astre. Vite, il baisse les paupières, le visage détendu ; il déguste avec plaisir la chaleur prodiguée. Jamais il n'a connu cette sensation. Il inspire à pleins poumons avant de s'arracher à ce moment de bien-être. Avec respect pour une aussi prometteuse récolte, les bras à l'horizontale, il écarte délicatement les épis et entreprend d'avancer. Il marche ce qui lui paraît des heures. À sa droite, il entend soudain des pleurs. On dirait un enfant. Il se dirige vers ce nouveau bruit, qui se fait de plus en plus présent à mesure qu'il progresse. Il repousse une dernière vague d'épis et découvre la bordure d'un chemin pierreux. Tout près, sur un tronc d'arbre moussu, est assis un petit garçon d'environ cinq ans, le visage tout rouge d'avoir trop pleuré. Étique et crotté comme un ramoneur, il a les joues creusées par la faim et striées par le passage des larmes. Sa tignasse rousse est en bataille et ses cheveux sont emmêlés. Gorrh s'approche doucement pour ne pas effrayer le garçonnet. Il est assailli par une odeur sulfureuse qui se dégage de ses vêtements, lesquels, d'une couleur indéfinissable, tombent en lambeaux.

Sans un mot, Gorrh tend sa main et saisit une poignée de blé qu'il égraine entre ses paumes en les frottant l'une contre l'autre. L'enfant, les yeux pleins d'espérance, suit ces gestes. Avec un sourire, Gorrh ouvre les paumes. Les grains ont pris l'allure de céréales. Il les offre au garçon.

Avidement, l'enfant, d'un mouvement incertain, les recueille. Il veut les porter à sa bouche, mais au dernier moment elles se changent en petits vers blancs tout luisants. Dans un mouvement d'horreur, il les laisse tomber sur le sol et, plus affamé que jamais, se remet à pleurer. Le cœur tordu par la peine et l'impuissance, Gorrh se retourne vers le champ. Ce qu'il y voit le stupéfie.

Les tiges prometteuses d'une récolte généreuse sont maintenant racornies sur un tapis de vers qui gigotent. Le soleil qui resplendissait plus tôt a disparu, voilé par des nuages grisâtres. Le vent qui murmurait l'instant d'avant a soudain gagné en intensité et fait tourbillonner la poussière ocre qui s'élève de la terre. L'air transporte une senteur d'humidité malsaine, Il se retourne vers le garçon avec l'intention de le rassurer, mais, à l'endroit où il se trouvait, il n'y a plus qu'une vieille souche toute sèche qui ressemble étrangement à une forme enfantine.

D'une détente, Gorrh s'assit sur sa paillasse. Les yeux ronds comme des billes, le corps tremblant, il aspira une goulée d'air. Du regard il chercha dans la pénombre un objet familier, de quoi se raccrocher à son monde. Il vit au bout de ses pieds sa couverture roulée. La lumière de l'aube grisonnante entrait par l'ouverture de sa tente et rampait jusqu'à ses bottes qui traînaient tout à côté de son paquetage. Il était bien dans sa tente, ce n'était qu'un cauchemar. Encore un de ces rêves qui empoisonnaient ses nuits ! Ses vêtements de corps étaient trempés par la sueur. Les membres gourds, le jeune homme se leva et s'éloigna de sa couche. Les pensées encore confuses, il saisit des vêtements de rechange et prit un pain de savon tout au fond de son sac. Il devait se laver, enlever toutes traces de ces images nocturnes qui continuaient de le troubler à l'était de veille.

Au sortir de sa tente, un vent frais l'accueillit. La senteur d'humus laissée par les feuilles et l'herbe mouillée le réveilla complètement. Il se dirigea vers la rivière qu'il savait non loin du campement, au détour d'un amas de broussailles. Le chemin sur lequel il s'engagea était bordé de pins noirs ; à leurs pieds, des centaines de champignons les honoraient, figés dans une attitude respectueuse. Le jeune homme entendit la cascade musicale de la rivière. En même temps, un léger chant, qui s'accordait avec celui des eaux murmurantes, se fit entendre. Sa bonne humeur revenue, il sourit, sûr de rencontrer le Ponède. Il dépassa les broussailles et se retrouva sur une rive garnie de milliers de petites pierres aux couleurs chatoyantes.

Une silhouette se tenait dans les eaux calmes.

— Eh ! Philin ! cria Gorrh.

La silhouette se tourna. Gorrh resta sans voix. Une jeune femme se tenait devant lui, belle comme le printemps. Ses cheveux blonds dansaient sur ses épaules et encadraient un visage aux lignes parfaites où de fins sourcils soulignaient des yeux d'un vert d'une pureté translucide. Les pommettes saillantes s'accordaient avec un nez d'une délicatesse exquise et les lèvres entrouvertes laissaient voir des dents d'une blancheur éclatante. Involontairement, le regard du jeune homme glissa sur son corps nu. On lui avait dit que les femmes avaient reçu la beauté en partage, mais jamais il n'aurait pu imaginer une telle perfection. Celle-ci était toute en courbes. Les petits seins fermes s'harmonisaient avec un ventre légèrement bombé que des jambes longues et fuselées soulignaient avec grâce. Pourtant, malgré sa féminité, elle avait une allure garçonne qui lui rappelait vaguement quelqu'un.

Un air moqueur sur son charmant minois, la fille s'avança et saisit une serviette dont elle se couvrit.

— Alors, Gorrh, on est bien matinal ! Je croyais être le seul à vouloir braver les eaux froides.

Saisi d'un doute, le regard interrogateur, Gorrh risqua :
— Philin ?

— Gagné ! Tu as un sens de l'observation très développé.

Ayant torsadé sa longue chevelure, le Ponède s'activa à se frotter vigoureusement et, sans aucune pudeur, il délaissa sa serviette maintenant trempée et se mit à se vêtir méthodiquement. Embarrassé, Gorrh détourna les yeux et fixa le bout de ses chaussures.

— Allons, ne me dis pas que tu n'as jamais vu un corps de femme !

— Bien... non.

— Jamais ?

Le visage rouge de confusion, le jeune homme fit non de la tête, qu'il tenait toujours baissée.

Le Ponède en eut pitié. Il s'assit sur un rocher et, les pieds pendants dans l'eau, lui dit.

— Allez, viens, viens t'asseoir près de moi, je vais t'expliquer.

Gorrh hésita, mais, la curiosité titillée, il s'avança et rejoignit son ami. Il prit soin de ne pas le toucher. Le silence retomba, à peine troublé par le chuchotement des eaux. Philin, qui sentait un malaise s'installer, demanda à brûle-pourpoint :

— Tu sais qui sont les Ponèdes, n'est-ce pas ?

— Oui, enfin, je pense. Vous constituez une communauté qui étudie l'histoire et l'évolution des dieux. On dit de vous que vous possédez les deux sexes. Enfin, c'est ce qu'on croit.

— Et, à ton avis, c'est possible ?

— Je ne sais pas. J'ai vu des Ponèdes de sexe distinct. Jamais je n'en ai vu un qui ressemblait à la fois à un homme et à une femme. Vous semblez toujours être soit l'un, soit l'autre. Toi, Philin, qu'es-tu ?

— Ha ! Pour le moment, Gorrh, je suis femme. J'adore me baigner dans un corps féminin. Les femmes ressentent mieux le bien-être offert par l'eau d'un lac ou d'une rivière. J'aime sentir les parfums exhalés par les savons. Tu sais, quand vient le temps de prendre soin de ma personne, mon petit côté féminin domine. Non pas que les hommes ne soient pas propres, au contraire, mais, en général, ils n'apprécient pas à leur mérite ces moments intimes. Pour le reste, je me préfère en homme.

— Mais, dis-moi, Philin, les autres ? Quand je vois un Ponède femme, il est temporairement transformé ? Tout ceci est compliqué !

— Pas nécessairement. Écoute-moi ! Nous, Ponèdes, sommes une race à part.

Philin rida l'eau avec ses pieds, en invitant Gorrh d'un geste à faire de même. Le jeune homme enleva ses chaussettes et l'imita. La fraîcheur de la rivière le surprit. Philin enchaîna :

— Notre naissance remonte à des temps lointains. Quand les dieux prirent conscience que leur histoire n'était consignée nulle part, qu'aucun être ne pourrait suivre leur évolution, ils décidèrent de remédier à cette lacune. Ils déposèrent sur la terre un être unique qui avait pour mission de transmettre par écrit tout ce qui fut et pourquoi. Imbue de son importance, cette créature se fit un devoir de transcrire fidèlement tous les actes commis par les dieux, que ceux-ci soient bons ou mauvais. Mais, après une quarantaine d'années humaines, cet être se mit à ressentir l'ennui, ce qui surprit les dieux. Car, vois-tu, investi de la responsabilité d'un tel travail, jamais il n'aurait dû se sentir seul. Par ailleurs, son corps vieillissait, il fallait prévoir la continuité, et de l'espèce, et de sa mission. Il fut donc décidé de créer une nouvelle race, une communauté qui ne pourrait jamais se mêler à une autre. À cet effet, les dieux firent don aux représentants de cette espèce de la capacité de se reproduire eux-mêmes.

Ébahi, Gorrh s'exclama :

— Mais comment ?

— Ah ! Là, ça se complique. Sois attentif, ce n'est pas facile à expliquer et je ne recommencerai pas.

L'oreille tendue au maximum, Gorrh écouta.

— Voilà, tu sais que pour faire les bébés, il faut un homme et une femme. N'est-ce pas ?

— Bien entendu.

— Bien ! Un Ponède, qui descend directement des dieux, n'a pas besoin d'un complément pour se reproduire.

Il se suffit à lui-même. De l'enfance à l'âge de la sagesse, qui se situe aux environs d'une quarantaine d'années, nous pouvons par la pensée nous transformer en l'un ou l'autre sexe. Une fois atteint l'âge de la maturité, nous devons faire un choix, selon le sexe que nous préférons. Au moment où nous passons d'un sexe à l'autre, les fluides se mélangent, et, avec la volonté des dieux, la jeune femelle portera un enfant quelques mois. Quand vient le temps de l'accouchement, une grande fête célèbre l'arrivée du nouveau-né. Ce bébé a, bien sûr, une mère, mais il possède une ribambelle de pères. Tous les mâles adultes se font un plaisir de participer avec la femme à l'éducation de l'enfant.

Il fit une longue pause, le temps que Gorrh démêle ces informations.

— Tu comprends ?

Les yeux écarquillés, l'adolescent regardait Philin. Il savait que les Ponèdes constituaient un peuple à part, mais jamais il n'aurait imaginé qu'ils fussent à ce point uniques. Il ne put qu'acquiescer, le respect dans le regard. Le sourire accroché au bord des yeux, Philin bouscula amicalement le jeune homme.

— Allez, ne t'en fais pas, il me reste encore une vingtaine d'années avant de faire mon choix. D'ici là, je te promets de faire l'impossible pour ne pas t'embêter avec mon côté féminin.

— Ça ne m'embête pas ! s'empressa de dire Gorrh, encore fortement remué par la beauté qu'il venait de découvrir et qui l'attirait mystérieusement tout autant qu'elle le gênait.

Toujours paré de son apparence féminine, Philin se leva d'un mouvement souple et se dirigea vers un bosquet imbibé de rosée en chantonnant joyeusement.

Resté seul avec ses pensées confuses, Gorrh décida que la journée débutait aussi bizarrement que s'était terminée la nuit qui l'avait précédée. Il prit son savon et se dévêtit rapidement. La fraîcheur de l'air hérissa les poils sur son corps. Courageusement, il plongea dans l'eau froide, bien décidé à effacer toute trace de son sommeil agité.

Il revint revigoré au campement où une délicieuse odeur de porc et de saucisses rôties bousculait celles de la nature. Ses compagnons étaient assis autour d'un feu et faisaient honneur à un petit déjeuner mitonné par Rize. Érick, un plat précairement déposé sur ses genoux, lui fit signe de prendre place près de lui. Redevenu le Ponède que Gorrh avait toujours connu, Philin lui sourit en mâchonnant une saucisse. Rize agitait une poêle où pétillaient des œufs au jaune foncé appétissant.

— Ah! Te voilà, mon chéri! La baignade a été bonne?

— Surprenante, ma tante! Vous ne pouvez imaginer combien surprenante, de s'exclamer le jeune homme les yeux rivés sur Philin.

Si Rize détecta le regard complice qu'ils échangeaient, elle n'osa demander ce qui avait bien pu se passer entre ces deux-là. Elle remplit à ras bord une écuelle.

— Tiens, prends soin de tout manger, nous ne pourrons nous restaurer qu'à la tombée du jour. Nous devons atteindre le village des Sources avant la tempête.

— Ah! Il va y avoir une tempête?

— Pour cela, oui, s'empressa de confirmer Philin. Regarde les feuilles, elles sont toutes retournées vers l'extérieur, ce qui annonce de la pluie. Et sens comme l'air a un parfum d'orage. Et puis, il y a ton pigeon: il saute d'une branche à l'autre, signe évident de sa nervosité. Rien de plus fiable qu'un animal pour indiquer les changements de température, qu'il soit idiot ou pas. Cela dit, je te conseille de l'attraper et de le mettre en cage si tu ne veux pas le perdre, avec la vélocité des vents qui vont s'élever.

Vivement, Gorrh avala sa dernière bouchée et se leva. Il tendit son bras, poing fermé, et cria à Carmille qui en profitait pour se moquer de son maître. Après quelques minutes de ce manège, Gorrh, le bras fatigué, perdit patience et s'exclama :

— Qu'il aille au diable !

Il alla aider ses amis à lever le camp. Juchés sur leur monture, ils s'apprêtaient à partir lorsque Gorrh reçut Carmille en pleine tête. Il s'agrippa à sa selle pour ne pas tomber. Érick rigola et saisit l'oiseau. Victorieusement, il le tendit à Gorrh qui s'empressa de le mettre en cage.

— Je t'en prie, Érick, ne dis rien !

— Tu as des plumes dans les cheveux.

Écœuré, Gorrh fourragea dans sa chevelure pour en sortir deux plumes d'un blanc pur. Dédaigneusement, il secoua la main pour s'en débarrasser.

Du haut de son cheval, Philin demanda le silence. Une fois qu'il l'eut obtenu, il leur dit :

— Nous voyagerons deux par deux. Moi et dame Rize, Gorrh et Érick. Nous ne devrions pas rencontrer de créatures féroces. À l'approche de la tempête, elles doivent se terrer, ce qui facilitera notre progression. Nous atteindrons le village des Sources avant la nuit, si nous forçons l'allure.

Sans plus tarder, le signal du départ fut donné.

La pluie tombait dru et noyait la route déjà difficile. Les chevaux peinaient et soufflaient. Les cavaliers, trempés, grelottaient dans le vent qui prenait de la vigueur. En pensée, Érick remercia Torick, le maître écuyer, pour le bon choix de leurs montures. Un cheval moins robuste aurait depuis longtemps agonisé sous l'effort. La tempête rageait depuis déjà une heure, les malmenant et les obligeant à avancer à l'aveuglette. Grâce à l'expérience du Ponède, ils avaient su déjouer maints pièges. La route s'enfonçait dans une forêt qui recouvrait des collines aux flancs plus abrupts les uns que les autres. Les bois touffus ne permettaient pas de déroger du tracé. Maintenant, ils suivaient un sentier de boue où s'enfonçaient les pattes des chevaux.

— On en a encore pour longtemps? cria Érick au Ponède qui se débattait avec sa cape, laquelle lui collait au corps.

— Je ne peux le dire. Avec cette pénombre, on ne voit pas s'écouler le jour.

Une rafale lui rabattit sa cape sur la figure. Il se dégagea et enchaîna :

— Si nous n'atteignons pas le village d'ici une heure, nous devrons trouver un endroit où monter le camp.

Sur un cri de Rize, il se détourna. Elle pointait d'un doigt gelé un petit groupe de cabanes rassemblées au pied d'une montagne dont le sommet se perdait dans la brume. L'agglomération, composée d'une vingtaine de petits bâtiments éparpillés sans ordre apparent, ne semblait comporter aucun gîte. Les lucarnes et les portes étaient fermées et aucune lumière ne piquait la pénombre environnante. Dans les cours traînaient des chariots mal en point et des instruments agricoles grugés par la rouille. Aucun bétail n'était visible.

Suivi de ses compagnons, Philin se dirigea vers la plus imposante de ces petites constructions, espérant y trouver une présence. Lorsqu'ils mirent pied à terre, un vent agressif leur fit fermer les yeux. Poing fermé, Érick tambourina à la porte branlante. Ils grelottèrent de longues minutes avant qu'elle ne s'ouvre sur un filet de lumière. Une vieille femme, grande et sèche avec de longs cheveux gris, accueillit les visiteurs d'un regard noir, las et usé.

— Qu'est-ce que c'est? demanda-t-elle d'une voix fatiguée.

Philin s'avança. La langue enjôleuse, il expliqua:

— Nous sommes des voyageurs pris par la tourmente. Nous cherchons un gîte pour la nuit et sommes prêts à payer rubis sur l'ongle celui ou celle qui voudra bien nous héberger.

— Allez-vous-en! Vous n'êtes pas les bienvenus!

La vieille dame recula dans l'intention de refermer la porte. Prévoyant son geste, Philin glissa un pied mouillé dans l'ouverture et contra le mouvement.

— Allons, ma dame, il doit bien y avoir ici un habitant qui pourrait nous offrir ne serait-ce qu'une étable ou un coin de grenier pour passer la nuit!

— Je vous dis que non! réitéra la femme.

Du fond de la cabane, Philin entendit des pas se rapprocher. Un homme demanda:

— Lyna, qu'est-ce qu'il y a?

— Des voyageurs, Dolpho.

— Eh bien, ne les laisse pas là! fais-les entrer! Avec ces vents, ils vont attraper froid!

Lyna ouvrit la porte avec réticence et leur céda le passage. Dès qu'ils furent à l'abri, elle referma d'un coup sec et s'empressa de tirer le verrou. Bien que frigorifié, Gorrh prit la peine d'examiner la pièce. Ils se trouvaient dans une cuisine dominée par un énorme foyer, qui servait à la fois à réchauffer la maison et à cuire les repas. Le mobilier, disparate, ne témoignait d'aucun luxe. Une table de bois brut entourée de six chaises bancales se réservait le centre de la pièce, alors qu'un banc vermoulu accaparait l'espace sous une fenêtre. Une bassine à l'émail éraflé trônait sur un comptoir déjà assailli par la vaisselle mise à sécher. Deux ouvertures creusaient les murs. C'est là que devait coucher le couple.

Leur hôte, un vieillard à la bedaine rebondie, arborait une chevelure d'un noir de jais striée de fils gris. Les joues rouges et le regard franc, il avait un air jovial qui contrastait violemment avec l'expression rébarbative de sa femme. On pouvait néanmoins y lire une peine immense qu'un sourire essayait de démentir. Avec empressement et en malmenant son gros corps, le bonhomme cueillit les manteaux qui dégoulinaient et dirigea les visiteurs vers le foyer.

— Venez, venez vous réchauffer! Par ce temps, on ne devrait pas courir la campagne.

— Merci, monsieur, votre geste est très apprécié, dit Rize solennelle.

— Je me nomme Dolpho, je suis charpentier de mon métier, et voici ma femme Lyna, dure à l'ouvrage. Sous son air méfiant, elle cache un cœur d'or. Tenez, prenez place!

Ce disant, il approchait des chaises du feu.

— Ma femme va vous servir de la soupe et du pain frais pendant que je vais mettre vos chevaux à l'abri.

Sans laisser le temps à ses hôtes de se présenter, il empoigna une vareuse tout usée et se prépara à sortir. Érick s'empressa de dire en se levant:

— Je vais avec vous, si vous le permettez! Je vais en profiter pour étriller les bêtes et m'assurer qu'elles n'ont pas souffert du voyage…

Il rajouta à l'adresse de ses compagnons:

— Je vous rapporte des vêtements secs en même temps.

Restée seule avec les intrus, Lyna traîna les pieds jusqu'à un vieux buffet, sortit des assiettes ébréchées, et se mit à préparer une tablée. Le groupe, mal à l'aise, se sentait de trop. Rize décida de mettre du sien pour détendre l'atmosphère.

— Laissez-moi vous aider. Nous sommes désolés de vous occasionner un surplus de travail.

— Je vous en prie, allez-vous-en pendant qu'il en est encore temps !

Elle avait prononcé ces mots la tête baissée, dans un murmure où pointait cependant une mise en garde pressante qui n'échappa pas à Rize.

— Mais pourquoi ? Pourquoi devrions-nous partir ? Nous arrivons à peine.

— Justement, on a bien assez de problèmes comme ça sans avoir à s'occuper de voyageurs ! De plus, vous pourriez à votre tour être contaminés.

D'un geste tendre, Rize prit les mains de la vieille femme et la fit asseoir avec ses compagnons. Lyna s'essuya les yeux avec un coin de son tablier.

— Pardonnez-moi, mais de quels problèmes parlez-vous ? Sans vouloir nous imposer, peut-être pourrions-nous vous aider ?

— Ne me dites pas que vous ne savez pas ! Tout le comté est au courant. Charlatans et commères défilent pour se rendre compte par eux-mêmes. Les enfants ne s'en portent que plus mal. Nous sommes maudits. Au début, les petits seulement étaient atteints, mais depuis hier les vieillards commencent eux aussi à montrer des symptômes. Qui sait, peut-être que le mal va se propager à d'autres personnes ! Il vous faut partir !

Inquiète, Rize demanda :

— Les enfants, de quoi souffrent-ils ?

Avec un air accablé, Lyna se leva.

— Venez, je vais vous montrer.

Ils enfilèrent leurs vêtements encore humides et, courbés en deux pour mieux affronter les bourrasques, ils se dirigèrent vers une cabane qui à première vue semblait servir de lieu de rassemblement. Lyna poussa les battants et entra, suivie de près par les trois amis. Une chaleur suffocante les accueillit. Sur le plancher étaient étendues des paillasses où gisaient une vingtaine d'enfants de tous les âges. Les plus petits, trop jeunes pour être laissés par terre, étaient couchés dans de rudimentaires couffins. Les lucarnes fermées ne laissaient filtrer aucun air frais, ce qui expliquait la lourdeur de l'atmosphère. Des pleurs et des gémissements se faisaient entendre de façon continue.

Ils déambulèrent parmi les malades. Une jeune femme aux traits tirés par la fatigue distribuait des soins et des caresses afin de rassurer les plus atteints, pendant qu'un homme d'une cinquantaine d'années, le visage blême, arpentait la salle, un bébé dans les bras qui vagissait, inconsolable.

Gorrh ressentit une grande pitié, mais aussi une peur incompréhensible. Malgré cela, il ne put s'empêcher d'avancer et de se pencher sur le premier petit malade rencontré. Couché sur le côté, l'enfant se tordait de douleur, ses cheveux blonds plaqués par la sueur sur son crâne. Les yeux embrumés par une forte fièvre, il ne voyait rien de ce qui se passait tout autour de lui. Le jeune homme tendit la main et lui caressa la joue qu'il avait rouge et moite. L'homme, qui tenait toujours l'enfant, s'approcha pour apostropher Lyna.

— Lyna ! Qui nous ramènes-tu ? demanda-t-il d'une voix bourrue.

Embarrassée, la femme ne sut quoi répondre. Toujours attentive, Rize s'empressa de répondre :

— Je me nomme Rize, voici Philin, un Ponède, et ce jeune homme penché sur l'enfant se prénomme Gorrh. Nous venons du royaume de Valberingue. La tempête nous a obligés à chercher refuge dans votre village. Lyna et Dolpho nous ont gentiment ouvert leur porte, non sans nous aviser que votre communauté connaît des difficultés et que nous courons potentiellement un danger.

— Ah oui ? Et où allez-vous comme ça ? demanda l'homme, ses sourcils fournis froncés de suspicion.

Prise de court, Rize regarda Philin. Le Ponède faisait travailler ses méninges aussi vite que le vent qui soufflait à l'extérieur. Il répondit :

— Nous accompagnons Gorrh dans une quête. En tant que novice, il termine ses études dans sa spécialité et il doit aller cueillir certaines plantes. Nous devons donc nous rendre dans des lieux peu connus, gardés secrets par les prêtres de son monastère. De nous quatre, seul Gorrh connaît notre destination finale.

Les yeux ronds, Gorrh regarda Philin. L'homme curieux demanda encore :

— Et quelle est cette spécialité ?

En se résignant à s'enfoncer à demi dans le mensonge de Philin et bien que malheureux, le jeune homme répondit :

— Les herbes. Je suis herboriste. Je sais aussi soigner le corps.

— Tiens, un autre ! ne put s'empêcher de rajouter l'homme.

Il tapota le bébé qui s'était finalement endormi et le déposa dans un petit couffin. Il en prit un autre délicatement et entreprit de le langer.

— Nous sommes envahis par des gens qui se disent guérisseurs, magiciens, thaumaturges et quoi encore! Ils ont bien essayé des remèdes sur les enfants, sans aucun résultat. Même que quelques-uns de mes petits en ont souffert. Je ne veux pas vous offenser, jeune homme, mais vous comprendrez que je suis soupçonneux quand quelqu'un me dit qu'il est guérisseur ou quoi que ce soit dans ce genre-là.

La porte s'ouvrit pour livrer passage à un vent froid, ainsi qu'à Dolpho et Érick qui s'ébrouèrent, frissonnants.

— Ah! Vous voilà! J'ai pensé que Lyna vous avait raconté nos malheurs et qu'elle avait décidé de vous montrer les petits. Alors, Gill, des changements?

L'homme tendit le bébé nouvellement langé à la jeune femme, qui s'empressa de lui proposer un biberon.

— Hélas non! On dirait que leur état empire. J'ai beau leur donner des infusions d'écorces de saule, la fièvre ne tombe pas.

Il montra l'enfant auprès duquel Gorrh était encore accroupi.

— Le petit Karl, il perd de la force. Son tonus est tombé au plus bas. Je crois qu'il n'y a plus rien à faire. J'ai demandé à Mila de prévenir les parents, ils devraient bientôt arriver.

— Pardonnez-moi, s'excusa Rize, mais de quoi souffrent-ils?

Le visage de tous les voyageurs, à l'égal de celui de Rize, était marqué par la perplexité. Le dénommé Gill, en dépit de sa méfiance, décida enfin de mettre fin à leur ignorance. L'attitude charismatique de la femme et les gestes de bonté que Gorrh prodiguait au petit Karl décidèrent l'homme à leur accorder un peu de sa confiance.

— C'est à moi de me faire pardonner, ma dame, les événements n'excusent pas ma maladresse. Je me nomme Gill et je suis prêtre dans cette communauté. Et voici Mila. Cette jeune femme a la générosité de me seconder dans la dure tâche de soigner les enfants. Voilà une demi-lune, nous avons fêté la renaissance. Cette célébration souligne la récolte du blé, dont les champs cette année ont été particulièrement généreux. À cette occasion, les enfants, guidés par leurs parents, mettent la main à la pâte. Ils cuisinent des gâteaux, des galettes, du pain, bref, tout ce qui est à base de cette céréale qui est notre principale source de nourriture. Après s'être empiffrés toute la journée de ces pâtisseries, les petits se sont mis à souffrir de maux de tête et de ventre, de vertiges et de fièvre. Bien sûr, nous avons pensé à un empoisonnement dû à la nourriture, mais, après vérification, nous avons constaté que notre blé était parfaitement sain. Et les adultes ont aussi mangé de ces pâtisseries sans ressentir de malaise.

— N'avez-vous pas dit que des vieillards étaient malades, eux aussi? demanda Gorrh en jetant un coup d'œil à Lyna.

— En effet, quelques-uns ont les mêmes symptômes, affirma-t-elle.

Du blé, des enfants, une bonne récolte. Ces trois éléments tournaient dans la tête de l'adolescent. Quelque chose, tout au fond de lui, une sorte de force qu'il n'arrivait pas à identifier, le pressait avec insistance de réagir et s'imposait contre sa volonté. Gorrh se retrouva dans son cauchemar de la nuit précédente. Il se revit tendre à un jeune enfant une poignée de céréales, il se remémora le champ gorgé de blés puis…

Il tâta le corps du garçonnet et tendit l'oreille vers le souffle rauque. Soudain, il sut ce qu'il devait faire. Il se releva d'un bond et demanda :

— Conduisez-moi dans un de ces champs. Je crois que le blé est la cause de ce malheur.

— Voyons, mon chéri, tu n'as pas écouté ? interrogea Rize. Le blé est sain, Gill nous l'a confirmé.

— Tante Rize, je vous en prie, il n'y a pas de temps à perdre. L'autre nuit, j'ai fait un mauvais rêve où il y avait du blé et un enfant. Quand j'ai voulu le nourrir avec ces céréales, elles se sont changées en vermine. Je vous le dis, c'est le blé.

Secoués par le ton de Gorrh, ils se retrouvèrent guidés par Dolpho à affronter encore une fois le mauvais temps. Direction les champs. Ils eurent de la difficulté à gravir plusieurs petites buttes boueuses et glissantes, contournèrent rigoles et ruisseaux et foncèrent comme ils purent au travers de buissons épineux pour éviter le chemin impraticable. Ils arrivèrent essoufflés au bord des champs battus par les vents. Gorrh s'engouffra dans cette mer blonde et, d'une main tremblante, se saisit d'une poignée de grains tout trempés. Délicatement, il ouvrit la main et les observa un à un ; il les roula et les écrasa sans toutefois les détruire complètement. Rien.

Son instinct lui disait de chercher plus loin. Il essuya du revers de la main l'eau qui dégoulinait dans ses yeux. Du bout des doigts, il saisit un grain de blé et le décortiqua lentement, enlevant les petites couches blondes une par une, pour parvenir jusqu'au cœur. Au centre, il trouva un minuscule point blanc, à peine visible à l'œil nu.

— J'ai trouvé ! J'ai trouvé, tante Rize ! cria-t-il.

Ses compagnons ainsi que Dolpho accoururent, l'entourèrent et examinèrent les résidus au creux de sa main. Il ne virent qu'un petit grain décortiqué.

— Que vois-tu, Gorrh ? demanda Érick, les yeux plissés.

— Regardez ce minuscule point blanc.

Philin saisit la main tremblante et se pencha pour mieux voir. Il ne tarda pas à découvrir la petite larve qui dormait paisiblement, accrochée à son nid.

— Mais il a raison ! Ce blé est contaminé !

— Ha ! Par les dieux ! s'écria Dolpho. Nos enfants sont empoisonnés. Ils vont tous mourir !

Rize, qui connaissait le talent de Gorrh pour soigner les corps, lui demanda :

— Mon chéri, y a-t-il moyen de guérir les petits ? Du moins, de les soulager ?

Le jeune homme sentit soudain tous les malheurs de l'humanité lui tomber sur les épaules, il regarda sa tante. Il se savait capable de soulager le mal qui rongeait les malades, mais de là à les guérir… Un doute profond subsistait dans son esprit. Il était un novice, pas un guérisseur. Saurait-il prendre les bonnes décisions ? Bien sûr, il y avait toujours le petit sac d'herbes magiques que maître Kerv lui avait donné, mais s'il se trompait !

— *Allez, secoue-toi et agis ! Vite !*

Il écarquilla les yeux et fixa Rize. Quelque chose semblait vouloir prendre possession de son esprit. Il entendait une voix. Est-ce qu'il devenait fou ? Ces manifestations intempestives l'inquiétaient de plus en plus.

— Allons, Gorrh, ne me regarde pas ainsi, on dirait que tu as vu un fantôme. Viens, il n'y a pas de temps à perdre. Tu dois soigner les petits !

Rize l'attrapa par le revers de sa manche et, suivie du reste du groupe, l'entraîna d'un pas pressé vers le dispensaire. Pendant ce temps, toujours troublé, Gorrh se demandait s'il n'avait pas imaginé cette voix, en espérant qu'il en fût ainsi. Mais sa déception s'accentua quand, au plus profond de son esprit, la voix murmura :

— *N'aie pas peur, tu n'es pas seul.*

Et il perdit aussitôt la maîtrise de ses actes. Ce fut toutefois la conscience parfaitement claire qu'il entreprit avec l'aide de Gill, de Rize et de Mila d'examiner attentivement les petits, en notant les symptômes, l'âge des malades, ainsi que le degré d'évolution de la maladie de chacun. Avec l'accord de Dolpho, Érick et Philin réunirent les villageois. Après délibération, ils décidèrent de brûler tous les champs non récoltés. Ils devraient attendre une accalmie avant de procéder et convinrent de prendre un peu de repos en attendant le matin.

Pour Gorrh, la nuit se passa à faire ingurgiter les potions appropriées à chacun. Rize suivait ses instructions, mesurait, mélangeait, brassait les herbes que le jeune homme puisait dans son sac. Mila et Gill, patiemment, s'appliquaient à convaincre les enfants d'ingurgiter les médecines. Quelques parents venus à la rescousse les réconfortaient et les baignaient pour faire tomber la fièvre. À la demande du jeune homme, ils firent briller la salle et désinfectèrent les draps et les instruments.

L'aube grise fut accueillie avec un cri de victoire, plusieurs enfants n'avaient plus de fièvre et les autres étaient sur la voie de la guérison. Les quelques vieillards malades, quoique encore fragiles, réclamaient à boire et à manger. Gorrh établit un menu : bouilli de légumes pour les enfants et bouillon de poulet accompagné de quelques végétaux pour les plus vieux. Pas question qu'ils s'empiffrent, pour le moment. Les bébés se nourriraient de lait à petites doses et de légumes en purée afin de ménager leur estomac. Les réserves de blé devaient être détruites, de même que tout aliment qui en contenait.

Durant cette nuit de combat, Gorrh avait appris beaucoup. Sans cesse on lui avait soufflé à l'oreille les gestes à faire, ainsi que le pourquoi de leur utilité. Son cerveau avait enregistré des données que jamais il n'aurait pu apprendre en fréquentant ses cours d'herboristerie. Maître Kerv lui avait recommandé de seulement mettre la main dans son sac en décrivant ce que ressentait le malade, pour que la bonne herbe s'impose d'elle-même, mais il ne s'était pas contenté de ce raccourci. En examinant chaque enfant, il avait su quelles simples chercher, ainsi que la quantité requise. On l'avait guidé tout au long de cette nuit. Et maintenant, la chose qui l'habitait se retirait en lui cédant un énorme bagage de connaissances.

Il sentit une fatigue extrême l'envahir. Tante Rize le regarda d'une drôle de manière, elle aussi fatiguée, comme le soulignaient les cernes sous ses yeux.

— Tu as été magnifique, mon chéri! Regarde comme les enfants prennent du mieux!

Blême et les cheveux en bataille, Gorrh voyait des points danser devant lui.

— Je crois qu'ils sont tirés d'affaire.

Il fit le tour de la salle et sentit un débordement d'amour infini pour ces petits corps étendus çà et là. Les mains rougies par les lavages et le frottage, Gill se joignit à eux, enivré par la reconnaissance. Son bonheur s'exprimait dans toute son attitude. Son tablier qui, hier, était d'une grande propreté, laissait voir les empreintes d'une nuit mouvementée; il était froissé et taché, comme une nappe ayant servi à plusieurs banquets. Il se planta devant Gorrh et, sans un mot, le fixa. Gêné, le jeune homme se tortilla; il se demandait pourquoi on l'examinait ainsi. Dans un geste spontané, Gill emprisonna l'adolescent dans ses bras et le serra à l'étouffer.

— Je vous aime! s'exclama-t-il.

D'un même mouvement, il enlaça une Rize amusée et lui planta deux gros baisers sur les joues.

— Voyons, mon brave! C'était normal de vous aider, dit tante Rize en essayant de se dépêtrer de son étreinte.

— Sans la clairvoyance de ce jeune homme, jamais nous n'aurions pu trouver la cause du mal. Aujourd'hui, la relève de ce village est assurée. Nous avons envers vous une dette énorme.

— Mais vous ne nous devez rien! s'exclama Gorrh.

— Ah, mais si! Et je vous garantis qu'un jour nous nous ferons un bonheur de l'honorer. Mais assez parlé, voici d'autres parents qui viennent nous remplacer, le temps de leur confier nos tâches et nous pourrons nous reposer un peu. Nous ne l'avons pas volé.

Hommes et femmes, les bras chargés de linges propres et de nourriture, arrivaient, heureux de contribuer à la guérison des petits.

La tempête, à bout de souffle, s'était enfin calmée. Les feuilles des arbres, chargées de pluie, pointaient vers un sol tout aussi détrempé. Quelques pas suffirent à recouvrir de boue leurs chaussures. Rendu frileux par l'épuisement, Gorrh resserra sa pelisse contre son corps en se demandant s'il parviendrait un jour à se réchauffer. La brume qui stagnait dans l'air dévoila enfin le refuge où ils pourraient dormir.

Ils entrèrent d'un pas lourd dans la grande cuisine qui les avait reçus la veille. Une chaleur bienfaisante les accueillit. Carmille, perchée sur sa cage de bois, roucoulait allègrement, les plumes gonflées. Ils retrouvèrent une nouvelle Lyna qui s'activait à cuisiner un petit déjeuner consistant. Elle débordait de vigueur. Les yeux en sourires, elle les salua. Dolpho la serra dans ses bras et, du bout des doigts, joua avec une mèche échappée de son chignon. Les deux époux se dirent tout par un simple silence. La femme éprouvait pour Gorrh un immense respect.

— Venez vous asseoir.

Elle tira les chaises une à une et s'empressa de saisir le jeune homme par le coude.

— Vous aussi, ma dame, ajouta-t-elle en dirigeant Rize au bout de la table où attendait une énorme théière. Vous devez être épuisés !

En caracolant comme une mère zèbre autour de ses petits, elle se fit un honneur de remplir les plats ébréchés et de leur servir du thé chaud. Étourdie par son propre entrain, elle finit par s'asseoir.

— Là, c'est bien ma femme ! Sers-toi une tasse de thé et calme-toi ! Tu ne dois pas t'exciter comme ça, tu vas faire peur à nos invités.

De sa fourchette, Gorrh piqua un appétissant bout de saucisse. Il le mâchonna longuement pour en déguster les saveurs avec délice. La charcuterie était croustillante sous la dent. Il se demanda où étaient passés Philin et Érick. Rize rejoignit ses pensées et demanda :

— Lyna, où sont nos deux amis ?

— Partis aux champs, ma dame. Tôt à l'aube, ils se sont levés, bien décidés à aller brûler ce blé, cause de nos malheurs. De vous à moi, il me fait plaisir de voir cette vermine partir en fumée.

— Vous avez bien raison, approuva Rize. Une fois les champs nettoyés, il faudra penser à trouver autre chose à semer. Il n'est plus question pour ce village de vivre seulement d'une culture.

— Mais pourquoi? s'étonna Dolpho. Jusqu'à ce jour, jamais nous n'avons eu quelque problème que ce soit avec le blé. Peut-être que la prochaine récolte sera saine!

— Non, vous ne pouvez pas vivre avec des peut-être. Vous devez bannir le blé. Vos terres se sont épuisées à nourrir cette sorte de céréale, d'où l'apparition de ces petits vers. Vous allez devoir défricher de nouveaux espaces et semer autre chose. Pourquoi pas de l'orge, du maïs et des pommes de terre. Ce sont des cultures qui ne devraient pas vous poser de problèmes. Bien entendu, les villageois posséderont chacun un petit jardin qui leur fournira des réserves de légumes pour l'hiver. Un dur labeur vous attend et vous êtes peu nombreux. C'est pourquoi j'ai demandé à Gauvin de vous envoyer de l'aide. Un magicien agronome et quelques paysans vont bientôt venir vous prêter main-forte.

— Qui est ce Gauvin? demanda Dolpho. Et où est-il?

— C'est un très bon ami à moi. Il est actuellement au royaume de Valberingue.

— Et vous lui avez parlé?

Sceptique, Dolpho la regardait, les sourcils froncés.

— Oh, je lui parle tous les jours! Vous savez, je suis magicienne, ajouta-t-elle avec une fausse modestie mani-feste.

En se tournant vers Gorrh, elle le vit qui piquait du nez dans son assiette. L'estomac bien rempli, il était loin de la conversation.

— Je crois que je vais aller le coucher.

— Je vais vous aider et en profiter pour prendre quel-ques heures de sommeil.

Doplho leva son gros corps et aida Rize à soutenir un Gorrh à moitié endormi. Ils se dirigèrent vers une chambre où ils le déposèrent sur une paillasse. Rize le recouvrit d'une épaisse couverture de laine. Déjà, l'adolescent dormait.

Ils avaient poursuivi toute la journée leur œuvre de destruction et la nuit était à nouveau venue. Une épaisse fumée entourait Érick et lui piquait les yeux. À ses côtés, Philin, le visage noirci, trépignait d'une joie enfantine. Il ressentait un plaisir immense à l'idée de voir griller ces petites bestioles. Plus jamais elles ne rendraient des enfants malades. Il mettait fin aux souffrances de cette communauté et éliminait un fléau. Érick, de son côté, analysait les choses autrement. La tristesse s'était abattue sur son cœur. Il voyait partir en fumée une année de labeur. Les pauvres villageois devraient se retrousser les manches et recommencer à zéro. Il aurait aimé rester pour les aider, mais sa destinée l'amenait ailleurs.

Au zénith des deux lunes, seuls quelques foyers dûment surveillés continuaient de brûler. Les champs étaient couleur cendre. Les deux amis et quelques villageois prirent la direction de la rivière.

Harassés, ils plongèrent dans l'eau glacée, se savonnèrent et s'empressèrent de sauter dans des vêtements propres. Habitué aux ténèbres, Érick réalisa que soudain les ombres lui paraissaient différentes. Il leva le regard vers le ciel et resta pantois. Le voile de brume qui, depuis des décennies, cachait les merveilles des cieux s'était déchiré. Les deux lunes, éblouissantes, resplendissaient dans le ciel. À leur côté, un tout petit point lumineux crevait la nuit.

Pendant de précieux instants, il vit presque comme en plein jour. Ses compagnons furent également témoins de ce phénomène.

Aussi soudainement qu'elle s'était évanouie, la nuit reprit ses droits.

— Ouah! Vous avez vu? Non, mais vous avez vu?

Érick tremblait d'excitation. Il saisit Philin par le bras qu'il secoua à l'arracher.

— Philin, qu'est-ce que c'était?

— Une étoile, mon ami! Nous avons vu une étoile! N'est-ce pas merveilleux?

— Mais comment? Pourquoi? Par les dieux, j'ai vu une étoile; elle était magnifique! C'était la première à se montrer depuis des années, et nous en sommes témoins. Jamais je n'aurais pensé vivre ça!

Il partit d'un rire si communicatif que tous l'imitèrent. Après s'être calmés, ils s'empressèrent de rentrer rapporter la nouvelle.

Celle-ci se répandit comme une traînée de poudre. Beaucoup s'en voulurent d'avoir manqué le spectacle. À mesure qu'on se le répétait, le récit s'ornait de détails. Les hommes avaient finalement assisté à un véritable ballet planétaire. Les nuages s'étaient déchirés et une pléiade d'astres dansaient dans les cieux traversés par une dizaine d'étoiles filantes. De quoi couper le souffle! Bien sûr, Érick, grand enfant, ne pouvait s'empêcher d'approuver cette version améliorée. Mais Philin, plus réaliste, raconta ce qu'ils avaient vécu à tante Rize en s'en tenant à la stricte vérité.

Auparavant, alors qu'il dormait du sommeil du juste, Gorrh s'était fait déranger dans son rêve qui pour une fois n'était pas émaillé d'atrocités. Il avait senti quelque chose de doux lui titiller le nez; il avait bougé les lèvres pour mettre fin à cette caresse importune. Mais on insistait. C'était maintenant les yeux qui le chatouillaient. Il avait eu beau battre des paupières et remuer la tête, la sensation demeurait. Il avait enfin ouvert des yeux terrifiés. Il était enterré dans les plumes. En ramenant sa main à la hauteur de son visage, il avait touché quelque chose de doux et de chaud. Un bon coup de bec sur l'index l'avait fait crier, aussitôt imité par Carmille.

— Enfin, la volaille, que fais-tu là? avait-il demandé en se suçant le doigt.

Un furieux roucoulement lui avait vrillé les tympans. Rize pointa le nez par la porte.

— Ah! Tu as trouvé Carmille? Ou devrais-je dire qu'il t'a retrouvé?

Elle eut un rire perlé.

— Imagine-toi qu'on le recherche depuis hier soir. Je n'ai jamais pensé qu'il irait se réfugier dans tes couvertures.

— Tante Rize, qu'est-ce que j'ai fait à maître Kerv pour qu'il me donne ce pigeon? Je le croyais pourtant mon ami!

Avec un bâillement à se décrocher les mâchoires, Gorrh s'étira de tout son long. Carmille s'empressa d'aller se percher sur sa tête d'où il fut délogé d'un balayage de la main.

— Voyons, mon chéri, Kerv n'a pas pensé à mal! Selon lui, Carmille est son meilleur pigeon. Il voulait te rendre service.

— Ouais.

— Allons, debout! Le petit déjeuner est servi. Tu dois mourir de faim après tout ce sommeil!

— Le petit déjeuner ! Mais quel jour est-on ? Je me suis couché après un petit déjeuner.

— Tu as dormi toute la journée d'hier et la nuit suivante. Tu étais épuisé. On aurait dit qu'on t'avait retiré toute ton énergie. Allez, jeune homme, viens manger, tu feras ta toilette après.

Ils se retrouvèrent à la cuisine où une ambiance de fête régnait. Tous ses amis étaient présents, riant et essayant de se faire entendre à travers le tumulte. Quand Philin l'aperçut, il bondit de son siège et leva son verre, ou plus précisément sa tasse de thé, en l'honneur de Gorrh. Gêné de l'attention qu'on lui portait, le jeune homme rougit comme une pivoine.

— Gorrh, fit Érick, viens là !

Il désignait une chaise près de lui. Lorsque son ami y prit place, il eut un grand sourire.

— Tiens, tu as une plume dans les cheveux !

Il saisit entre le pouce et l'index une brillante plume blanche qu'il déposa sur la table près de l'assiette.

— Ne me dis pas que tu te transformes en pigeon !

Les rires fusèrent. Gorrh rougit de plus belle.

— Ah ! mais lâchez-moi ! Ce pigeon, j'ai promis de bien m'en occuper ; je n'y peux rien s'il m'a pris en affection !

Pour couper court à toute discussion, il enfourna une énorme bouchée dégoulinante d'œufs. Fièrement, Érick entreprit de lui raconter leur expérience de la veille, sans déborder de la vérité, car Philin n'avait pas manqué de sermonner le jeune commandant sur l'importance de ne jamais mélanger le vrai et le faux. Érick avait admis piteusement qu'il était de ceux qui ne pouvaient s'empêcher de fleurir certains événements pour épater les admirateurs naïfs.

— Tu imagines, Gorrh? On a vu un phénomène dont personne n'a été témoin depuis des décennies. C'était magique!

Gorrh lui sourit, heureux pour son ami. Il se tourna vers sa tante.

— Tante Rize.

— Oui, Gorrh.

— Pourquoi, en ce moment?

— En ce moment quoi, mon chéri?

— L'étoile. Pourquoi le voile s'est-il déchiré ne fût-ce que quelques instants, précisément maintenant?

C'était justement la question qui trottait dans tête de Rize depuis l'événement. Elle s'était même empressée de contacter Gauvin à ce sujet.

— Ça ne peut être que l'éveil! s'était exclamé le sage sur un ton alarmé et inquiet. Mais c'est tôt, beaucoup trop tôt! Quand Gorrh a soigné ces enfants, tu m'as dit qu'il agissait comme s'il avait fait cela toute sa vie; il devait être sous la domination de l'âme hôte. De là l'éclaircie. Et vous êtes encore à des semaines de Léoden. Vous devez vous dépêcher! Toutes les fois que se manifestera quelque peu l'éveil chez Gorrh, vous courez un grand danger. Les patrouilleurs sillonnent les routes et comtés, sans oublier qu'ils ont le Renifleur avec eux. Il a été aperçu par nos espions dans un petit village de pêcheurs près d'Albourg; il était accompagné de cinq hommes qui n'ont pu être identifiés.

— Quoi! Le Renifleur est sorti de son désert!

Jamais cet être n'osait mettre le pied hors de ses terres arides. Rize voyait leurs chances d'arriver au but s'amoindrir. Découragée, elle avait demandé :

— Que pouvons-nous faire, Gauvin? J'ai bien pensé jeter à Gorrh un sort de protection qui aurait pour effet de limiter la visibilité de son aura, mais le pauvre petit va se sentir comme dans une bulle, pris avec son âme hôte. Je crois que ça le rendrait fou, à la longue.

— Non, ce n'est pas une bonne idée. Je vais me pencher sur la question et essayer de trouver une solution. Pendant ce temps, filez comme le vent et n'arrêtez que pour vous reposer, vous et les montures. Et, Rize… bonne chance !

— Tante Rize, tu ne m'écoutes pas.

La magicienne revint au présent et se força à sourire à celui qu'elle considérait comme son fils. Leurs hôtes étaient sortis nourrir la volaille et inspecter les bâtiments qui avaient été malmenés par les forts vents. Rize en profita pour mettre les choses au point.

— Pardon mon chéri, j'étais perdue dans mes pensées. Pour en revenir à ta question, je crois que nous allons devoir attendre d'être à Léoden pour obtenir une réponse. Bien sûr, je pourrais te dire que le moment du renouveau est venu et que le temps des larmes tire à sa fin. Non ! Vois-tu, malgré l'espoir qu'un jour nous pourrons enfin voir le soleil le jour et les astres la nuit, cet événement fortuit est le prélude à quelque chose de particulier que je ne puis identifier.

Ne comprenant rien à cette tirade, Gorrh et ses compagnons la regardèrent, abasourdis. Nul n'osa avouer qu'il n'avait rien compris, toutefois. Ils se contentèrent d'approuver d'un signe de tête.

— Enfin, continua-t-elle, nous devrons reprendre la route demain et accélérer l'allure.

— Mais pourquoi ? demanda Érick.

— Je ne peux vous donner plus d'informations, mais, faites-moi confiance, une fois là-bas, vous aurez toutes les réponses. Gorrh, sois gentil et va aider Dolpho et

Lyna. Prendre l'air te fera du bien. Et profites-en pour apprendre à ton pigeon à atterrir.

Content d'échapper à la corvée de vaisselle, le jeune homme attrapa Carmille qui s'était endormi dans sa cage et sortit d'un pas vif, bien décidé à éduquer le volatile.

Restée seule avec Philin et Érick dans la grande cuisine, Rize en profita pour mettre les choses au clair, du moins en partie. Elle prit une grande respiration et pria les dieux de lui venir en aide.

— Écoutez-moi bien, vous deux! Je ne vous cacherai pas que dans les prochains jours nous rencontrerons des difficultés. Nous devrons redoubler de prudence. Sans doute serons-nous poursuivis par des êtres, que ce soit des humains ou d'autres espèces. Je vous supplie d'être vigilants et de ne vous fier à personne. Si je vous demande de faire des choses qui à vos yeux paraissent insolites, ne vous inquiétez pas, j'aurai encore toute ma tête.

— Ma dame, que se passe-t-il? demanda Érick inquiet.

— Voilà! Des gens en veulent à la vie de Gorrh. On ne lui a pas tout dévoilé pour ne pas l'effrayer. Vous comme moi avez le devoir de le protéger. Je vous demande seulement de me faire confiance.

— Entendu, madame, répondit Érick. Je ferai honneur au roi et vous conduirai à Léoden, malgré les périls que nous pourrons rencontrer.

— Moi de même, dame Rize, je protégerai Gorrh même si je dois y laisser ma vie.

— Merci, mes amis! Maintenant à nous de jouer et de faire en sorte que Gorrh rencontre son destin.

Chapitre sept

L'autel de pierres grises où était étendu le corps nu d'une esclave s'entourait de prêtres dont la longue robe noire identifiait leur rang. Un chapeau pointu de même couleur, dont une lune rouge ornait la pointe, coiffait chaque participant. Le chant d'énormes crapauds à la peau orangée striée de vert se joignait à la litanie des officiants. Quelques cierges étaient piqués aux murs et diffusaient une lumière surnaturelle, où les ombres se jouaient de l'imagination.

La salle où était célébré le rite du cœur devait baigner dans une clarté à peine perceptible à l'œil, car les ténèbres étaient à l'honneur. Affalé sur son trône, Béléos, les yeux révulsés et la bave lui coulant du menton, avait encore la force de mâchonner un bâton de carlorinque, une substance hallucinogène qui poussait dans les marécages au pied des monts Linghgot. Au-dessus de l'autel, une petite ouverture trouait le plafond, faisant circuler l'air et chassant les vapeurs nocives. La cérémonie avait lieu à chaque cycle lunaire. Elle permettait au dieu Béléos d'assouvir sa soif de sang. Dans la poitrine d'une jeune vierge se trouvait un cœur pur que le sacrificateur devait arracher et offrir à Béléos. Une fois qu'il l'aurait mangé cru et encore palpitant, l'organe renforcerait celui du dieu et lui conférerait davantage de puissance. La pauvre vierge, à peine âgée de treize ans, avait été élevée dans un harem selon les usages prescrits, avec une cinquantaine de ses consœurs. Béléos en prenait un soin particulier en vue du cérémonial. La jeune fille tremblante, pleinement consciente du sort qui l'attendait, poignets et jambes attachées, avait les yeux fixés sur le ciel noir comme du charbon. Les larmes coulaient abondamment du coin de ses yeux. Ses lèvres murmuraient une prière. Elle demandait à quelque dieu bon de l'entendre.

Dans un éclair de lucidité, devant la perspective de goûter ce tendre cœur, le dieu se redressa sur son trône. Dès que les chants cessèrent, le grand prêtre, le couteau à la main et les deux bras en l'air, se tourna vers Béléos qui salivait. Le dieu lui fit un signe et le grand prêtre se mit en position. Le visage pâle et ridé, ce dernier avait une barbe blanche qui prenait naissance sur son menton et descendait en pointe jusqu'à son nombril. Ses cheveux, tout aussi blancs, étaient ramassés en un énorme chignon qui couronnait sa tête.

Quelqu'un, quelque part, se mit à éteindre les cierges un à un, sauf celui près de l'autel ; il ne fallait laisser qu'un filet de lumière. L'obscurité devait être presque totale, car ainsi l'âme nouvellement libérée serait accueillie par les ténèbres.

Au moment où la main allait s'abattre sur la victime, un rayon de lumière descendit du ciel nocturne et fendit l'obscurité, pour venir se poser, langoureux, sur le corps de la jeune fille. Le prêtre surpris leva la tête et vit avec horreur les deux lunes, une étoile brillante à leurs côtés. La vierge devait être épargnée !

Malgré son regard halluciné, Béléos eut conscience du phénomène. Du plus profond de son être la crainte surgit. Avec un cri de rage, il frappa le sol du pied et fit trembler la terre à des lieues à la ronde. L'éveil avait bien commencé.

À quatre pattes sur le pont, le Renifleur vomissait tripes et boyaux. Deux jours avaient passé depuis leur départ du petit village de pêcheurs. Tanguant légèrement, le perroquet bien gonflé, *La Tourmente* fendait les flots vaillamment. Les vagues qui l'entouraient s'élevaient, hautes comme dix hommes, sans jamais s'abattre sur la coque, pourtant. Les spectateurs de cette furie s'étonnaient: le vent qui se chamaillait avec les énormes vagues gonflait la voile d'un souffle régulier, qui leur permettait de naviguer avec un maximum d'efficacité. On aurait dit que le rafiot était protégé par une énorme bulle. Tout autour, la pluie tombait inlassablement, accompagnant le temps gris et morne. Les quelques marins engagés par Tourneflot s'inquiétaient. On leur avait bien dit que le voyage était sans risque, mais, à voir les éléments déchaînés, on ne pouvait que douter.

Exaspéré et écœuré de voir le Renifleur tout salir autour de lui, Korin finit par éclater.

— Salbrique!

— Oui, messire?

— Ramène-moi le Renifleur dans la cabine. Lave-le et arrange-toi pour que je ne le voie plus du voyage. Il me lève le cœur.

— Bien, messire.

D'un pas pesant, il alla s'accroupir près du Renifleur qui gémissait et bavait abondamment. Le pauvre être n'en pouvait plus. Depuis l'appareillage, il était dans un monde inconnu. Habitué à l'aridité du désert dès son jeune âge, il s'était déjà difficilement adapté à la température froide et humide qui sévissait depuis des décennies. Mais de se retrouver sur une coquille qui se ballottait sur des flots, entourée de vagues gigantesques, c'était plus qu'il ne pouvait supporter. Le pont avait beau être d'une stabilité relative, aussitôt qu'il levait les yeux, il avait le tournis. Même si Korin s'était évertué à lui faire comprendre que le danger était nul, il ne pouvait se raisonner.

Entre deux haut-le-cœur, le regard larmoyant, le chasseur d'âmes implora Salbrique.

— Jeew vousse prai, édemoé.

— Ah! Mais bon sang, messire, il parle! Du moins, je le crois.

Abasourdi, le jumeau, à genoux près du Renifleur, interrogea Korin.

— Qu'est-ce qu'il dit?

— Je n'en sais fichtre rien. J'ai toujours cru qu'il ne parlait pas. Il n'a jamais dit un mot. Nous avons toujours communiqué par signes. Il m'a bien eu, le vaurien! Allez ramène-moi ça en bas et occupe-t'en. Nous avons encore quelques jours de navigation avant d'arriver et je veux qu'il soit sur pieds au débarquement. Il aura besoin de tous ses sens aussitôt que nous reprendrons la route.

Korin leur tourna le dos et se dirigea vers la coursive afin de rejoindre Tourneflot qu'il savait dans sa cabine. Salbrique prit doucement le malade dans ses bras; il pinça son nez agressé par les mauvaises odeurs que dégageait le Renifleur et s'enfonça d'un pas rapide dans le cœur du bateau.

Korin retrouva le capitaine en train de consulter une série de cartes étendues devant lui. Une tasse de thé fumante à la main, Lyam, le nez pointé sur les tracés et les yeux plissés par l'effort, essayait de comprendre les centaines de petits points qui représentaient les hauts-fonds et les lignes des marées. Une faible chaleur dégagée par un pot à feu se faisait sentir. Par le hublot, la grisaille du jour avait peine à se faire un chemin. Le mage ferma la porte derrière lui et se glissa dans la pièce exiguë. Il s'enquit :

— Alors, capitaine, combien de jours ?

— J'ai de bonnes nouvelles… et de mauvaises. Nous devrions atteindre Port-aux-Pics d'ici trois jours. C'est la bonne nouvelle. Pour la mauvaise, voyez !

Il pointa du doigt une petite marque rouge sur la carte et enchaîna :

— Voici l'île aux Tortues. Elle se situe à mi-chemin entre ici et notre destination. Elle est entourée de hauts-fonds et d'énormes rochers où les tortues se rejoignent tous les deux cycles lunaires pour se reproduire. Il y en a des centaines de milliers ; c'est un spectacle magnifique. Par contre, elles représentent un danger. Il y des spécimens aussi gros qu'un rocher, des tortues géantes qui chassent les plus petites. Celles-là, il est impossible de prévoir leur trajectoire. À tout moment nous pouvons en frapper une et endommager le bateau. Et il n'y a aucune autre route.

— Et pourquoi ?

La question émanait de Korin, sceptique.

— Les courants, messire, dans ce secteur de la mer, font force de loi. Dérogez-en, ne serait-ce qu'un peu, et vous voilà dans la misère. Mais, ne vous en faites pas, mes hommes sont les meilleurs ; je les ai choisis sur la foi de leur expérience et de leur jugement. Nous traverserons ce passage de jour, ce qui mettra toutes les chances de notre côté. Pour le moment, détendez-vous et profitez du voyage. Tenez, je vais nous faire monter par le cuisinier une collation chaude et réconfortante ; l'heure du repas doit approcher.

Il envoya un jeune mousse voir le coq et s'enquit de l'état du Renifleur.

— C'est un emmerdeur de première, s'exclama Korin, encore frustré de n'avoir pu deviner que le chasseur d'âmes pouvait parler. En ce moment, il est dans la cabine, aux bons soins de Salbrique. Espérons que son état s'améliorera avant l'arrivée.

— Voyons, messire ! Le pauvre n'avait encore jamais mis les pieds hors de son désert. Il est normal qu'il subisse quelques désagréments sur la mer, plaida Lyam. Avec votre magie, vous pourriez sûrement alléger ses souffrances !

— Par les dieux, non ! Ma magie, je la garde ! Je dois ménager mes forces. Pour des choses autrement plus importantes…

Lyam ne put s'empêcher de trouver le magicien égoïste. Il se promit d'aller retrouver le malade après s'être restauré. Peut-être pourrait-il aider Salbrique…

Ils mangèrent une soupe où flottaient des légumes non identifiables ainsi que du pain, le tout arrosé de vin chaud. Prétextant des choses à faire, le traqueur tira sa révérence. Il alla rejoindre le Renifleur et son soigneur improvisé. La pièce où ils dormaient était très étroite. Pourtant, ils devaient s'entasser à six dans cet espace. Des lits superposés ornaient les murs, trois face à la porte et trois autres sur la droite. Pas de table ni autre meuble ; les sacs de voyage traînaient aux pieds des couchettes et débordaient de vêtements et d'effets personnels. Basteth était assis sur un lit près du malade et lui maintenait une compresse d'eau froide sur le front. Salbrique s'affairait à faire une tisane dont l'odeur peu appétissante saturait la cabine.

— Pouah ! Qu'est ce que c'est ?

— Spécialité de Basteth, répondit Salbrique, le nez plissé. Si le Renifleur reprend des couleurs après avoir bu ça, parole, je vous donne mes bottes !

Délicatement, il souleva la tête du petit homme et, patiemment, lui fit avaler la potion.

Basteth se leva et, les yeux fermés, se mit à réciter une incantation. Ses mains, doigts écartés, semblaient tasser doucement l'air, juste au-dessus du corps étendu. Graduellement, la respiration du malade se fit plus régulière, le visage se détendit ; sous les paupières, le mouvement des yeux se calma. La peau du Renifleur, qui tirait sur le verdâtre depuis deux jours, acquit peu à peu des teintes plus saines.

— Il dort, affirma Basteth. Il devrait être remis d'ici deux jours. Pour le moment, du repos et des tisanes lui seront bénéfiques.

— Excellent pour mes bottes ! siffla Salbrique en regardant ses pieds.

— Ne t'en fais pas, tu peux les garder ! le rassura Lyam, qui n'avait nullement le goût de chausser les bottes usées et crottées. Elles seraient trop grandes, de toute façon.

Soulagé, le jumeau le remercia.

— Lyam, savais-tu que le Renifleur parlait ?

— Ah oui ? Et pourquoi il ne parlerait pas ? Il a une langue comme nous tous.

— Je sais bien, mais n'as-tu pas remarqué que depuis qu'il nous a rejoints nul ne l'a entendu émettre le moindre son ? Tout à l'heure, il m'a demandé quelque chose, du moins, je le crois. Je n'ai rien compris.

— Ça ne me surprend pas. Dans le désert où il vit, il n'a que rochers et sables comme compagnie. Pour combler sa solitude il a dû apprendre sa propre langue. Comment pourrais-tu la connaître.

Perplexe, Salbrique demanda :

— Mais comment a-t-il appris le langage des signes ? Korin m'a dit qu'il communiquait ainsi avec le chasseur d'âmes.

— Mais voyons, le langage du corps est inné chez tous les êtres vivants ! Il s'agit seulement de porter attention à chacun de nos gestes, à la posture, à l'expression du visage. Un peu de pratique et ça devient naturel.

Curieux d'en savoir plus sur le Renifleur et voyant Lyam si savant, Salbrique demanda :

— Qui est-il ?

Le traqueur jeta un regard sur le corps étendu et expliqua :

— Un laissé pour compte. Ce pauvre être est un résidu des temps anciens. Il est condamné à errer sur cette terre pour y chercher des âmes. Le désert est sa demeure. Il ne peut en sortir qu'à la demande des hommes.

— Mais d'où vient-il ? Pourquoi cherche-t-il des âmes ?

Salbrique s'était installé confortablement sur une couchette. Bien appuyé contre un oreiller, il était décidé à obtenir réponse à toutes ses questions. Lyam soupira et entreprit de raconter son histoire.

— Les dits nous indiquent que le Renifleur est le fruit de l'union d'un mage et d'une grande prêtresse. Cette dernière représentait un ordre qui avait pour mission de protéger et de guider toutes les âmes perdues dans l'entre-deux mondes qui ne pouvaient trouver le chemin de l'éternité et qui risquaient d'être capturées par les forces du mal après la mort. Pour remplir ce rôle de la plus haute importance, la grande prêtresse était tenue de rester vierge jusqu'à la passation de son pouvoir, ce qui devait se produire quand elle aurait atteint un âge avancé. Pour son malheur, elle rencontra un mage dans des circonstances nébuleuses. Ils tombèrent éperdument amoureux. Ils se rencontrèrent une fois en cachette, une seule fois, et échangèrent leurs fluides. Résultat : le Renifleur. La laideur du bébé les laissa sans voix. Sans le savoir, en aimant le mage, la prêtresse avait brisé la protection que l'ordre avait tissée autour des vierges qui y adhéraient. Elle en fut bannie pour toujours. Quand l'enfant avait vu le jour, elle lui avait donné en héritage la charge et le pouvoir de retracer toute âme, qu'elle soit bonne ou mauvaise. Seul un être possédant la pureté du cœur et de l'esprit pourrait le libérer de cette responsabilité. Qui est cet être ? Nul ne le sait. C'est au chasseur d'âmes de le retrouver. Car ce don ne laisse aucun repos au Renifleur, qui peut cependant se réfugier dans son désert où son père, le mage, a jeté un sort de protection. Là, aucun esprit errant ne peut l'atteindre.

— Mais pourquoi le désert ? demanda Salbrique en étirant sa jambe qu'il avait engourdie.

— Vois-tu, mon ami, quand l'enfant eut cinq ans, dans le hameau où ses parents et lui s'étaient réfugiés, on s'aperçut qu'il était assailli par des esprits, le jour comme la nuit. Les habitants prirent peur et exigèrent que les parents s'en débarrassent. Le mage savait qu'aucun village ni aucune ville de par le monde ne l'accepteraient. Il dut faire le choix déchirant de lui trouver un désert où, grâce à sa magie, il aménagea un coin où une source coule d'abondance. Il lui donna un petit médaillon, qu'il lui suffit de frotter pour qu'apparaisse sa nourriture ou toute autre chose dont il a besoin. Vois, il le porte au cou.

Salbrique se pencha sur le Renifleur et aperçut, pendant au bout d'une fine chaînette d'or, une petite médaille verte. Creusée dans le métal, se dessinait une sphère traversée d'une pointe de flèche.

— Et maintenant? insista le jumeau. Comment fait-il, hors de son désert, pour affronter les âmes indésirables?

— Les dits sont muets à ce sujet. Peut-être est-il protégé par un sort?

La porte s'ouvrit à la volée, ce qui coupa court à l'échange entre les deux hommes. Basteth sursauta. Krein entra et se débarrassa vivement de sa capote qui dégouttait et la laissa choir par terre. Il se fit une place près de son frère.

— Enfin, un endroit sec! Je tombe de sommeil. Allez, pousse-toi, frérot! Ce soir, c'est à mon tour de prendre la couchette du bas.

Il tira sur ses bottes et exhiba des chaussettes grises toutes trouées. Avec satisfaction, il s'étendit de tout son long sur le lit délaissé par Salbrique. Il leur tourna le dos, s'enroula dans sa couverture et sonna ainsi le couvre-feu.

Le surlendemain, au point du jour, Korin et ses amis furent réveillés par les cris de la vigie. Ils arrivaient en vue de l'île aux Tortues.

Ses parois rocheuses étaient parsemées de toutes petites touffes d'arbres clairsemés et de buissons rabougris. Son pic entouré de brume pointait fièrement vers le ciel. Quelques goélands tournaient en rond près des pans rocheux et lançaient des cris aigus. Vaillamment, le bateau s'engagea dans l'étroit passage qui se dessinait vaguement entre les récifs. Le capitaine tenait fermement la barre, le regard au loin. Son visage exsangue témoignait de sa tension intérieure. En s'interpellant nerveusement, les marins couraient parmi les cordages qui traînaient sur le pont pour rejoindre leur poste. Korin se fit un chemin en bravant ce remue-ménage et rejoignit Klorn.

— Nous y voici ? interrogea-t-il.

Le capitaine opina d'une voix sourde.

— Voyez !

Il désigna du menton l'île perdue au creux des vagues.

— Aucun moyen d'approcher cette masse de terre et de roc. Une avarie et nous devrons nous débrouiller avec des moyens archaïques. Pas question d'accoster sur ces flancs rocheux. Disposez vos hommes à l'avant, à tribord et à bâbord et dites-leur de surveiller tous les points flottants possibles. Plus on a d'yeux et plus on évitera de heurter ces bestioles.

Korin s'empressa d'affecter ses amis aux endroits stratégiques. Après quelque minutes à peine de navigation, le Renifleur qui se tenait tant bien que mal au bastingage, à l'avant du bateau, cria. Il pointait d'un doigt noueux des dizaines de coquilles de différentes grosseurs ballottées par les vagues. Au même moment, la vigie lança :

— Tortues, droit devant !

Et le bal commença. Ils furent assaillis de tous côtés. Des centaines de petites noix vinrent frapper les flancs du bateau. En y regardant de près, on constatait que plusieurs avaient la grosseur de pastèques matures. Le capitaine peinait à garder le cap ; la barre du bateau tirait soit à gauche, soit à droite, en fonction de la danse des tortues entraînées par la houle. Les hommes essayaient gauchement de garder l'équilibre et s'accrochaient à tout ce qui paraissait stable. Korin se rendit compte que plus ils avançaient dans l'étroit passage et plus les coquilles flottantes grossissaient. Une déferlante plus agressive que les autres s'abattit sur le navire et laissa choir une dizaine de caouannes sur le pont. Des marins téméraires s'empressèrent de les saisir. Il y aurait de la soupe à la tortue au repas du soir.

Lyam regardait avec inquiétude cette mer parsemée d'obstacles mobiles. Il s'empressa de rejoindre Korin et le capitaine. Leurs deux silhouettes avaient l'air de s'harmoniser dans un étrange ballet.

— Capitaine, s'écria Lyam, la coque ne tiendra pas! Plus on avance, plus ces bêtes sont énormes.

Il se tourna vers Korin et demanda :

— Comment se fait-il que le sortilège de la sirène ne fonctionne plus? Messire, vous pouvez lancer un sort quelconque pour nous protéger?

Korin tiqua et répondit :

— Hélas, non. La magie protège le vaisseau de la colère de la mer, mais non de ces choses monstrueuses. Je ne puis annuler le sortilège pour en émettre un autre. Seule la sirène pourrait le faire.

Un hurlement mit fin à leur discussion. Un matelot, les yeux exorbités, s'approchait tant bien que mal en courant. Il pointait une masse de la grosseur d'une maison qui arrivait droit devant.

— Par les dieux! C'est quoi ça?

Le capitaine, les doigts blanchis à force de s'agripper au gouvernail, donnait l'impression de s'être pétrifié.

— Non, c'est impossible! C'est un cauchemar…

Tourneflot continua à murmurer ces mots comme une ritournelle. Korin vit l'urgence de la situation et se mit à réfléchir avec un sang-froid surprenant. Il devait exister un moyen de s'en sortir. Il pensa à la sirène, au sortilège qu'elle avait jeté sur Tourneflot et son bateau. Il se remémora les paroles de la femme-poisson à l'oreille du capitaine lors de leur entretien. Une de ses paroles lui

revint à l'esprit : « Avec votre bateau, vous ne ferez qu'un. »
Il éclata d'un rire dément.

Lyam et Tourneflot le regardèrent, incrédules. Calmé, Korin se rapprocha du capitaine et lui saisit le bras pour fixer son attention sur lui. Lyam sentit qu'il allait se passer quelque chose et fixa le magicien.

— Écoutez-moi bien, Tourneflot ! Il y a un moyen de s'en tirer. Faites ce que je vous dis et nous en sortirons vivants.

— Dites-moi vite comment ! le pressa l'homme qui voyait la masse se rapprocher.

— Fermez les yeux et concentrez-vous ! Faites en sorte de vous fondre avec votre bateau.

— Quoi ? Mais comment ? Pourquoi ?

— Laissez les questions, on n'a pas le temps ! Plus tard, je vous expliquerai. Pour le moment, je vais vous aider et vous guider.

La voix de Korin se fit hypnotique et Tourneflot sentit ses paupières s'alourdir. La voix du magicien devint sourde et profonde, comme si elle venait de l'au-delà. Sous son emprise, le capitaine se détendit et rentra en lui-même.

— Sentez les vibrations de votre bateau, les vagues qui caressent vos flancs.

Tourneflot sentit qu'une métamorphose mystérieuse se produisait en lui. Son esprit, lentement, s'éjecta de son corps chaud et crispé. Graduellement, il se mit à ressentir, non plus les pulsions de son corps physique, mais plutôt la dureté et l'humidité du bois. Il avait conscience, avec un plaisir paradoxal, des centaines de petits vers qui se nichaient dans sa charpente ou des pieds des marins qui polissaient son pont, cependant que la mer glissait tout en douceur le long de ses flancs. Tout ça lui inspirait une sérénité telle qu'il n'en avait jamais connu d'aussi apaisante.

Mais quelque chose n'allait pas. Des corps étrangers venaient buter contre ses parois et l'agressaient inexorablement. Et il se souvint. Les tortues! Il lui fallait les éviter. Il fixa son regard sur la masse géante qui se rapprochait. Son esprit uni à celui de son bateau commandait à cette grande carcasse comme à sa main et lui permettait, à travers courants, vagues et écueils, de se frayer un chemin parmi ces mines flottantes. Le gouvernail obéissait à ses doigts puissants. *La Tourmente* vivait. Dans un ballet invraisemblable, le bateau évita de peu une énorme carapace. La bête monstrueuse laissait dans son sillage une vague dantesque qui fit gîter le vaisseau de manière grotesque. Tant parmi l'équipage que chez les voyageurs, chacun croyait sa dernière heure venue, tous s'agrippaient comme ils le pouvaient en tremblant d'effroi, impuissants contre les cabrioles du bateau qui les secouaient en tous sens.

Et soudain, tout fut terminé. Devant, la mer moutonneuse roulait des vagues vierges de toute présence ; elle se limitait à chatouiller mollement les flancs de *La Tourmente*. Derrière, on pouvait voir les centaines de petits et gros points qui formaient un mur et protégeaient l'île de toute intrusion.

Hilare, Korin laissa libre cours à son enthousiasme. Les marins se joignirent à lui pour ovationner leur capitaine. Revenu parmi eux avec l'aide de Korin, il avait l'air hagard. De force, Lyam lui délia les doigts qu'il avait encore sur le gouvernail, froids et raides. Il assigna un autre homme à la barre et emmena Tourneflot dans sa cabine. Accompagné du Renifleur qui était rentré en grâce depuis son rétablissement, Korin les suivit en silence.

— Félicitations, capitaine ! Vous avez réussi !

— Bon sang, que lui avez-vous fait ? s'écria le traqueur en désignant l'homme qui tremblait, en état de choc.

— Ah! toi, la ferme! Vous êtes vivants, non? Je l'ai peut-être fait revenir un peu trop vite, mais il s'en remettra!

Le magicien s'accroupit auprès du vieil homme et lui souleva les paupières. Après un examen sommaire, il déclara:

— Allez lui chercher une bonne tisane, cela lui fera du bien. Quelques heures de sommeil le ragaillardiront.

Lyam revint avec le breuvage et le fit boire patiemment. Il revint lentement à la réalité.

— Par les dieux, messire, que s'est-il passé? Je me sens comme si on m'avait tordu le cerveau jusqu'à l'assécher!

— Vous ne vous souvenez de rien? demanda le magicien, curieux.

Tournelot fronça les sourcils en sollicitant sa mémoire fatiguée. Tous les muscles de son corps se lamentaient, il ressentait un froid immense à l'intérieur. Une senteur tenace de bois humide continuait à agresser ses narines. Et il se souvint. L'expression de crainte jusqu'alors inscrite sur son visage fit place à l'émerveillement. Il ressentit la caresse des vagues, le plaisir de se jouer des courants, le bonheur de ne plus être solitaire, mais deux, même si ces deux ne faisaient qu'un. Vivement, il saisit Korin par le revers de sa chemise et lui demanda:

— Expliquez-moi!

— Je vois que ça vous est revenu. Vous souvenez-vous des paroles de la sirène, lors de votre rencontre?

Perplexe, il regarda Korin.

— La sirène? Ce qu'elle m'a dit? Non, sauf quelques bribes.

— Alors, vous avez manqué le meilleur. Lorsqu'elle vous a donné la bénédiction de la mer, elle vous a confié: «Avec votre bateau, vous ne ferez qu'un.» Quand j'ai vu l'urgence de la situation, j'en ai conclu que vous pouviez fusionner avec votre bateau et nous tirer d'affaire, non sans un petit coup de main de ma part, bien sûr.

Abasourdi, le vieil homme n'en croyait pas ses oreilles. Il pouvait vivre en communion avec son bateau, cette bonne vieille *Tourmente*. Déjà, l'envie de recommencer le faisait trépigner d'impatience. Devant l'excitation qui se peignait sur le visage du vieux loup de mer, Korin prit soin de le mettre en garde.

— Attention, capitaine, ceci n'est pas un jeu! Vous devrez apprendre à apprivoiser votre vaisseau et à vous maîtriser. Je me propose de vous instruire en cela, graduellement, je vous montrerai comment faire corps avec cette coque sans pour autant y laisser votre âme. Car, voyez-vous, on a déjà vu un esprit prendre possession d'un objet et ne pas pouvoir en revenir.

Heureux de la chance qui lui était offerte, le capitaine prit la main de Korin, les yeux étincelants de joie, et dit:

— Messire, comment vous remercier?

— Bah! N'en faites pas une histoire! Je sais que vous me serez éternellement reconnaissant. Vous n'êtes pas de ceux à qui on fait une faveur et qui s'en moquent, n'est-ce pas? Bien! Maintenant, reposez-vous!

Ils laissèrent Tourneflot seul avec ses incertitudes.

Ils atteignirent Port-aux-Pics le surlendemain au milieu de la nuit, fatigués mais heureux d'arriver sains et saufs. Sur le pont, pendant que le bateau accostait, Korin leva les yeux vers le ciel. À ses côtés, le Renifleur gesticula. Il montrait son ombre née d'un clair de lune où brillait une étoile.

— L'âmmélouu… L'âmmélouu…

— Oui, tu as raison, le Renifleur. C'est l'Élu.

Chapitre huit

Jalbert ouvrit les yeux, certain d'être dans les ténèbres les plus totales, mais il s'aperçut qu'une douce lumière l'enveloppait. Ses entraves avaient disparu. Il fit le tour de la salle en se demandant où ils avaient bien pu échouer. La pièce, ronde, était vaste et ses murs de roc massif ne transpiraient pas l'humidité comme ceux qu'ils avaient suivis plus tôt. Dans des niches creusées dans la paroi, des cierges grossiers laissaient couler lentement une cire molle. Le plafond arrondi de granite reflétait mille couleurs. Une porte de bois, mal équarrie mais solide, se découpait dans le mur. Au centre de la pièce, une table également en bois brut trônait ; on y avait posé un broc de faïence ébréchée bleue, assorti d'une tasse et d'un bol.

Il réalisa qu'il n'avait plus froid et découvrit un pot à feu de grandeur honorable près d'un banc de pierre. Décidément, leurs agresseurs avaient leur bien-être à cœur. À ses côtés, couché en boule sur une paillasse, Pinolt dormait d'un profond sommeil. Lui aussi était libre de ses mouvements.

Jalbert poussa un soupir et sollicita sa mémoire pour remonter le temps. Aucune sensation ne s'imposa à son souvenir, ni image, ni odeur, ni quoi que ce soit d'autre. Leurs agresseurs n'étaient donc pas des bêtes : celles-là dégageaient toujours des relents désagréables. Il se souvint enfin avoir entendu des souffles rauques. Ce n'était pas des grognements. En outre, c'était des mains apparentées à celles des humains qui lui avaient saisi les bras, et non des griffes ou des serres. Il se palpa, mais ne ressentit aucune douleur. On avait pris soin de ne pas les blesser. On les avait entraînés sur des chemins granuleux ; il avait encore un goût de poussière au fond de sa gorge. Ils avaient marché ce qui lui avait paru des heures entre leurs ravisseurs. Le silence n'était troublé que par les protestations indignées de Pinolt. Et puis, plus rien, comme s'il avait perdu conscience, sans raison. Et maintenant, ceci. Il se retrouvait dans une pièce accueillante, avec un sentiment de sécurité et un paquet de questions.

Il se redressa et prit la peine de s'étirer longuement. Avisant le broc, il se dirigea vers la table avec l'intention de se rafraîchir le gosier et la figure. L'eau, d'une pureté exceptionnelle, lui fit le plus grand bien.

Il tenta d'ouvrir la porte, mais il rencontra une solide résistance. Déçu, il retourna sur sa paillasse et se mit à secouer Pinolt. La bave séchée aux coins des lèvres, le jeune noble murmura des mots incompréhensibles et se débattit sans conviction.

— Allez, Pinolt, debout ! Ce n'est que moi.

En reconnaissant à travers les brumes du sommeil la voix rassurante du prince, Pinolt ouvrit les yeux et détailla Jalbert des pieds à la tête.

— Altesse ! Dieu merci, vous êtes en un seul morceau...

Il se palpa.

— Et moi aussi !

— Tout va bien, ne vous en faites pas.

— Ne pas m'en faire ! Par les dieux, mon prince, nous avons été enlevés et agressés et tout va bien ? Qui sait quelles espèces de monstres nous ont capturés et quelles sont leurs intentions. Non, mon prince, ça ne va pas !

— Allons, Pinolt, regardez où nous sommes !

Dans un geste, Jalbert engloba la pièce.

— Il n'y a pas lieu de s'inquiéter. Nous n'avons aucune blessure et nos ravisseurs semblent des hôtes très attentionnés. Il ne nous reste plus qu'à attendre qu'ils se dévoilent, ce qui ne saurait tarder.

Il pointa la chevelure en épis et le visage barbouillé de Pinolt et se permit une remarque.

— Vous devriez faire un brin de toilette avant leur arrivée. Un noble doit être présentable et votre tenue laisse à désirer.

Le petit homme se dirigea vers la table et entreprit de faire ses ablutions en pérorant.

— À quoi cela me servira-t-il, de me mettre beau ? Pour finir dans l'estomac d'un monstre ou d'une autre créature maléfique ! Peut-être que c'est un rituel, pour eux, de nous soigner, pour nous engraisser avant la finale. Ne me faites pas croire que nous avons été enlevés et attachés, traînés sur plusieurs lieues dans la poussière de ces damnées grottes, simplement pour nous retrouver dans une caverne confortable. Croyez-moi, mon prince, nous finirons au poêlon.

Le petit noble s'essuya la figure avec sa chemise, se laissa tomber sur une chaise, et croisa les bras pour fixer la porte. Du temps s'écoula. Jalbert inspecta leur cellule de fond en comble en espérant découvrir un indice de ce qu'on attendait d'eux. Tout était fruste et sans grande recherche esthétique. Seule la faïence adoucissait ce rude décor. Bien qu'ébréchée, elle était d'une qualité exceptionnelle. Que faisait cette vaisselle digne d'un roi dans ce lieu perdu ?

Une image de son enfance lui revint à l'esprit. Il se revit au côté de sa mère par un matin ensoleillé. Les rayons qui entraient par les fenêtres de la grande salle à manger venaient jouer sur l'énorme buffet et éclaboussaient de mille feux la faïence importée, cadeau de mariage de son grand-père, que la reine y rangeait comme un trésor précieux. Il revit les gestes solennels de sa mère, lorsqu'elle tirait d'entre ses seins une petite clé suspendue au bout d'une fine chaîne d'or, qu'elle la détachait et l'insérait dans un petit cadenas de fer qui gardait l'accès à ce chef-d'œuvre. D'un geste précautionneux, elle effleurait les couverts, les caressant comme s'ils avaient une âme. La vieille servante qui se tenait à l'écart attendait l'accord de la reine pour se saisir de la vaisselle et la rafraîchir en vue du banquet offert le soir même. Contraint de prendre son repas dans les cuisines avec son précepteur, jamais encore Jalbert n'avait pu utiliser ce service qu'on ne sortait que pour les grandes occasions.

Cette fois, désireux de connaître la cause de ce cérémonial, l'enfant avait demandé :

— Dites, mère, vous avez des invités ce soir ?

Penchée sur la petite silhouette la reine avait souri.

— Nous recevons soixante convives, mais un seul parmi eux est important. C'est en son honneur que nous offrons le banquet. Les mets seront servis dans ce service d'exception.

— Ce doit être quelqu'un de spécial, si vous acceptez de risquer d'ébrécher quelques pièces si chères à votre cœur.

— Je pourrais casser une à une chaque pièce de cette vaisselle, et ce, sans aucun remords, pour l'amour de cette personne. Maintenant, va, ton maître d'études t'attend.

La journée s'était écoulée lentement. Jalbert avait suivi la routine tout en se demandant qui pouvait bien être cette importante personne. À la levée des lunes, sa nourrice l'avait emmené et savonné des pieds à la tête, pour finir par le rincer à grande eau. Au lieu de lui enfiler sa tenue de nuit, elle l'avait revêtu d'une culotte bleue avec une belle chemise à jabot blanche. Une paire de souliers de cuir le chaussait. Il avait faim, car on avait oublié de lui servir son repas ; il n'avait eu qu'une légère collation vers la fin de l'après-midi.

En le tenant par la main, la nourrice l'avait guidé à travers les sombres couloirs du château et, sans répondre à ses questions, s'était lancée dans une litanie de recommandations.

— Petite Altesse, n'oubliez pas les bonnes manières que votre maître d'études vous a enseignées. Manquerait plus que vous nous fassiez honte, à lui comme à moi. Soyez poli et ne répondez que si on vous interroge. La tenue est importante : la tête haute et le dos droit.

— Mais où va-t-on ?

— Vous verrez bien, c'est une surprise.

Ils avaient abouti dans le grand hall, le cœur du château. Devant eux, les portes de la salle à manger étaient fermées. Ils s'en étaient approchés et sa nounou lui avait fait sa dernière recommandation.

— Frappez bien fort avec votre poing, six coups, et attendez !

Elle avait décampé. Il n'avait pas hésité longtemps... Comme si quelqu'un attendait derrière les énormes portes, elles s'étaient ouvertes immédiatement avec un sourd grincement. Son père, debout, l'attendait. Il avait revêtu sa plus belle robe d'apparat. Le roi lui avait tendu la main et, fièrement, côte à côte, ils avaient fait face à la soixantaine d'invités. En gonflant la voix, le roi avait dit :

— Le prince a aujourd'hui six ans. Honorez-le !

Les convives s'étaient levés dans un même mouvement et avaient applaudi.

Ils s'étaient approchés de la grande table qui croulait sous la nourriture. Bien en vue, la faïence la garnissait de ses belles couleurs, prête à recevoir les mets préparés avec soin par les cuisiniers. Le jeune prince avait pris place à la droite de sa mère et à la gauche de son père. Délicatement, il avait dégusté chaque mets présenté, comme si le fait qu'ils soient servis dans cette vaisselle en accentuait les arômes.

Il fut tiré de ses pensées par la poignée de la porte qu'on tournait de l'extérieur. L'attente prenait fin. D'un bond, Jalbert se mit sur ses pieds. Pinolt jaillit à ses côtés, bien décidé à ne pas lâcher le prince, ne fût-ce que d'un pas. Leurs armes avaient été saisies lors de leur capture et ils n'avaient aucun moyen de se défendre. Autant faire face ensemble.

Une silhouette se profila par l'ouverture, suivie immédiatement d'une autre. Le temps de les détailler, le prince se fit immédiatement une idée de leurs hôtes : des guerriers ! C'était des guerriers.

Les deux hommes étaient de forte stature. Les jambes solides, quoique quelque peu arquées, supportaient un corps trapu et massif. Les épaules larges et le coffre bombé laissaient supposer une force hors du commun. Le regard de Jalbert s'arrêta sur leur visage. Il sursauta.

C'était des jumeaux. Tous les deux avaient des cheveux blonds, coupés de la même longueur. Les yeux légèrement bridés avaient la couleur des feuilles d'automne. Le nez busqué et les pommettes saillantes donnaient un air à la fois primitif et intelligent aux visages ronds et pâles.

Ils portaient aux pieds de grossières sandales de cuir dont les lanières ceignaient la jambe. Un pagne d'un matériel imprécis emprisonnait la taille, alors que leur buste puissant était habillé par un dédale de ceintures de cuir trouées. Ils ne portaient aucune arme.

Collé contre Jalbert, Pinolt demanda :

— Qui êtes-vous ?

L'un des jumeaux détailla longuement le petit homme et répondit simplement :

— Suivez-nous.

Il s'engagea dans le couloir. Hésitant, Jalbert suivit, Pinolt dans son sillage. L'autre jumeau fermait la marche.

Les murs étaient garnis de torches qui diffusaient une vive lumière. Ils suivirent un entrelacs de couloirs qui s'enfonçaient profondément dans le cœur de la montagne. Quelques portes agrémentaient la banalité des lieux. Le sol de terre battue était marqué d'innombrables traces de pas. Jalbert pensa qu'il serait bien embêté de s'y retrouver si le désir de fuir lui venait.

Ils débouchèrent dans une salle de taille impressionnante où une bonne chaleur régnait. Pourtant, nul foyer ou pot à feu n'était visible. Une légère odeur de soufre flottait dans l'air. Ils n'avaient rencontré personne en chemin. Il comprit pourquoi : une foule était assemblée là. À leur entrée, tous les visages se tournèrent vers eux.

Pinolt saisit le jeune prince par le bras qu'il serra à lui faire mal.

— Non! Mais, mon prince, pincez-moi! Je rêve!

Jalbert se dégagea d'une brusque secousse et répondit en se frottant le bras.

— Je puis vous assurer que vous ne rêvez pas, du moins, d'après mon bras.

Les personnes attroupées dans la pièce, qui étaient bien au nombre de deux cents, avaient toutes leur double à leurs côtés. Il y avait des femmes, des hommes, des enfants, tous en deux exemplaires, tous jumeaux. Chaque couple était vêtu et arrangé de même manière. Aucun individu ne se démarquait de son *alter ego*. Le guerrier qui ouvrait la marche fit comprendre aux prisonniers de ne pas traîner. À sa suite, ils fendirent la foule qui s'écarta à mesure qu'ils progressaient. Au fond de la pièce, une énorme porte de bois brut était entrouverte. Aussitôt franchie, elle se referma derrière eux.

La salle où ils se retrouvèrent baignait dans une douce lumière bleue qui se dégageait des murs composés de roches et de pierres précieuses qui variaient en teinte et en grosseur. Au centre, une énorme table de granit trônait. Assis derrière se tenaient deux hommes d'une cinquantaine d'années, à la beauté époustouflante. Ils avaient un profil qui les apparentait à tous ceux qu'ils avaient déjà rencontrés. Et, bien sûr, c'était des jumeaux. Toutefois, ils se démarquaient par leurs yeux, qu'ils avaient ovales et non bridés, et qui avaient la couleur des lacs au cœur de l'été. De beaux cils noirs les bordaient et faisaient ressortir l'acuité de leur regard.

Avec un ensemble parfait, les jumeaux se levèrent et firent signe aux deux guerriers de les laisser seuls avec leurs prisonniers. L'un deux, d'une voix traînante et gutturale, prit la parole.

— Salut à vous, hommes des temps incertains!

Jalbert les détailla. Devant leur posture détendue et leur visage avenant, il sentit ses muscles se relacher. Avec un sourire indéfini, car il ignorait les us et coutumes de ce drôle de peuple, il inclina la tête et répondit :

— Salut à vous, messires !

Le regard du deuxième homme se porta sur Pinolt qui semblait pétrifié sur place. D'un coup de coude dans les côtes, le prince le fit réagir.

— Euh ! C'est ça, salut, messieurs !

Le petit homme se colla encore plus contre le prince.

— N'ayez pas peur, hommes des incertitudes, nous ne vous voulons pas de mal. Nous désirons seulement vous parler. Venez par ici, assoyons-nous et discutons.

Ils se dirigèrent vers de gros divans en bois rembourrés à l'extrême. Des coussins de couleurs ternes y étaient déposés de-ci, de-là. Après toutes ces heures passées sur de la roche, Jalbert s'y cala avec un soupir de satisfaction. Pinolt, lui, se contenta de s'asseoir sur le bout des fesses.

Une fois qu'ils furent tous bien installés, le même jumeau intervint à nouveau.

— Présentez-vous !

C'était dit d'un ton sec et sans réplique. Avec l'assurance de son rang et la fierté de la noblesse, le prince se leva et, d'une voix qui révélait toute sa confiance, il répondit :

— Je suis le prince Jalbert De Lortagne, de Théodie, fils du roi Édwouard De Lortagne, de Théodie, et de feu la reine Sybel Delamonte.

Il désigna Pinolt et le présenta :

— Voici Pinolt !

Un silence pesant s'installa.

— Que faisiez-vous dans mes grottes ?

La question avait été posée cette fois-ci de façon doucereuse.

— Vos grottes ?

— Mes grottes.

— Ah ! Je ne savais pas qu'elles vous étaient acquises !

Le prince planta son regard dans celui du jumeau qui avait parlé et, en détachant bien les mots, il dit :

— Nous nous y sommes tout simplement perdus. Ce qui ne devait être qu'une simple excursion s'est révélé un vrai cauchemar.

Il fit une pause et enchaîna :

— Saviez-vous que des créatures monstrueuses hantaient vos tunnels ?

Devant le silence de ses vis-à-vis, il ajouta :

— Quoi qu'il en soit, je suis heureux que vous nous ayez retrouvés. Peut-être nous montrerez-vous la sortie ?

Jalbert avait posé la question pour tâter le terrain quant aux intentions des deux personnages. Les jumeaux se regardèrent, comme s'ils pesaient prudemment leur réponse. Le second, celui qui n'avait jusqu'ici pas encore ouvert la bouche, répondit d'une voix grave et modulée.

— Il est encore tôt pour vous indiquer le chemin vers le monde incertain, car nul à ce jour n'est venu jusqu'à nous. En tant que gardiens du bien-être de notre peuple, mon frère et moi devons nous assurer que vous êtes bien celui que nous attendons, celui qui est annoncé par les dits.

— Mais qu'est-ce qu'il marmonne ?

Pinolt s'était tourné vers le prince pour l'interroger.

— D'abord, qui êtes-vous ? enchaîna-t-il en se retournant vers les deux hommes pour leur faire face.

— Pardonnez-nous, votre arrivée nous a pris de court, ce qui n'excuse pas notre manque de courtoisie. Je suis Théophile et voici mon bien-aimé frère Siméon. Vous

vous êtes sûrement rendu compte que nous sommes un peuple de jumeaux…

— On n'est pas sortis de cette foire, maugréa le petit noble.

Le regard de Théophile pesa sur Pinolt.

— … c'est là une de nos particularités, continua-t-il.

— Si je puis me permettre, l'interrompit Jalbert, quelles sont les autres ?

— Je vous laisse le plaisir de les découvrir par vous-mêmes. Nous devrons prendre le temps de bien vous connaître et de vous expliquer en détail quel rôle vous jouerez dans les prochains mois. Pour le moment, nous croyons que la prophétie vous a menés jusqu'à nous. Pour le confirmer, nous devrons procéder à une petite cérémonie. Jusque-là, je vous demande d'être patients. S'il s'avère que vous êtes bien le guide, alors seulement tout vous sera dévoilé.

— Mais de quoi il parle ?

Pinolt tirait sur la manche du prince, ce qui l'agaçait au plus haut point. Tout en se libérant, il lui jeta un regard torve.

— Soit, messires, dit-il. Nous n'avons guère le choix de nous plier à vos exigences. Mais, pour satisfaire ma curiosité, puis-je vous demander si nous sommes prisonniers ?

— Vous êtes nos invités. Néanmoins, je dois vous mettre en garde. Je vous déconseille d'emprunter les couloirs ou tout autre chemin qui relie les grottes sans la protection d'un guide. Vous pourriez vous perdre à nouveau. Nous mettrons à votre disposition quelqu'un qui se fera un plaisir de vous accompagner où vous voudrez.

Sur ce, il frappa ses deux mains et un jeune homme apparut, comme s'il se cachait derrière la porte, prêt à répondre à l'appel des jumeaux. Il était grand et élancé. Sa culotte noire usée, attachée à la taille par un cordon, se terminait aux genoux. Une ample chemise d'un vert feuille complétait sa tenue. Son visage aimable était animé par deux yeux mobiles aussi ronds que ceux d'un hibou. Un fin duvet de poils roux comme sa chevelure enjolivait le dessous de son nez.

— Voici Rodrick, notre jeune neveu. Il sera votre guide et valet. Dis bonjour au prince Jalbert de Théodie et à son compagnon Pinolt, mon garçon.

Maladroitement, Rodrick fit une révérence et, d'un mouvement de la tête, salua Pinolt.

— Aie l'obligeance de pourvoir à leurs besoins au cours de leur séjour et enseigne-leur les us de notre communauté.

— Parfait, mon oncle !

— Bien, maintenant, un repas vous attend dans vos quartiers. Nous vous reverrons plus tard à la cérémonie.

Rodrick les devança dans les méandres des couloirs. Jalbert remarqua que ce n'était pas le même chemin qu'à l'aller. Mais l'odeur de soufre était encore présente et imprégnait les vêtements. Ils dévalèrent un grand nombre de marches en pierre arrondies par le temps et l'usure. Après plusieurs détours, ils se retrouvèrent dans leurs appartements.

On avait profité de leur absence pour garnir la petite table de bois d'une variété de mets et d'un gros pichet de bière givrée qui attira aussitôt l'attention de Pinolt. Tous les plats de service étaient de la même faïence que le broc d'eau qu'ils avaient trouvé à leur réveil.

— Eh bien, voilà un repas digne d'un prince ! souligna le petit noble.

À l'odeur appétissante, l'estomac de Jalbert gargouilla.

— Dans ce cas, faisons-y honneur.

Après s'être servi, le prince se laissa tomber sur une chaise qui gémit sous son poids et entreprit de se sustenter. Pinolt s'empressa de l'imiter.

Voyant leur guide resté debout près de la porte, Jalbert l'invita à partager leur repas. Rodrick remplit à ras bord une assiette et s'assit sur un banc de pierre. Il entama un énorme morceau de jambon en mastiquant lentement.

Quelqu'un frappa à la porte. D'un bond, Rodrick alla ouvrir. Un homme d'un certain âge se présenta. Il rapportait les épées du prince et de Pinolt.

— Vos Seigneuries, mes maîtres, en gage de leur bonne foi, vous remettent vos armes. Ils vous prient de les excuser de les avoir saisies lors de votre capture.

Il déposa les épées aux pieds du prince et, sur une révérence, se retira. Jalbert se pencha et ramassa son arme. Du bout des doigts, il en suivit la forme et caressa délicatement la lame étincelante.

— Eh bien! mon cher Pinolt, me voilà rassuré, on ne remet pas une arme à des prisonniers considérés comme menaçants. Voilà un acte de confiance de la part de nos hôtes.

— Pour ma part, mon prince, je me considérerai comme invité quand ils auront l'obligeance de nous dire qui ils sont et ce qu'ils nous veulent. On ne peut pas dire qu'ils ont été très clairs jusqu'ici!

— Voyons, mon ami, chaque chose en son temps. Pour le moment, profitons de ce répit. J'ai dans l'idée que nous ne sommes pas au bout de nos peines.

— Qu'est-ce qui vous fait croire cela?

— Ces messieurs ont des projets pour nous. Lesquels? Je ne sais. Mais, à voir la manière dont nous sommes

traités, ce qu'ils ont à nous demander en tant que…
comment l'ont-ils formulé déjà? Celui annoncé par les
dits? Cela n'annonce rien de bon.

— Justement, nous devrions nous informer à celui-là.

Pinolt pointait Rodrick du doigt.

— On ne perd rien à essayer.

Le prince avala une longue rasade de bière et remplit
une tasse qu'il tendit à Rodrick. Sans détour, il demanda :

— Alors, jeune homme, où sommes-nous?

Les jambes étendues devant lui, le dos appuyé contre la
solide paroi de pierre, Rodrick saisit la tasse et se gratifia
d'une rasade de bière qui laissa un nuage de mousse sur
sa lèvre supérieure. Il avait l'air nonchalant de celui que
rien ne pouvait atteindre. Il avait sans doute reçu ordre de
ses oncles de répondre aux questions de leurs invités, tout
en les jaugeant.

— Messires, vous êtes au cœur de la montagne des
lieux bénis. Depuis des millénaires, notre peuple s'y cache,
protégé par un labyrinthe de couloirs magiques. Tout être
vivant qui a le malheur de s'y enfoncer y erre indéfiniment,
jusqu'à ce qu'il meure de faim ou de soif.

— Mais nous, nous ne sommes pas mort!

— Non, mon prince, vous avez été épargnés.

— Et pourquoi ce privilège?

— Parce que nous croyons que vous êtes celui que nous
attendons depuis des millénaires.

— Et qu'est-ce qui vous fait croire ça?

— Mais, mon seigneur, ce sont les dits!

— Ah oui, les dits. Mais que disent-ils, ces dits?

Rodrick plissa le front et se prit le nez entre le pouce et
l'index, le temps d'une réflexion.

— Bien sûr, vous ne pouvez savoir; vous êtes de l'extérieur, vous vivez dans l'ignorance de ce genre de choses.

— Mais quelles choses? Par les dieux, mon prince, impossible de leur tirer les vers du nez. Ils prennent maints détours pour répondre à nos questions qui ne sont pourtant pas si compliquées!

Exaspéré, Pinolt était près à se jeter sur le jeune Rodrick et à le secouer. Le prince lui fit signe de se calmer et, d'un ton pondéré, reprit:

— Bon parfait! Nous venons du monde incertain et, supposons-nous, nous serions arrivés ici pour que s'accomplissent les dits. Maintenant, jeune homme, auriez vous l'obligeance de nous expliquer quels sont ces dits?

— Avec plaisir, mon seigneur!

Il décocha une œillade indulgente au petit noble et poursuivit:

— Vous avez remarqué que nous sommes un peuple de jumeaux monozygotes. Fille ou garçon, chacun est venu au monde avec l'autre moitié de lui-même, du même sexe. Physiquement, nous sommes identiques. Par contre, notre manière de penser diffère de notre double. L'un est gaucher, l'autre droitier. L'un préfère sa mère, l'autre son père. Le gaucher brille par ses talents dans les arts et l'imaginaire, le droitier possède les aptitudes qu'exige un monde plus terre-à-terre, soit celles qui concernent le calcul et l'organisation. Bref, nous nous complétons.

Le jeune guide reprit son souffle et en profita pour vider son gobelet.

— Depuis des millénaires, enchaîna-t-il, il est annoncé que de notre peuple naîtra celui qui se démarquera de l'harmonie. Son corps sera différent de celui de son semblable et il sera doté d'un esprit libre de toute émotion ou connaissance. Il pourra ainsi accueillir le libérateur, si la quête est complétée. Dans ce but, un guide lui sera envoyé. Venu du monde incertain, ce guide saura le mener à l'Élu qui le reconnaîtra instantanément.

Rodrick se releva et franchit l'espace qui le séparait de la table. Il remplit son gobelet et, d'un geste vif, se retourna pour faire face à ses deux auditeurs.

— Eh bien! voilà vingt ans, une des nôtres a donné naissance à des jumeaux dizygotes, comme le prévoyait la légende. En plus, vous voilà ici. Ce qui confirme que le temps est venu de faire en sorte que s'accomplisse la parole.

Étourdi, par cette histoire invraisemblable, Jalbert se demandait s'il ne vivait pas un cauchemar. Pourtant, il sentait tout au fond de lui qu'on ne lui mentait pas. Pour sa part, Pinolt aurait pris ses jambes à son cou si cela avait été possible. Il avait la certitude d'être tombé sur un peuple de fous perdu dans ces cavernes.

Le prince prit une longue gorgée de bière qui lui parut fade et amère.

— Et d'où tenez-vous toutes ces informations? s'informa-t-il en s'essuyant la bouche du revers de sa manche.

— Mais, mon seigneur, des ancêtres, de nos ancêtres. Nous, les premiers-nés, sommes les représentants des temps oubliés. Dans le monde extérieur, on nous appelle les hommes des cavernes.

Stupéfait et les yeux ronds, Pinolt s'écria:

— Quoi! Les premiers-nés? Mais c'est impossible! Vous n'êtes qu'une légende! Vous n'existez pas!

— Plusieurs mythes prennent racine dans l'inexplicable, mais, dans les faits, nous sommes bien réels. Libre à vous de nous concevoir à votre manière. Pour ma part, je ne m'en porte pas plus mal.

Jalbert sentait croître en lui un certain respect pour le jeune homme. Il s'enquit:

— Rodrick, pourquoi nous appelez-vous les hommes des temps incertains ?

Le jeune homme posa ses yeux de grand-duc sur le prince et lui fit un sourire amène.

— Nous sommes à l'ère des risques et des confrontations. Vous vivez à l'extérieur, témoins de ces temps, de ces incertitudes. Vos frontières, des portes ouvertes au mal et aux peines, vous condamnent à l'insécurité. Nous, nous respirons, bien à l'abri de votre monde, au fond de nos grottes. Nul ne peut les profaner. Amour et joie règnent chez nous.

Le guide s'assit juste en face des deux compagnons, étira les jambes et prit un air de conspirateur.

— Laissez-moi vous révéler quelque chose.

Les deux autres avancèrent le buste, prêts à recevoir la confidence.

— D'ici quelque temps, les dieux s'affronteront. De ce combat, un seul sortira vainqueur et maître du monde. Le bien ou le mal triomphera.

Il pointa un doigt vers Jalbert.

— Un seul peut mener l'innocent à l'Élu.

— Et vous croyez que je suis celui-là !

D'un sourire, Rodrick confirma.

— Mais comment pouvez-vous être sûr que je suis celui que vous attendez ? Pourquoi pas lui ?

Il s'était tourné vers Pinolt qui rentra la tête dans les épaules.

— Ah, mais, mon prince, pour le moment nous pensons que c'est vous qui êtes investi de cette mission. Demain, il y aura une cérémonie. Au cours de cette manifestation, vous serez rejeté ou accepté. Le rituel est infaillible. Quant à lui…

Rodrick scruta le petit noble.

— … aucun risque, il ne présente pas d'aptitude pour ce genre de quête. Son aura est sombre et nébuleuse, ce que mes oncles ont toute suite remarqué.

Soudain inquiet, le prince sentit son cœur se serrer.

— Et si j'échoue le test, que m'arrivera-t-il ?

— Les sages décideront. Cela peut aller de la mort à l'oubli, en passant par toutes les possibilités. Je ne sais au juste. Mais, ne vous en faites pas, nous croyons que vous êtes bien le guide tant attendu. Dites-vous que ce n'est qu'un rite routinier à accomplir.

Pinolt arpentait la petite salle d'un pas vif, les mains derrière le dos.

— Que suis-je, moi ? Ai-je aussi un rôle ?

— Les sages, en ce moment, se demandent en quoi votre présence peut jouer sur le cours des choses. Ils hésitent entre une mauvaise interprétation des dits et la fatalité. Vous ne devriez pas du tout être là… ce qui d'ailleurs nous embête.

Le jeune jumeau se leva et lissa des plis imaginaires sur son vêtement. Il se dirigea vers la porte.

— Demain sera une rude journée. Je vous laisse vous reposer. Je viendrai vous chercher tôt pour vous purifier. Nous disposons de bains qui vous étonneront certainement. D'ici là, ayez l'obligeance de ne pas vous en faire et profitez d'une bonne nuit de sommeil.

Sur ce, il se faufila dans le couloir en laissant la porte entrouverte.

— Quoi, nous sommes déjà le matin ?

Jalbert s'était fait réveiller par la voix rauque du jeune Rodrick, qui se tenait debout près de la table garnie d'un petit déjeuner. Une agréable senteur embaumait la salle et suffisait à elle seule à aiguiser l'appétit. Assis sur sa paillasse, Pinolt bâilla à s'en décrocher les mâchoires avant de s'informer :

— Comment faites-vous pour mesurer le temps, au fond de vos cavernes ? La nuit m'a paru courte.

— Nous avons des personnes désignées comme compteurs de temps. Elles sont autorisées à aller à l'extérieur trois fois par jour vérifier la luminosité. Elles peuvent ainsi ajuster l'énorme horloge qui trône dans la grande salle. Son mécanisme est très primitif, voyez-vous, et elle ne mesure pas le temps de façon très précise.

— Une horloge ?

— Oui, messire Pinolt. Imaginez un énorme sablier qu'on n'a pas besoin de retourner sans cesse, avec des aiguilles qui inscrivent l'écoulement de temps. Une fois le principe bien assimilé, il n'y a rien là de bien compliqué. Tous nos enfants apprennent à lire cet instrument. Si vous le désirez, je vous montrerai.

Ils prirent le petit-déjeuner en discutant de la cérémonie à venir. Par la suite, le jeune Rodrcik les mena aux bains. Ils se retrouvèrent devant une grosse porte de bois bien encastrée dans le mur de pierre. Rodrick poussa le lourd panneau et ils pénétrèrent dans une petite pièce où une autre porte se découpait dans le mur de roc. Des serviettes de toile grossière étaient suspendues négligemment sur des patères de bois, des niches creusées dans la roche à hauteur d'épaules servaient à ranger des vêtements.

— Veuillez vous déshabiller et ceindre votre taille de ces serviettes. Quelqu'un rafraîchira vos habits. Pour la cérémonie, une tenue spéciale s'impose.

Le jeune jumeau leur ouvrit la porte du fond d'où une brume s'échappa. Il leur fit signe de le suivre.

— Cette vapeur extirpera de votre corps les mauvaises humeurs. Vous comprenez, il vous faut être d'une pureté absolue pour le cérémonial. Après, je vous conduirai aux bains.

Il les poussa gentiment à l'intérieur et referma la porte. Avisant des bancs de bois à travers la vapeur chaude, Jalbert s'avança précautionneusement et s'y laissa choir.

— Ces gens ont une drôle de façon de se nettoyer le corps! commenta Pinolt. Un bain nous aurait suffi. J'espère qu'ils ne nous feront pas moisir longtemps dans ce trou.

Son corps grassouillet se couvrait déjà de sueur. Jalbert passa une main dans ses cheveux qui frisaient dans cette humidité.

— Détendez-vous, mon ami! Vous m'énervez, à la fin!

Le prince s'amusa à observer une petite goutte de transpiration qui cheminait vers son nombril. Bizarrement, il n'éprouvait aucune crainte. Il sentait qu'il passerait l'épreuve imposée haut la main. Il en avait presque hâte. Du doigt, il écrasa la petite bulle d'eau et inspecta son corps à la recherche d'autres gouttes. Le choix ne manquait pas.

Le temps s'écoula lentement. Jalbert sentait la détente le gagner. C'était comme si la vie suivait son cours normal.

Pinolt, dans son coin, les bras croisés sur son buste moite, boudait. La porte s'ouvrit et laissa passer une fraîcheur bienvenue. Rodrick pointa son nez.

— Messires, nous sommes prêts. Vous venez?

— Il était temps! maugréa Pinolt.

Il se leva d'un bond et sa serviette s'étala par terre. Le prince éclata de rire.

— Ah! Ça alors! C'est trop drôle! Je vous savais tout en rondeurs, mais je ne vous savais pas aussi tout en longueur. Mon ami, vous êtes disproportionné!

Rodrick joignit son rire à celui du prince.

Humilié d'avoir dévoilé ainsi ses attributs, Pinolt s'enroula dans sa serviette et sortit néanmoins la tête haute en proférant sur le ton de la rancune :

— Vous saurez, mon prince, et vous aussi, homme des cavernes, que je suis parfaitement proportionné. Du moins, c'est ce que me disent les dames! Croyez-moi, elles ne se plaignent pas.

— Loin de moi l'intention de vous choquer, mon cher, c'était une blague.

Toujours secoués de fou rire, le prince et Rodrick lui emboîtèrent le pas jusqu'à la première salle. Rodrick leur tendit deux robes de chambre faites de lin fatigué; ils les enfilèrent et se dirigèrent vers les bains qui se trouvaient juste au coin de la première sortie. Un petit lac souterrain au centre d'une salle de bonne proportion invitait à s'y tremper. Plusieurs jeunes femmes vêtues de robes légères, faites d'un matériel souple et neuf, s'activaient autour des tables à massage. Les narines du prince reconnurent l'odeur du jasmin et celui d'autres plantes aromatiques qui voletaient dans l'air.

Dans la paroi rocheuse étaient creusées de petites niches peu profondes où s'alignaient des fioles de produits pour les soins du corps.

Une jolie jeune femme s'avança vers eux. Elle avait de larges yeux bruns et son petit nez pointu était parsemé de taches de rousseur. Une bouche avenante laissait découvrir une rangée de petites dents blanches. Elle avait un visage ovale qu'on ne pouvait oublier. Ses cheveux, d'un noir corbeau, lui descendaient jusqu'à la taille qu'elle avait mince et élancée. Une robe d'un orangé éclatant cachait ses formes que l'on devinait harmonieuses.

— Prince Jalbert, messire Pinolt, je vous présente Alicka. Elle vous préparera pour ce qui suivra. Si vous avez besoin de quoi que ce soit, vous n'aurez qu'à le lui demander. Avec elle, vous êtes entre bonnes mains. Je vous verrai plus tard, au moment opportun.

Sur un salut pour le moins comique, Rodrick les laissa.

Alicka tapa dans ses mains et une nuée de jeunes femmes plus jolies les unes que les autres entreprirent la procédure de purification. Ils furent lavés dans les eaux chaudes du petit lac et massés par des menottes douces, mais rigoureuses, qui étendirent sur leur corps des huiles essentielles aux parfums délicats et enivrants. On leur fit revêtir des habits d'une douceur extraordinaire. Une chemise d'un rouge éclatant échancrée jusqu'au nombril laissait voir la poitrine quelque peu velue du prince. Un pantalon noir serré à la taille par une ceinture de soie lui enveloppait les jambes et allait se perdre dans des bottes d'un noir rutilant. Tout ça était exactement à sa mesure. Pinolt se vit habiller d'une chemise d'un vert profond toute simple et d'une culotte brune. Ses pieds furent chaussés de bottes d'un cuir souple à semelles molles. Tous les deux avaient les cheveux bien peignés et retenus par un ruban rouge. On les dirigea ensuite vers une table remplie de fruits et de légumes frais où on les fit asseoir en leur indiquant qu'ils pouvaient se sustenter. Jalbert mordit dans une pêche mûre à point.

— Je n'ai jamais été aussi propre!

Pinolt enfourna une bouchée de salade verte et répliqua:

— Et moi, mon prince, jamais je n'ai senti aussi bon! Ce peuple, quoique primitif, semble obsédé par la propreté.

— Pourquoi dites-vous que ces gens sont primitifs?

— Voyons, cela saute aux yeux! Ils vivent dans des cavernes et leurs vêtements sont faits de matériel grossier et terne. Tout ou presque est en pierre.

— Mais les vêtements que nous portons vous contredisent.

— Peut-être les ont-ils volés?

— Voyons, Pinolt, vous voyez du mal partout. Ils ont sûrement des couturières, dans leur communauté.

Jalbert entama un bol rempli de fraises rouges et juteuses.

— Voyez, ces fruits et légumes frais. Ils ne les cultivent pas dans ces grottes. Ils doivent avoir des connaissances que nous ne possédons pas. Vous ne devriez pas juger les gens aussi vite!

Les lèvres pincées, le petit noble ne put s'empêcher d'objecter:

— Parlez pour vous, mon seigneur. Ces gens-là, je ne leur fais pas confiance et...

Il fut interrompu par un gong qui résonna tout le long des tunnels.

— C'est l'heure, messires! Venez avec moi!

Rodrick avait revêtu une très belle robe rouge qui lui tombait jusqu'aux pieds et laissait pointer les orteils. Un énorme médaillon retenu par une chaîne d'or pur descendait sur sa poitrine.

Jalbert regarda Pinolt l'air de dire: «Là, tu vois!»

Ils refirent le chemin suivi la veille et se retrouvèrent dans la grande salle. Toutes les personnes présentes portaient la même robe et le même médaillon que Rodrick. Une excitation palpable se dégageait de la foule. À leur arrivée, graduellement, le silence se fit. Les têtes étaient tournées vers les deux hommes et leur guide. L'allée centrale, jonchée de pétales de roses rouges, était encadrée de gens debout. À l'extrémité, Théophile et Siméon, debout sur une haute estrade de pierre, dominaient l'assemblée. Eux aussi arboraient le rouge. À leur côté, assis sur de petites chaises, une jeune femme et un jeune homme, tous deux d'une beauté à faire pleurer les dieux, se tenaient fermement par la main. Eux, étaient vêtus de blanc, ce qui, pour Jalbert, les plaçait dans un rang à part. En se penchant à son oreille, Rodrick lui chuchota:

— Vous et votre ami avancez lentement vers mes oncles. Non loin de l'estrade, vous vous agenouillerez et attendrez que l'un d'eux vous dise de vous relever. Et, à partir de ce moment-là, vous n'aurez qu'à suivre leurs instructions.

Il répéta à Pinolt ce qu'il venait de souffler au prince.

Jalbert releva la tête et s'engagea dans l'allée. Les épaules droites, le regard sûr et le pas assuré, il avait la démarche d'un futur roi. Le petit noble le suivait sans se laisser distancer, mort de peur. Ils s'agenouillèrent humblement. Après un instant qui parut à Pinolt une éternité, une voix profonde se fit entendre.

— Relevez-vous.

D'un coup de reins, ils s'exécutèrent. Le doigt pointé vers Jalbert, Théophile lui dit.

— Approchez.

Il ajouta à l'adresse de Pinolt:

— Vous, ne bougez pas.

Le petit noble se tordit de nervosité, mais fut content de rester à l'écart, même si cet écart était insignifiant.

Lentement, Jalbert gravit les marches et se retrouva à la droite de Siméon. Un autel de pierre érigé au centre était éclairé par deux énormes cierges. Dessus, un grand pot de grès d'où montait une vapeur dégageait une odeur de fruits qui meublait l'espace. Théophile qui semblait le maître de cérémonie s'avança et se tint sur le bord de la plate-forme. Il entonna un chant d'une voix sourde et profonde.

Les gens se balançaient en psalmodiant une complainte dont ils suivaient le rythme envoûtant. On aurait dit un champ de coquelicots bercés par le vent. Même s'il ignorait la langue utilisée, Jalbert fut emporté par cet air nostalgique. Sur une dernière note larmoyante, le silence s'installa et tous se recueillirent. Des profondeurs, on entendit l'horloge manifester le passage du temps, douze coups sourds entrecoupés de silences. Jalbert sursauta ; il croisa le regard inquiet de Pinolt.

— Il faut concrétiser les dires.

Théophile prit un encensoir et se mit à le balancer en direction des participants. Une forte odeur d'aromates les agressa.

— Un guide a été annoncé depuis les temps des ancêtres des ancêtres de nos ancêtres. Il sera celui qui mènera l'innocent vers le destin tracé par les dieux.

Siméon prit le prince par le coude et le conduisit doucement à côté de l'autel, face à la foule.

— Cet homme que voici, bien malgré lui, a été dirigé jusqu'à nous, continua Théophile. Sont-ce les dieux qui lui montrèrent le chemin ? Ou bien tout simplement les caprices du hasard ? C'est ce que la pierre de feu va établir. Avec l'aide de nos divinités, nous saurons dans quelques instants si notre attente est enfin terminée.

Un brouhaha monta de l'assistance. Tout le monde se demandait quelle serait la réaction du prince lorsque confronté à la pierre de feu.

D'un mouvement des bras, Siméon imposa le silence. D'un geste solennel, le maître de cérémonie échancra plus profondément la tunique de Jalbert et lui enduisit la poitrine d'un liquide froid. Le prince tressaillit à ce contact.

— Homme des temps incertains, commença Théophile d'une voix claire afin que tous entendent, par ce geste, je purifie ton cœur et lave ton âme. Puissent-ils avoir la force de recevoir l'appel de la pierre. Le peuple des premiers-nés sera témoin de l'absolu de ta dévotion ou de ta déchéance.

Du coin de l'œil, le prince vit Siméon s'emparer d'un pot et s'avancer.

— Bois l'essence même de la vie, enchaîna-t-il, afin d'assouvir toute soif de bravoure et de connaissance.

Il tendit le récipient à Jalbert qui but à lentes gorgées. En fait, la boisson se révéla un vin doux et fruité à souhait. Il s'en délecta. Après en avoir bu un peu, il tendit ce nectar à Théophile qui y trempa les lèvres et le fit suivre à son frère.

Un garçon d'une dizaine d'années vint les rejoindre. Vêtu d'une robe rouge, il portait sur la tête un chapeau noir trop grand pour lui qui lui tombait sur les yeux et lui donnait un air comique malgré la solennité du moment. Dans ses mains, il tenait une pierre lisse d'un noir de jais, creusée en son centre. Elle dégageait une vapeur provenant d'un magma incandescent qui ne l'embarrassait nullement. L'assistance pouvait voir un bout de chaînette pendre et tressauter à chaque pas de l'enfant. Le nouveau venu s'agenouilla devant Théophile et lui présenta son offrande. Le maître s'en saisit et l'enfant s'esquiva.

— Par les dires, accepte, homme des temps incertains, la pierre de feu qui saura te reconnaître. Ne laisse pas la peur s'emparer de ton cœur et démontre-nous que tu es bien celui que nous attendions.

Il prit du bout des doigts la petite chaîne et la souleva. Une pierre grosse et ronde comme une bille rougie par le feu apparut. Il contourna le prince pour se placer derrière lui. Jalbert se mit à trembler des pieds à la tête, non de peur, mais d'impatience, ce qui le surprit. Il sentit qu'on soulevait ses cheveux et vit passer devant ses yeux les mains du jumeau qui attachèrent la pierre fumante autour de son cou. Il la déposa sur sa gorge, juste sous la pomme d'Adam. Jalbert attendit la brûlure, mais elle ne se manifesta pas.

De sa main droite, il souleva la petite pierre pour la poser au creux de sa paume; elle était tiède et elle flamboyait. Le peuple à ses pieds relâcha son souffle et scanda d'une même voix:

— Vive le guide! Vive le guide!

Visiblement heureux de ce dénouement, Théophile prit la main du prince et le conduisit à côté de la belle jeune femme et de l'innocent. Il le fit asseoir sur un banc qui jusqu'alors était resté inoccupé. La fille lui jeta un coup d'œil et lui sourit. L'innocent resta le regard vague, fixant quelque chose que lui seul pouvait voir.

Le maître de cérémonie fit taire son public et prit la parole.

— Les divinités ont choisi cet homme pour l'accomplissement d'une prophétie. La pierre de feu en a témoigné. Dès à présent, je remets la vie de Loïck entre ses mains. Il devra affronter maints dangers et prendre des décisions difficiles dans le parcours qu'il doit entreprendre. Que cette pierre de feu lui apporte sagesse et courage. À vous, mes frères, je puis le dire, une fois sa mission accomplie, le temps de la plénitude pourrait revenir. Pour le moment, une fête sera donnée dans la caverne de réception. Veuillez vous y rendre et vous amuser.

Une ovation monta des spectateurs. Le gong de l'horloge se fit entendre de nouveau. Les maîtres jumeaux entraînèrent Jalbert et les deux jeunes gens vers la salle où ils avaient été reçus la veille. Le petit noble s'y trouvait déjà, accompagné de Rodrick. Ils venaient de s'installer sur des divans de pierre, garnis de moelleux coussins.

— Je vous l'avais dit ! Il n'y avait pas lieu de s'inquiéter, disait Rodrick à son compagnon.

Aussitôt que le prince entra, Pinolt ne s'en leva pas moins d'un bond.

— Vous n'êtes pas blessé ? Vous n'êtes pas brûlé ?

Il étirait le cou pour voir si la poitrine du jeune homme n'était pas marquée par quelque stigmate.

— Mais non, mon ami ! Voyez vous-même, tout va bien.

Le prince mit sa poitrine en évidence.

— Ça alors ! Comment est-ce possible ?

— Mais c'est parce qu'il est le guide, intervint Rodrick. Vous n'avez pas écouté, durant le rituel ?

— Oui, mais ce sont des légendes de bonnes femmes...

Il s'exclama soudain :

— Je sais ! Vous êtes des magiciens. Vous nous avez jeté de la poudre aux yeux.

— Suffit, Pinolt ! Cessez de voir des manigances où il n'y en a pas. Ce qui s'est passé ici, vous devez l'accepter.

Jalbert avait parlé d'un ton sans réplique.

— Et fermez-la !

Le petit noble se sentit incompris et croisa les bras. Nul ne devait voir ses poings crispés de rage.

— Bon, maintenant que vous êtes calmés, il est temps de donner réponse à vos questions.

Tout en parlant, Théophile s'assit et invita les autres à faire de même. La jeune femme prit la main de son compagnon.

— Prince Jalbert, vous avez passé avec brio le rituel de la pierre!

Le jumeau parlait avec une marque de respect dans la voix.

— Vous êtes donc sans aucun doute celui qui est annoncé par les dires… Vous m'en voyez ravi. Cette jeune femme se prénomme Laïcka et lui, c'est son frère Loïck. Comme vous le constatez, ils sont jumeaux tout comme nous, mais ils sont dizygotes, c'est-à-dire non identiques. Ce sont les seuls représentants de notre peuple à être nés ainsi. Laïcka est une jeune femme brillante et intelligente, elle est polyglotte, sans oublier qu'elle a étudié les langues mortes et les écritures des temps premiers. Vous aurez sûrement remarqué les écrits sur les murs de nos grottes; c'est elle qui s'est employée à immortaliser notre histoire.

Jalbert se souvint des dessins. Pinolt leur avait expliqué qu'on pouvait lire les signes de deux manières différentes.

Théophile se leva et se dirigea vers Loïck. Il s'accroupit et, de son bras, entoura les épaules du jeune homme.

— Loïck est un innocent. Nulle pensée n'habite son esprit. Il a, pourrions-nous dire, la tête tout à fait vide. Il ne connaît pas le mal, ni le bien. Il se contente de faire les gestes que nous lui ordonnons. Notre main doit le guider pour qu'il se nourrisse ou qu'il satisfasse tout besoin réclamé par son corps. Par contre, nous savons que son cœur est pur, plus pur que celui de l'enfant qui prend son premier souffle. Il est le réceptacle qui accueillera celui qui redonnera espoir à ce monde. Vous devrez le mener là où il est attendu, et ce, en toute discrétion. Vous n'avez pas le droit d'échouer, car nul autre que lui ne peut recevoir le sauveur.

Les yeux écarquillés devant l'importance de la mission qu'on lui confiait, Jalbert s'exclama :

— Mais, messires, je ne suis qu'un simple prince, avec une formation militaire, je n'ai pas l'expérience de ce genre de choses. Comment pourrais-je conduire ce jeune homme en toute quiétude vers son destin ? Et s'il fallait que je le perde en chemin ou qu'il se fasse tuer lors d'une attaque de monstres, j'aurais à porter le fardeau des pleurs de l'humanité !

— La pierre de feu que vous arborez au cou vous lie désormais à Loïck.

Le jumeau se releva dans un craquement de genoux ; il grimaça et se plaça face à Jalbert. Ses prunelles se perdirent dans celles du prince. Théophile enchaîna :

— Si l'un de vous deux souffre, l'autre souffrira. Si par malheur un des deux perd la vie, deux vies seront perdues. Le lien de vos pierres ne se brisera que lorsque Loïck remettra la sienne pour recevoir l'âme salvatrice. Alors seulement vous serez libre. Ne doutez pas des paroles des dieux, ils ont posé le regard sur vous, car vous possédez tout ce qu'il faut pour réussir et, malgré les embûches que vous rencontrerez, nous, les premiers-nés, croyons à votre succès.

Sceptique, Jalbert réfléchissait. Son regard coula sur le jeune innocent qui fixait toujours le vide. Il ressentit de la pitié. Il devait avoir son âge, mais il ne connaissait pas le plaisir de courir dans la forêt le vent dans les cheveux, ni la douceur délectable d'un corps de femme. Comment pouvait-il tout simplement vivre sans la joie ou même la peine ?

Une larme roula sur la joue du prince. Il s'avança, s'age-nouilla devant Loïck et lui prit la main.

— Je le conduirai vers la délivrance et ce, au péril de ma vie s'il le faut. Et un jour je le verrai sourire. Je saurai alors qu'une âme bien-aimée aura trouvé refuge en lui et que l'humanité sera sauvée. De cela, je vous fais serment.

Les jumeaux poussèrent un soupir.

Chapitre neuf

— C'est quoi, ça?

Fébrilement, Valène agitait un paquet de chiffons sous le nez du roi. Les yeux exorbités et les joues rouges de fureur, elle ne posait la question que pour la forme. Elle se doutait bien de la réponse.

Après une chevauchée matinale, elle avait monté à sa chambre avec l'intention de se changer avant le petit déjeuner. Quelle n'avait pas été sa surprise de voir sa soubrette disposer sur son lit un assortiment de tissus d'une étoffe de haute qualité. Les couleurs se mariaient bien entre elles, d'un bleu azur au bleu le plus pur; elles s'entremêlaient avec grâce comme dans une danse de nuages ouatés.

L'air coupable, Fanie, qui était au service de la princesse depuis quelques années, s'était recroquevillée sous le bombardement de questions. Oui, les tissus étaient arrivés par courrier spécial le matin même… Oui, ce présent lui parvenait de la part du prince Gareth… Oui, le roi était au courant… Non, elle ne savait pas si le prince avait envoyé une missive.

D'une main vengeresse, la princesse avait entassé le tout et quitté la pièce en claquant la porte, laissant la malheureuse Fanie abasourdie. La servante avait eu une pensée pour le pauvre roi qui aurait à subir les foudres de sa fille.

Édwouard l'affronta, bien décidé à ne pas reculer d'un pas. Il se campa solidement sur ses jambes et vrilla ses yeux dans ceux de Valène, prêt à soutenir la lutte.

— Attention, ma fille! Tu vas les abîmer. Le prince a mis une attention particulière à bien les choisir, ils sont d'une grande qualité. Tu ne voudrais pas tout gâcher?

La princesse exhibait avec rage le matériel qui devait servir à créer sa future robe de mariée.

— Je le savais!

Elle trépigna et jeta le paquet d'étoffes à ses pieds. Elle le piétina allègrement, tout en maugréant des insultes à l'endroit du prince.

— Voilà ce que j'en fais! Déjà que je dois l'épouser, il ne m'imposera pas ce que je dois porter à mon propre mariage! Je choisirai moi-même la couleur… et le modèle de ma tenue.

— Valène, il est de tradition que l'épousée porte les couleurs du royaume de son promis. Gareth ne t'impose rien, il suit simplement la coutume.

Tout en parlant, Édwouard s'était empressé de ramasser les tissus et de les mettre hors de portée de la princesse.

— Écoutez-moi bien, père! J'ai toujours voulu me marier par amour, me donner à l'homme qui saura m'aimer et me respecter. Aujourd'hui, pour le royaume, vous m'arrachez mes rêves et espérances. Juste pour vous ouvrir les frontières de Valberingue, vous me donnez à un homme que jamais je ne pourrai aimer. Si mon bien-aimé frère était encore de ce monde, il aurait sûrement trouvé moyen de m'épargner ce calvaire. Il ne m'aurait pas laissé tomber. Je vous en prie, père, annulez ces épousailles. Le roi Malock est une personne de grande qualité ; je suis certaine qu'il comprendra et trouvera le moyen de faire une autre alliance.

— Il n'en est pas question ! Ma parole est donnée et je ne puis la retirer. Vous vous êtes fiancés la semaine dernière et rien ne peut rompre ce serment. Le prince Gareth est maintenant l'héritier présomptif de mon royaume et tu devras le seconder. Et maintenant, sois raisonnable et prends ceci. Va porter les tissus à ta couturière et qu'elle commence ta robe.

Le roi tendit le bras et mit d'autorité le paquet dans les mains de Valène. Elle les jeta à la figure de son père et s'écria, hystérique :

— Allez au diable, vous et votre royaume ! Je refuse de porter ces frusques. Je choisirai moi-même la couleur de mes chaînes.

En pleurs, elle se sauva, laissant le roi ébaubi. Ses pas la portèrent là où elle savait que des bras aimants la recevraient.

La vieille cuisine, aux odeurs rassurantes, lui rappela son enfance insouciante. Nanou, celle qui l'aimait comme une mère, y vaquait. Elle dirigeait le personnel comme un général ses troupes. La dame, âgée d'une soixantaine d'années, était une grosse personne débordante d'énergie qui en imposait. La peau noire comme la nuit, elle reflétait ces pays lointains où jadis la lumière dorée réchauffait les cœurs et les corps. Ce qui frappait au premier coup d'œil chez elle, c'était son regard de la couleur d'un lac éclaboussé par le soleil d'été, d'un bleu si intense qu'on avait envie d'y plonger. Comme elle avait la tête enveloppée de son éternel fichu, personne n'avait jamais vu un seul de ses cheveux. Ses joues rebondies trahissaient des années de gourmandise. Elle avait des lèvres charnues qui, dans de fréquents éclats de rire, découvraient des dents étonnamment blanches malgré le temps.

Toujours en sanglots, la princesse évacua dans un cri déchirant sa détresse. Elle se réfugia contre la poitrine généreuse et réconfortante de Nanou, et cela sous les yeux de la domesticité présente.

Alarmée, la vieille domestique déposa le chiffon qui lui servait à nettoyer l'argenterie et entoura Valène de ses bras.

— Voyons, voyons, que se passe-t-il, ma fille?

D'un geste tendre, la vieille nounou passa la main dans les cheveux de la princesse pour la rassurer.

— Nanou… c'est père…

Elle hoquetait tant à travers ses larmes qu'elle avait peine à s'expliquer. D'un geste de la main, Nanou fit comprendre à une petite servante de lui apporter un verre d'eau que la princesse avala comme une rescapée du désert.

Une certaine gêne emplissait les lieux. Serviteurs et servantes jetaient de curieux regards vers la pauvre Valène, si bien que Nanou décida d'emmener la jeune femme dans un endroit où elles pourraient discuter à l'abri des oreilles indiscrètes. Elle prit sa main et la guida vers le jardin où une légère brise s'efforçait de sécher la verdure détrempée par les averses de la veille.

Un solide banc de bois patiné par les rigueurs du temps invitait les promeneurs à s'y reposer. Cet éden était la fierté de Valène; elle passait des heures à le désherber et à entretenir les rangées de légumes qui, avec le peu de lumière que laissait filtrer le voile, avaient peine à pousser. Chaque récolte était une victoire sur le mauvais temps. Elle avait agrémenté le potager de jolies fleurs qui, vaillamment, résistaient aux écarts de température. Ce havre de paix où elle aimait se réfugier était la place idéale pour confier à Nanou ses chagrins et ses inquiétudes.

Les doigts noirs boudinés de la grosse dame, entremêlés à ceux, minces et d'un blanc de lait, de la jeune princesse, faisaient un contraste frappant pour un observateur. Mais aucune barrière ne pouvait amoindrir leurs sentiments réciproques. Assises sur le banc et penchées l'une vers l'autre, elles donnaient l'impression d'une grande complicité.

Nanou respira à fond les odeurs dégagées par les végétaux environnants, elle entoura de son bras les épaules frémissantes de Valène et s'enquit :

— Dis-moi, ma chérie, qu'a-t-il fait, ton père, pour te mettre dans cet état ?

— Ah, ma Nanou ! c'est plutôt ce qu'il ne veut pas faire.

L'étreinte rassurante de sa nourrice calmait quelque peu sa peine, juste assez pour lui permettre de s'exprimer d'une manière à peu près normale.

Déconcertée par cette réponse pour le moins ambiguë, la vieille dame fronça les sourcils. Elle était, bien sûr, au courant de la mésentente entre le roi et sa fille au sujet du mariage avec le prince Gareth ; elle se doutait bien que le chagrin de Valène y était relié.

— Allons, dis-moi ce que ton père te refuse !

De ses mains usées par les travaux ménagers, elle se mit à frictionner les petites menottes froides de sa protégée. Ce geste apaisa la princesse qui se laissa aller contre l'épaule de sa Nanou. Les yeux encore rougis par les larmes, elle regarda celle qui avait toujours su la consoler et, d'une voix chevrotante, expliqua :

— Comment vais-je faire pour vivre avec cet homme arrogant ? Nous ne sommes pas encore mariés et déjà il m'impose ses désirs... Et mon père, qui est roi, se rend à ses demandes. Je me retrouve seule à soutenir des points de vue dont il ne tient aucun compte. Figure-toi que cet ambitieux m'a envoyé des étoffes de la couleur de son blason, que je dois, selon les dires de père, porter à notre mariage. Elles sont bleues. J'ai toujours rêvé de me marier en vert.

— Mais, ma chérie, tu connais bien la tradition des Valberingue…

— Et alors ? Nous, nos traditions laissent à la promise le libre choix. Pourquoi dois-je me plier à ses désirs ?

— Ah, là, ma fille, tu marques un point ! Peut-être que ton père veut simplement lui être agréable.

— Lui être agréable ! Dis plutôt que père est un être faible. Il a peur que l'occasion de fusionner les deux royaumes lui échappe et pour éviter cela il donne sans remords sa fille en pâture à ce monstre.

Scandalisée, la vieille nourrice, les yeux ronds, regarda la jeune femme. Elle se demanda comment ils avaient pu en arriver là. L'absence du jeune prince Jalbert se fit encore plus cruellement sentir au tréfonds de son cœur. Le jeune homme avait toujours su comment modérer le tempérament de feu de sa sœur. Depuis sa disparition, devant l'incertitude de sa mort, les habitants du château vivaient entourés de sombres nuages. Les portes ne claquaient plus sous l'impulsive poussée du prince, l'éclipse de son rire tonitruant rendait les sourires plus rares sur les visages de la domesticité. On n'entendait plus les pas de son cheval sur le chemin, accompagnés des cris excités de ses amis qui anticipaient les plaisirs de la chasse à venir… Tous ces silences laissaient un vide immense et Valène le ressentait cruellement.

Voyant la princesse prête à mettre tous les torts du monde sur les épaules du roi, Nanou, essaya de la raisonner.

— Ma chérie, il faut savoir accepter l'inacceptable. Ce jeune homme ne doit pas être si terrible! Peut-être amplifies-tu ses défauts! Et puis, le mariage n'aura pas lieu avant le mois des corbeaux, ce qui te donne le temps de voir venir.

Le mois des corbeaux! Découragée, Valène sentit son cœur se tordre. Avant le dérèglement des cycles, ce mois de renaissance incitait aux réjouissances. Son frère lui avait raconté en détail les fêtes grandioses que son père organisait pour souligner l'éclosion des boutons de fleurs, les journées où chaque paysan prenait plaisir à planter les graines dans les riches terres gorgées de soleil, promesses d'abondance. Le mois des corbeaux! Aujourd'hui, il n'en restait plus que le nom.

— Ma Nanou, je me sens si seule. Si mon frère était à mes côtés, je n'aurais pas ce sentiment d'abandon qui me colle à la peau à longueur de journée.

La vieille femme la regarda et ressentit de façon palpable la détresse et la solitude qui émanaient de son âme. Il était temps de faire son dernier don.

Nanou venait d'une région nichée au plus profond des terres plébéiennes. Sa famille, quoique exclusivement composée de prolétaires, possédait comme seule richesse la magie des dons, transmise de mère en fille. Enfant unique, Nanou avait hérité de deux dons: celui du rêve et celui du feu. Elle devait les donner à deux personnes différentes au moment où le besoin s'en ferait sentir. S'ils étaient distribués judicieusement, la femme, en récompense, vivrait jusqu'à un âge avancé, sans maladies ni autres tracas.

Le don du feu, elle l'avait offert à Jalbert. Enfant turbulent dès ses premiers pas, il avait pour habitude de traîner à la cuisine, zigzaguant entre les jambes des cuisinières.

Fasciné par l'énorme âtre où grillaient cuissots et potages, il tendait le bras afin de saisir les braises auxquelles il trouvait des couleurs irrésistibles. Un jour, alors qu'il avait échappé à l'œil attentif de Nanou, il était tombé tête première dans l'énorme foyer. Le geste vif et le réflexe impétueux du cuisinier lui avaient évité de s'affaler tout à fait dans les tisons impitoyables.

La nourrice aimait ce petit garçon comme le fils qu'elle n'avait pas eu. Elle avait décidé de lui faire don du feu pour le protéger à tout jamais contre les flammes et leur chaleur. En faisant ce legs, Nanou, tout au fond d'elle-même, avait demandé pardon à l'enfant, car elle savait qu'elle venait de changer son destin.

Il lui restait un don à transmettre, celui du rêve. En le léguant à la princesse, elle lui permettrait de trouver dans les rêves consolations et espoirs, de rencontrer des gens, de leur parler, de voir des lieux et des événements futurs. Le chagrin n'assombrirait plus ses moments de solitude. Et surtout, peut-être pourrait-elle se protéger des malveillances de Gareth?

Sa décision prise, Nanou enserra la tête de la jeune femme entre ses mains et chercha l'âme en peine. Elle n'eut aucun mal à la trouver, tellement la détresse étouffait Valène. Ses yeux dans les siens, comme dans une transe hypnotique, la servante concentra toute la force du don et le projeta à l'intérieur de son esprit où il prit racine. Nanou lâcha un gros soupir, pour se libérer totalement de tout résidu. Valène, sentit pénétrer dans son corps une énergie jusqu'alors inconnue d'elle, mais n'y prit pas garde. Plutôt inquiète de voir sa vieille nourrice haleter, elle lui demanda:

— Nanou, qu'as-tu? Tu as mal?

En respirant profondément, Nanou l'informa:

— Tout va bien, mon adorée. À mon âge, il arrive qu'on se fatigue, même sans faire le moindre effort. Maintenant, écoute-moi. Je ne peux te donner ce que tu désires, je ne suis qu'une pauvre nourrice sans aucune influence sur ton père.

Devant l'expression accablée de la jeune femme, Nanou s'empressa de continuer :

— Par contre, je t'ai offert une chose, une seule chose ; ne me demande pas laquelle, ni comment cela a été rendu possible, sache seulement qu'à partir d'aujourd'hui jamais plus tu ne te sentiras la même. Peut-être me maudiras-tu pour ce que j'ai fait. À ces moments-là, souviens-toi que je t'en demande pardon.

Les vents violents faisaient trembler les murs du château. Dehors, la pluie s'abattait inlassablement, elle ruisselait sur les pierres grises, accentuant leur morne couleur. Dans les couloirs où les courants d'air dansaient rôdait un air froid puant l'humidité. Les esclaves et serviteurs frissonnaient et s'activaient pour se réchauffer le sang. Dans la salle des martyrs, appelée ainsi secrètement par le personnel, le dieu Béléos, tenait une réunion avec ses proches. La pièce spacieuse pouvait contenir une trentaine de personnes. L'eau suintait des murs et s'écoulait en de longs filets qui allaient grossir une flaque dans un coin de la pièce. Tout au fond, face à l'énorme cheminée où une faible flamme tentait vainement de répandre un peu de chaleur, se découpait une petite porte. C'était par cette issue que disparaissaient les malheureux qui avaient la malchance de subir les foudres de Béléos. De ceux qui en avaient franchi le seuil, aucun n'était revenu. On supposait, toujours secrètement, que les malheureux tombaient dans le néant d'où nul retour n'était possible.

La réunion, par ce pluvieux matin, avait pour but de faire le point sur les derniers événements. Depuis l'apparition d'une des deux lunes lors de la cérémonie du cœur, le dieu Béléos était pris d'un sentiment d'urgence. Il lui fallait repositionner ses hommes. Pour le moment, ils étaient éparpillés à travers les terres qui encerclaient Léoden. L'Élu n'avait pas encore été ciblé. Il fallait faire vite, le repérer, le suivre et attendre que les sages lui révèlent la route qui le mènerait à l'Icône. Aussitôt que l'hôte se mettrait en chemin pour parachever sa quête, Béléos devrait le faire épier jusqu'à sa destination finale. En se basant sur les dires, le dieu supposait que la petite statuette qui recelait les secrets permettant à son possesseur de tirer les ficelles des mondes se trouvait en un lieu nommé le Portail, lieu des légendes perdues entre les mondes.

Béléos tapotait de ses doigts graisseux les accoudoirs de son trône ; il en possédait un dans chaque pièce de son château. Un esclave d'une dizaine d'années tamponnait avec un chiffon la bave qui lui coulait du coin des lèvres.

À ses côtés se trouvait Malgard, magicien et confident du dieu, ainsi que ses quatre chefs de guerre. Ils étaient tous les six assis plus au moins confortablement près du foyer où la flamme agonisait. Un gops roulé en boule aux pieds de Béléos dormait paisiblement.

— Alors, Malgard, où en est-on ?

— J'ai de bonnes nouvelles, dieu des puissants. Nous avons repéré Korin et ses compagnons. Ce matin un messager m'a rapporté qu'ils avaient été vus à Port-aux-Pics par une de nos brigades en faction. Ils ont acheté des denrées et des montures en vue d'un voyage. Interrogé par un de nos hommes, l'écuyer qui leur a vendu les chevaux a déclaré qu'un des leurs avait laissé entendre qu'ils se dirigeaient vers le canyon de la montagne maudite.

— La montagne maudite ?

Le dieu fit signe à l'esclave d'essuyer la larme de pus qui suintait entre ses cils.

— Oui, enchaîna Malgard, dégoûté par le geste. Le jeune novice, aux dernières nouvelles, s'y serait engagé, ce que le Renifleur aurait confirmé. Le chasseur d'âmes a trouvé sa proie.

Enfin, il le tenait !

— A-t-on averti Korin de ne pas éliminer l'adolescent ?

— Bien sûr, dieu des très-hauts. Un de nos aidants a pu intercepter le mage et lui a transmis vos volontés.

— Parfait !

Le dieu se tortilla de contentement.

— Et maintenant, votre grandeur, que faisons-nous ? demanda le premier chef de guerre.

— Vous rappelez vos troupes. Nous laisserons seulement Korin en fonction, ainsi que quelques hommes en bordure de Léoden. Je crois que le mieux est qu'un des nôtres infiltre le groupe.

— Si vous le permettez, votre grâce, qui allez-vous nommer pour jouer ce rôle ?

Malgard avait posé la question, rempli d'espérance.

Comme il bavait de plus belle, le dieu passa le revers de sa manche sur sa bouche ; le tissu prit une couleur foncée. Il s'éclaircit la gorge et sentit remonter des glaires qu'il s'empressa de ravaler.

— Qui d'autre que Korin pourrait remplir ce rôle ? Il possède l'art du déguisement et peut nous transmettre des informations par sa seule pensée. C'est notre homme.

Déçu, Malgard baissa les yeux. Voyant son lieutenant attristé, le dieu s'empressa d'ajouter :

— Toi, tu coordonneras le tout. Informe Korin qu'il doit infiltrer le groupe et le protéger. Peu importe la manière dont il s'y prendra. Tu me rendras compte journellement du déroulement de cette mission. J'exige de vous tous la réussite, quel qu'en soit le prix.

Béléos se frotta les mains de satisfaction. Malgard s'aperçut que la nébulosité de son regard avait laissé la place à un monde de rêves, qui, pour la plupart des mortels, aurait plutôt été considéré comme un monde de cauchemars. L'excitation rendait les mains du dieu tremblantes et moites. Il se voyait déjà jouant avec la destinée de tout un chacun, au gré de ses humeurs.

Un éclat de rire jaillit de sa gorge et roula dans le château. Tous ceux qui s'y trouvaient rentrèrent la tête dans leurs épaules.

Chapitre dix

Ils étaient arrivés la veille à quelques lieues seulement des plaines en bordure de la montagne maudite. De leur campement, ils pouvaient voir au loin son sommet lécher les nuages grisâtres. Le temps froid et humide se combinait aux vents qui apportaient une odeur d'humus. En plissant le nez, Gorrh ramassa une dernière brassée de bois. Ses cheveux, plaqués sur sa tête par la pluie, lui dégouttaient dans les yeux. Il faudrait que tante Rize les lui coupe et qu'elle vérifie en même temps si une colonie de poux ne s'y cachait pas. Depuis quelques jours, le cuir chevelu lui démangeait en permanence.

Un buisson épineux s'agita sur sa gauche. Gorrh sentit son cœur bondir et posa la main sur son couteau. Il s'apprêta à s'élancer. Les branches remuèrent de plus belle et il vit apparaître Érick avec une demi-douzaine de lièvres attachés à la taille. Soulagé, l'adolescent lui sourit.

Tout aussi trempé que Gorrh, le jeune commandant frissonnait dans ses habits ajustés par les intempéries. Ses cheveux formaient des touffes hirsutes, qu'il se gratta allègrement tout en le saluant avec entrain.

— Gorrh, vois comme j'ai fait une belle chasse !

Érick décrocha ses victimes et les balança sous le nez de l'adolescent.

— Dame Rize sera ravie. Elle m'a dit ce matin qu'elle adorait le ragoût de lièvre.

Le gibier tomba sur le sol et Érick s'assit lourdement. Il entreprit de masser son cuir chevelu à deux mains.

— Alors, ils t'ont trouvé, toi aussi?

L'air interrogateur, le jeune commandant demanda:

— Qui?

— Bien, les poux.

— Les poux?

Gorrh s'approcha et se pencha sur la tête d'Érick. Il se mit en devoir de fouiller sa chevelure.

— Ah! Tiens, j'en vois un. C'est un gros.

Le jeune guerrier se leva d'un bond et secoua la tête comme un chiot qui s'ébroue, son corps suivant la danse.

— Ha! ha! Tu ne t'en débarrasseras pas ainsi. Ils sont bien accrochés.

Plié en deux et les yeux remplis de larmes, Gorrh se tenait les côtes.

— Ne t'en fais pas, j'en ai aussi. Tante Rize va nous en débarrasser. Elle connaît une recette qui viendrait à bout de la plus têtue de ces petites bêtes. Allons, plus vite nous retournerons au camp, plus vite tante Rize nous épouillera.

Les bras chargés, ils arrivèrent au bivouac où ils furent accueillis par les roucoulements de Carmille. Un sentiment de détente régnait. Philin avait décrété un jour de repos, afin de ménager les montures qui, malgré leur endurance, démontraient quelques signes de fatigue. Après plusieurs semaines de route, cette petite pause était la bienvenue. Ils en profitaient eux-mêmes pour vaquer à leurs occupations préférées. Rize avait déclaré la journée propice à mettre de l'ordre dans leurs affaires. Ils trouvèrent Philin aidant la vieille dame à étendre des vêtements sur une corde à linge improvisée.

Rize leva les yeux de son ouvrage et leur sourit. Elle était toujours inquiète quand l'un d'eux devait s'éloigner. Voyant Érick arborer fièrement ses prises, elle s'exclama :

— Par la bonté des dieux, Érick, en voilà, de beaux lièvres. Je vais pouvoir nous mitonner un délicieux civet.

Les joues rougies de plaisir, le jeune homme fit une révérence.

— C'est un plaisir pour moi, ma dame, de vous les offrir. Je vais de ce pas les écorcher.

Comme un conquérant, il se dirigea vers le petit ruisseau qui coulait à quelques pas de là. Gorrh se débarrassa de sa brassée de bois et s'approcha de sa marraine ; timidement, il lui demanda :

— Tante Rize, vous pouvez examiner mes cheveux ? Je crois que j'ai des poux.

Sa tête humide et ébouriffée n'était guère engageante. Rize pensa au fond d'elle-même que seules ces petites bestioles avaient le courage d'y trouver refuge.

— Allons, viens, je vérifie ça.

Il prit place sur un rocher moussu et étira ses jambes dans une pose décontractée. Il aimait bien se faire jouer dans les cheveux. Avec un air concentré, dame Rize se mit en devoir de fouiller la broussaille qui surplombait le crâne et tiqua.

— Mon dieu, mon pauvre chéri, tu en es infesté ! Ça grouille de vie là-dedans.

Philin s'approcha et avec inquiétude murmura :

— Par les dieux, ma dame, il va se faire dévorer ! Il faut faire quelque chose.

Interloquée, Rize le regarda. Ses soupçons maintenant confirmés, le cuir chevelu de Gorrh lui piquait encore plus. Il se mit à se gratter à deux mains.

— Ma tante, Érick en a aussi, j'ai vérifié.

Elle poussa un soupir.

— Bon, c'est d'accord. Je vais vous préparer un traitement à base de vinaigre. Aussitôt Érick revenu, je nous épouille tous les quatre.

— Moi aussi ?

— Oui, Philin, vous aussi. Ça ne peut pas vous faire de tort. Traitement, lavage, et coupe de cheveux. Depuis quand n'avez-vous pas visité une rivière, Philin ?

Le Ponède regarda Gorrh qui rougit. L'œil taquin, il acquiesça.

— Vous avez raison ma dame. En tant que traqueur, je n'ai pas d'odeur, mais j'ai le corps enduit de crasse. Par contre, lui, il pue le cheval et la sueur.

Gorrh plissa le nez. Il devait bien admettre que ses vêtements dégageaient une forte odeur de fumée, d'herbes, de cheval, ainsi que d'autres relents non identifiables.

— Allez, les garçons, finissez d'étendre le linge pendant que je prépare la mixture. Gorrh, avive le feu et déposes-y une marmite d'eau, le temps qu'Érick revienne et tout sera prêt pour cuire notre repas.

Ils s'activèrent, anticipant le plaisir à venir.

Une senteur âcre de vinaigre et de fumée flottait dans l'air. Assis autour du feu, l'Élu et ses compagnons finissaient leur platée et nettoyaient leurs assiettes avec les dernières croûtes. Propres, la literie lavée et finalement séchée, ils se promettaient tous une bonne nuit de sommeil avant de s'engager le lendemain sur la route qui les mènerait au canyon.

Gorrh s'étira et bâilla. Il aida Érick à nettoyer la vaisselle et, sur un dernier salut, disparut sous sa tente. Il s'enroula dans sa couverture et, Carmille bien calé au creux du cou, il sombra.

Il se trouve près d'une rivière. De petites vagues grises reflètent les nuages, elles s'écoulent doucement avec un clapotis qui apaise. Sur son épaule, Carmille roucoule au rythme de ce murmure. Malgré la tranquillité des lieux, Gorrh a peur. De quoi? Pour qui? Il ne le sait. Quoi qu'il en soit, il sent ses tripes lui remonter dans la gorge.

Il s'assied sur la berge et fouille du regard les vaguelettes à la crête écumeuse. Il veut pêcher, mais décide de mettre ce projet de côté, trop perturbé par la sensation qui lui étreint le cœur. Sans s'en rendre compte, il ferme les yeux et entre en lui-même.

Un rêve dans un rêve!

Seul dans les bois giboyeux, entouré de chênes dont les branches croulent sous une profusion de glands qui lui paraissent énormes, il tourne sur lui-même pour se repérer. Arbres, rochers, broussailles, tout est gigantesque.

Les lapins et les écureuils aperçus plus tôt ont trois fois la taille normale. Tante Rize serait ravie de voir ça.

Un bruit sourd, comme un battement de cœur, vient d'un peu partout. Gorrh tend l'oreille et se concentre. Il ne perçoit aucun autre son, si ce n'est celui de petites bêtes qui détalent dans les fourrés. En tout cas, c'est ce qu'il suppose.

Une sueur glacée coule le long de son dos. Pourtant, l'air est frais.

Il s'avance. Ses pas le mèneront-ils auprès de ses compagnons ? De toute manière, il ne peut rester à attendre.

Il se fraie un passage à travers une barrière de buissons d'un rouge éclatant et constate qu'il se dirige vers ce qui lui paraît la source du battement. Il ne s'est pas trompé. Plus il progresse, mieux il en discerne le rythme, lent et régulier. Ses pieds s'enfoncent dans le sol spongieux. La mousse imprégnée d'eau les recouvre. Un bruit de succion se fait entendre quand il retire la jambe afin d'affermir son pas.

Il arrive en bordure d'un marécage qui n'a pas sa place dans ce décor. Entourée d'énormes saules dont les ramures frôlent le sol, une petite île trône en son milieu, faite de terre et de rochers. Aucune plante n'y apparaît. En sueur, il s'assit sur une souche garnie de moisissures et se dit qu'il ferait peut-être mieux de retourner à son point de départ.

Soudain, dominant le sourd battement, il entend une plainte à sa droite. Il tourne la tête dans cette direction et retient son souffle, à l'affût. La plainte s'est tue pour laisser place à un rythme lent et régulier. Une volée de corbeaux passe silencieusement, dérangée par on ne sait quoi…

La lamentation reprend.

Tremblant, le cœur au bord des lèvres, il se lève et se met en route, bien décidé malgré sa peur à connaître l'origine de cette litanie désespérée. Les pieds gelés, il traverse un petit ruisseau qui bizarrement laisse couler ses eaux de bas en haut. Il n'ose même pas se demander pourquoi. Il atteint l'autre berge, parsemée de gros coquillages abandonnés par leurs occupants. Il s'agrippe à une solide branche et, d'un coup de reins, s'extirpe du ruisseau pour gravir ses rives. Les pieds engourdis, il s'enfonce dans la forêt et contourne un amas de ronces pour déboucher sur une clairière. De plus en plus insistante, la plainte le guide. Il court pour répondre à l'appel qui lui paraît pressant et freine net aux abords de sables mouvants. En son centre, tante Rize s'enfonce.

Son regard accroche le sien.

— Gorrhhh !

Dans ce cri, toutes les peines du monde le confrontent.

Le jeune homme se fige devant la peur exprimée par la voix de sa tante, mais l'instinct le fait réagir. Il cherche autour de lui une branche, n'importe quoi qui puisse lui venir en aide. Ce qu'il découvre lui donne froid dans le dos : assis autour des lises, ses amis, comme des spectateurs, ont le regard rivé sur cette détresse. Le stoïcisme indifférent d'Érick et de Philin déclenche en lui une poussée d'adrénaline. Devant l'urgence et ne trouvant rien pour aider sa tante, il se met à plat ventre et rampe vers elle. Il tend sa main. Les doigts gluants, Rize essaie de la rejoindre, mais les sables restreignent ses mouvements. Il étire le bras au risque de se déboîter l'épaule et réussit à saisir le main. Désespéré, il raffermit sa poigne. Mais tante Rize est happée par les fonds qui ne veulent pas lâcher prise, leurs doigts glissent lentement et se séparent. Ceux de sa tante chérie laissent des traces de boue sur ceux de Gorrh. Des larmes ruisselant sur ses joues, l'adolescent la voit lui lancer un dernier regard plein d'amour, bientôt volé par des bulles victorieuses.

Un cri de rage et de dépit monte de sa gorge nouée, alors que le sourd battement de cœur se tait à jamais.

Une main fraîche comme la rosée du jour se pose sur son front. Un léger parfum de jasmin flotte dans l'air. Le cœur en miettes, Gorrh ouvre les yeux. Il se trouve au bord d'une rivière. Les nuages gris se reflètent dans ses eaux. Carmille, doucement, roucoule sur son épaule.

Il tourne la tête et aperçoit une jeune femme assise tout près de lui. Ses cheveux de feu couronnent un visage d'une beauté exquise. Ses yeux verts l'examinent de manière déconcertante. Un sourire apaisant se dessine sur ses lèvres.

La main qui, plus tôt, l'a tiré de l'horrible vision de la mort de sa tante chérie se pose légèrement sur son genou. À ce contact, il se calme. Il veut demander à la jeune femme qui elle est, mais sa vue se brouille. Lentement, comme un nuage de poudre qui se dissout dans l'air, la silhouette de la jeune femme disparaît sur un dernier sourire.

— Gorrh ! Gorrh !

Philin le tirait par l'épaule en le secouant comme un prunier. Il émergea non sans peine de son rêve, légèrement nauséeux.

— Qu'avais-tu à crier ainsi comme un damné ? On aurait dit que tu te faisais dévorer vivant.

Philin qui partageait la tente avec Gorrh avait cru sa dernière heure venue en entendant les hurlements de peur de son ami, sans compter que ce dernier se battait comme un diable avec sa couverture. Lorsqu'il s'était aperçu qu'en fait le jeune novice faisait encore un de ses cauchemars, il s'était empressé de le réveiller avant qu'il n'ameute tout le camp. Tout le groupe avait besoin de récupérer.

Les yeux troublés, les cheveux en bataille, Gorrh s'assit sur sa paillasse et regarda autour de lui, peu à peu rassuré.

— Tante Rize ! Où est ma tante ?

— Dame Rize? Elle dort là, tout à côté. Pourquoi?

Gorrh ne répondit pas, occupé à explorer les ténèbres. Il devinait les formes des objets familiers autour de lui. Près de son pied droit, la couverture se souleva lentement. Il hurla et remonta ses genoux au niveau du menton. Suivant le mouvement, Philin hurla et se recula d'un bond.

Un roucoulement sourd se fit entendre et Carmille, indigné, s'extirpa de sous les draps, non sans mal.

— Ah! Bon sang, ce qu'il m'a fait peur!

Philin sentait son cœur battre à toute vitesse. L'adolescent, quant à lui soulagé, grommela:

— Il est toujours fourré où il ne doit pas, ce pigeon!

Le rabat de la tente bougea et tante Rize y passa la tête.

— Que se passe-t-il, les garçons? Vous en faites, un raffut.

Heureux de voir sa marraine, Gorrh se leva et la rejoignit.

— Ce n'est rien, tout simplement Carmille qui a décidé de nous jouer un mauvais tour…

Il voulait à tout prix taire l'épisode du rêve.

L'aube marquait l'horizon. Ils décidèrent de prendre une bouchée et de lever le camp, afin d'arriver au canyon le plus tôt possible.

Ils galopèrent, inconscients que le destin allait s'amuser à se jouer d'eux.

Deux jours auparavant, Korin et compagnie avaient érigé leur bivouac sur un promontoire qui surplombait l'entrée du canyon. Magnifique, la montagne maudite perdait ses flancs dans une brume matinale. Korin, avait l'impression qu'à seulement tendre le bras il pourrait en percer le rideau.

Ils en étaient aux derniers préparatifs de leur embuscade et cela n'avait pas été sans mal.

La question que se posait le magicien sans relâche était : comment faire rencontrer le Renifleur et le jeune novice sans attirer l'attention ? Il voulait s'assurer que le chasseur d'âmes ne s'était pas trompé, que l'adolescent était bien l'Élu.

Un des jumeaux, Salbrique, avait tout simplement suggéré d'attaquer le petit groupe et de se saisir du jeune prêtre pour le mettre face au Renifleur. Suggestion immédiatement rejetée par Korin. Il fallait que le novice se rende à Léoden. Après maintes tergiversations, il fut décidé qu'aussitôt leur proie en vue le Renifleur et Basteth iraient prendre place à l'entrée du passage. Ils joueraient le rôle de deux voyageurs perdus. Le Renifleur pourrait ainsi se rapprocher du jeune homme et mieux sonder son âme. Une fois obtenue la confirmation qu'il était bien celui qu'ils recherchaient, ils rejoindraient Korin et prendraient la route pour Léoden où une autre attente commencerait. Pour ce qui était d'infiltrer le petit groupe, Korin se cassait la tête, incapable encore de définir un plan. Malgré l'empressement de Malgard, Korin trouvait plus sage d'investir le groupe quand il quitterait Léoden. Faudrait voir…

Il fut tiré de ses pensées par le signal de Krein qui annonçait quatre petits points mobiles tout en bas à leur gauche.

Le plan prévu s'exécuta. Déjà, les quatre cavaliers avaient rejoint le Renifleur et Basteth. Korin jubilait.

— Maître Korin !

— Quoi ? Qu'est-ce qu'il y a, Lyam ?

— Regardez, là-bas.

À l'opposé de l'entrée, là où on pouvait deviner en bordure de la route un amas de taillis et de buissons touffus, un nuage de poussière s'élevait.

— Par les démons, qu'est-ce que c'est?

— Je ne sais pas, ils sont trop loin, quoiqu'ils se rapprochent rapidement. On dirait des plénubes, à leur façon de se déplacer. Ils sont plusieurs… Je dirais une vingtaine.

— Enfer! Ils foncent droit sur le novice. Ils vont les massacrer.

— Qu'est-ce qu'on fait?

Il n'y avait pas à hésiter. Entre le désir du prince Gareth de faire disparaître l'adolescent et l'exigence du dieu Béléos de s'assurer que l'Élu se rende bien à Léoden, le choix s'imposait de lui-même. Jurant contre le mauvais sort qui se jouait de lui, Korin répondit:

— Préparez-vous, nous descendons les aider.

— Mais nous ne pouvons y aller! Philin me reconnaîtra.

Lyam avait bien raison, pensa le mage. Il devait les travestir le temps du combat, et un peu plus, même. Un sourire flotta sur ses lèvres. Il changerait ses compagnons et lui-même en féroces guerriers des temps anciens. Il en mettrait plein la vue à Rize et compagnie, sans compter l'avantage que lui donnerait la force de ces combattants légendaires. La transformation lui demanderait beaucoup d'énergie, mais peu importait, après, il aurait tout le temps de s'en remettre.

— Appelle les autres. Vite! Il n'y a pas de temps à perdre! Je vous réserve une surprise.

Philin pila net. Au milieu du chemin se tenait un drôle de personnage, avec un énorme appendice au milieu du visage. À ses côtés, un homme de délicate stature, la tête ronde et aussi polie qu'un œuf, attendait. Tous les deux, les vêtements blanchis de poussière, avaient l'air bien décidés à ne pas leur céder le passage.

Rejoint par ses amis, le traqueur s'avança.

— Une agréable journée, messires! lança-t-il.

Le regard translucide de Basteth se posa sur Philin, lui imposant une impression de malaise. Après un court silence, le jeteur de sorts s'exprima dans un langage fleuri qui reflétait l'image de sa personne.

— Que vous soit rendue cette bonne intention, messire!

Ils mirent pied à terre afin de profiter de cette pause pour se dénouer les muscles.

— Avez-vous besoin d'aide? Sinon, auriez-vous l'amabilité de vous déplacer quelque peu pour nous laisser passer? demanda Philin, désireux de poursuivre la route.

Basteth lorgna le Renifleur qui s'agitait et murmurait des mots incompréhensibles. Il se retourna vers le Ponède et expliqua:

— Après de longs chemins et maints détours, nos pas nous ont menés en ce lieu, que nous considérons non conforme à nos attentes. Nous vous serions redevables si vous aviez l'obligeance de nous guider vers une meilleure destination.

Abasourdi, le traqueur ouvrit la bouche comme un poisson. Rize prit la relève. Elle ressentait un léger malaise à la vue du petit homme dont l'appendice ballottait à chacun de ses mouvements. Il lui rappelait quelqu'un…

— Nous aurions plaisir à vous aider quant au choix de votre destination, messires, mais ne sachant quelles sont vos espérances, je crains, hélas! que nous ne puissions vous être utiles. Peut-être avez-vous une suggestion. Philin se fera un plaisir de vous indiquer le chemin.

Entre-temps, le chasseur d'âmes, excité, tirait la manche du sorcier et murmurait en pointant Gorrh du doigt.

— Qu'est-ce qu'il a, votre ami? demanda Érick en se rapprochant de Gorrh.

Ce dernier reluquait le petit homme qui gesticulait. Il se sentait attiré vers lui sans aucune véritable raison. Peut-être était-ce sa laideur qui le fascinait!

Basteth ouvrit la bouche pour se tirer de ce mauvais pas, mais des miasmes les incommodèrent soudain, doublés aussitôt du tapage d'une meute en furie. Jaillissant des fourrés qui bordaient la route, un démon sorti tout droit des enfers apparut, suivi d'autres monstres aussi laids les uns que les autres. Ils se déplaçaient à une vitesse folle et les encerclaient. Plusieurs poussaient des cris de victoire. Les yeux exorbités, Gorrh et ses amis dégainèrent épées et dagues et se positionnèrent de dos afin de mieux se protéger. Les chevaux avaient pris la fuite en emportant les provisions et le matériel. L'adolescent se félicita d'avoir libéré Carmille un peu plus tôt.

Le combat s'engagea. Les épées se mirent à tinter. Philin se révéla un combattant hors pair; une dague dans chaque main, il transperça avec adresse plusieurs poitrines velues. Érick, avait oublié sa peur des monstres et tranchait dans les bras et les têtes.

Dès le début de l'alerte, le Renifleur s'était rapproché de Gorrh et, tremblant de tous ses membres, il s'accrochait à sa tunique, ce qui nuisait aux mouvements du jeune homme. En les voyant ainsi empêtrés, Rize saisit le petit homme qui hurlait, l'éloigna de force du jeune homme et le maintint contre elle. Gorrh put ainsi donner libre cours aux gestes appris lors de ses leçons de combat. Il se révéla, lui aussi, un dangereux adversaire.

Il vit du coin de l'œil le jeteur de sorts tomber sous l'assaut de deux monstres qui se mirent aussitôt à le dévorer. Écœuré, il redoubla d'ardeur.

Les démons refermaient le cercle. Jamais ils ne s'en sortiraient. Il en arrivait encore. Soudain, au plus profond de son découragement, Gorrh vit apparaître à travers la poussière quatre hautes silhouettes qui jouaient de l'épée pour se percer un chemin et abattaient sans pitié les créatures qui leur bloquaient le passage. Les géants se retrouvèrent à leurs côtés et, sans un mot, se mirent en devoir de faire place nette. Avec leur puissante stature et leurs bras musclés, ils déployaient une force impressionnante.

— Par les dieux, d'où ils sortent, ceux-là ? cria Érick essoufflé.

Philin n'avait pas le temps de répondre. Il baissa la tête afin d'éviter un coup sournois donné par un plénube, se releva et trancha la gorge du monstre bipède de justesse. Il ne s'en demandait pas moins comment des guerriers des temps anciens pouvaient se retrouver là ? Jamais la preuve n'avait été faite de leur existence. On considérait plutôt qu'ils étaient légendaires.

— Fuyez ! Fuyez ! Nous allons les retenir, lança le plus grand des guerriers.

Une percée avait été faite vers la route qui menait à la sortie du canyon. Philin se tourna vers Gorrh et lui fit signe de le suivre en indiquant le chemin maintenant libre. Le jeune homme chercha sa tante des yeux. Il ne la vit pas. Il se déplaça de côté et trébucha sur le Renifleur, accroupi par terre, qui gémissait. Il le releva et demanda :

— Où est la dame ?

De grosses larmes coulant sur ses joues, l'appendice rougi, le petit homme montra du doigt l'orée des bois qui bordait la montagne maudite.

Le sang se retira des veines de Gorrh. Il vit avec horreur un plénube qui traînait sa tante vers le cœur de la montagne. Carmille voletait autour du monstre et l'assaillait vainement.

— Tante Rize !

Dans un cri à fendre l'âme, le jeune homme vola au secours de sa marraine. Érick et Philin lui emboîtèrent le pas, suivis du Renifleur qui gémissait :

— L'Éélouu ! L'Éélouu !

Korin qui combattait sans relâche vit lui aussi le petit groupe se diriger droit vers l'enfer. Lui et ses compagnons se débarrassèrent facilement des quelques monstres encore acharnés et mirent les autres en fuite.

Le corps recouvert de sang et de substances indéfinies, Lyam s'essuya le front et lui dit :

— Maître, mais ils se trompent ! Ils vont vers la montagne !

Korin sentit la rage l'envahir. L'Élu lui échappait encore. Car c'était bien lui, l'attitude du Renifleur ne pouvait mentir. Cet imbécile courait droit dans les pièges inextricables de cette maudite montagne. Et, en plus, il y entraînait le Renifleur.

Un des jumeaux s'avança, Korin n'aurait su dire lequel, et demanda :

— Maître Korin, qu'allons-nous faire ? Nous venons à peine de les sauver et voilà qu'ils courent droit à leur perte. Laissons-les se débrouiller et rendons-nous à Léoden. Là, nous pourrons attendre et voir venir.

— Ah oui ! Voir venir, hein ? Et comment penses-tu expliquer au dieu Béléos que, sous notre nez, nous avons laissé filer l'Élu ? Et qu'il est allé se fourvoyer dans cette montagne sans qu'on fasse rien ? Plutôt aller m'y perdre moi-même.

— Quoi ! Vous voulez les suivre ? demanda le jumeau en blêmissant.

— Et que veux-tu faire d'autre ? répliqua le magicien qui postillonnait de rage. Je n'ai pas le choix, il faut s'assurer qu'il se rende à Léoden, et pour ce faire nous ne devons pas le lâcher d'une semelle.

Le mage essuya sur sa joue une traînée de sang et nettoya sa main sur sa cotte de maille. Il enchaîna :

— Nous resterons transformés en guerriers pour avoir plus de chances de nous en sortir. Maintenant, allez chercher l'équipement et en route.

De retour avec tout l'attirail, Lyam demanda :

— Que faisons-nous de Basteth ?

— Pas le temps de s'en occuper, répondit Korin en jetant à peine un regard de biais sur la dépouille. De toute manière, ce n'est plus qu'un corps. Les créatures s'en chargeront.

La peur au ventre, il entreprit de gravir la petite pente qui les mènerait vers un destin qu'il savait périlleux.

Chapitre onze

Sur les terres Théodiennes, la chasse était ouverte. Les chiens hurlaient, alors que les nobles et hauts dignitaires ressentaient l'excitation de cette matinée prometteuse. Édwouard galopait en compagnie de Malock en tête d'un petit groupe de chasseurs. Le prince Gareth, entouré de jeunes de son âge, avait emprunté une autre direction pour pourchasser quelques goules effrayées. On appelait goules ces créatures qui, quoique inoffensives, prenaient plaisir à saccager tout endroit sacré où les morts reposaient. En une seule nuit, ces petits monstres pouvaient ravager un cimetière. Ils creusaient les tombes pour se régaler des restes à demi putréfiés. Une fois leurs méfaits perpétrés, ils laissaient derrière eux plusieurs petits monticules de terre. Les prêtres avaient beau bénir les lieux, invoquer différentes divinités, aucune ne paraissait posséder le pouvoir d'enrayer ce fléau.

Malock prenait grand plaisir à cette poursuite matinale. La bruine incessante qui s'acharnait depuis deux jours détrempait les arbustes et toutes les espèces d'herbe qui dégageaient ainsi divers arômes, pour le plus grand plaisir de l'odorat. Les sentiers, bien que boueux, permettaient aux cavaliers d'avancer à une allure plus que modérée. Les bois étaient constitués d'un fouillis d'arbres aux troncs malingres. Impossible d'y pénétrer. Seules les pistes qui s'y enfonçaient profondément étaient praticables.

Au loin, on entendait les jappements des dogues du roi. Ces énormes chiens étaient entraînés à débusquer les diverses créatures, sans toutefois les attaquer. Ils prenaient plaisir à les rabattre et à les acculer en des endroits propices, là où les rois et leurs compagnons n'avaient plus qu'à les cueillir. À l'arrière du groupe suivait un chariot où l'on déposait les dépouilles des meilleures prises. On rapportait ces trophées pour les empailler. Édwouard garnissait ainsi des plus beaux spécimens son musée de monstres.

Les aboiements se rapprochèrent et devinrent des cris aigus. Les dogues avaient trouvé quelque chose. Les hommes pressèrent l'allure et gravirent une pente. Les branchages fouettèrent les visages et les vêtements. Le souffle des poursuivants formait de petits nuages de buée qui trahissaient la fraîcheur de l'air.

Les rois arrivèrent les premiers. Ils trouvèrent les molosses encerclant une créature qui s'était réfugiée sur un gros rocher. Accroupie sur ses jambes qu'elle avait puissantes et velues, la bête bavait de rage, ses yeux rouges fixés sur les chiens. Elle avait le corps massif et disproportionné, ainsi qu'une petite tête oblongue d'où jaillissait un museau pointu. Ses crocs pointaient de haut en bas, depuis une puissante mâchoire. Un sifflement strident fusait de sa gorge.

Rejoints par le reste du groupe, les deux souverains mirent pied à terre et laissèrent leurs chevaux à un jeune palefrenier.

— Voici un spécimen qui manque à ma collection, dit Édwouard excité. Mon cher ami, je vous laisse l'honneur de l'abattre.

Souriant, Malock tira de derrière son dos un arc et des flèches.

— Je vous remercie de cette attention, Édwouard. Je pratique rarement ce sport. Qui sait, peut-être y prendrais-je goût?

Il encocha sa flèche et prit fermement position sur ses jambes. La créature qui bougeait sans arrêt était une cible assez difficile et il ne voulait pas manquer son coup et risquer de seulement la blesser. Il devait mettre fin à ses tourments sans la faire souffrir plus que nécessaire.

Il tendit la corde et la flèche vola. Comme prévu, elle alla se ficher en plein cœur. Du coup, le monstre s'abattit par terre, sans un cri. La mort avait été rapide.

— Magnifique! ne put s'empêcher de remarquer Édwouard. Vous êtes un archer émérite!

Malock sourit et s'approcha de la bête que les chiens reniflaient en laissant entendre de petits gémissements. Du bout du pied, il la repoussa et demanda :

— Selon vous, mon ami, de quelle espèce est ce monstre? Pour ma part, je n'en ai jamais vu de semblable.

— Je dois vous avouer qu'elle m'est inconnue à moi aussi, dit Édwouard qui observait le corps gisant dans la boue. C'est décourageant de voir à quel point ces êtres se multiplient. Peut-être cette chose est-elle le fruit d'un accouplement de races différentes! Ou bien les démons ont-ils pris plaisir à créer une nouvelle sorte de créatures! Qui sait…

Il secoua sa capote pour la débarrasser des gouttelettes qui s'y accrochaient et demanda à deux hommes de charger le monstre dans la charrette et de le recouvrir d'une toile. Il rameuta ses chiens qui s'étaient éparpillés dans les fourrés et décida qu'il était temps de rejoindre Gareth pour entamer la chasse au gibier de venaison.

Ils prirent la direction du nord et remontèrent le long d'une rivière aux eaux paisibles. Malock remarqua sur ses rives les traces de nombreux cervidés qui allaient se perdre sur une piste montant elle aussi vers le nord. Le roi soupira et espéra que son fils aurait la patience de les attendre comme prévu avant de commencer la chasse.

Le temps de permettre aux hommes et aux chevaux de se désaltérer, le groupe se remit en route, devancé par les dogues. À un détour du chemin, les glapissements des chiens les firent se presser. Jamais ils n'agissaient ainsi devant une bête. Ce qu'ils virent les stupéfia.

À leur droite se trouvait une biche éventrée. Entremêlé aux entrailles se devinait un faon englué de sang et d'autres liquides naturels. Pourtant, en Théodie, nul n'osait mettre fin à la vie d'une femelle portant petit, même pas le plus tordu des braconniers. Quelques pas plus loin, un superbe cerf réait de douleur, étendu à même le sol, une patte complètement arrachée.

Au milieu de cette boucherie se tenait le jeune prince, les vêtements poisseux de sang. Il agitait son épée et criait victoire.

Comme à son habitude, il avait blessé et massacré, habité par un pur sentiment de domination. Jamais il ne tuait du premier coup; il préférait mutiler les bêtes, les voir ramper vers les buissons, se traîner lamentablement, gémissantes. Celles qui, estropiées, tentaient de fuir vers les bois se voyaient accorder un sursis, jusqu'à ce que, se croyant oubliées, elles le voient surgir à leurs côtés. Le cerf ou la biche accusait le coup fatal au dernier moment.

Cérendrique, ami et compagnon d'armes du feu prince Jalbert, avait dû, sur ordre du roi, guider Gareth dans cette expédition. Sitôt les présentations faites, une animosité naturelle avait jailli entre eux. En ce moment, il comprenait pourquoi. Jalbert prenait toujours soin de tuer sans aucune bavure. Jamais de carnage. Et maintenant, ce charnier…

Une grimace de dégoût sur les lèvres, Cérendrique osait tenir tête au prince. Sa main était posée sur son bras pour retenir l'épée qui voulait s'abattre encore et encore. Il fut repoussé brusquement. Le regard mauvais, le prince vint pour parler, mais une exclamation l'interrompit.

— Mais, par les dieux, Cérendrique, que s'est-il passé ?

Le roi Édwouard, pâle, n'en croyait pas ses yeux. Tout aussi blême, le cœur au bord des lèvres, le jeune guerrier s'inclina.

— Veuillez me pardonner, mon seigneur, dit-il en prenant la faute sur ses épaules. Nous avons… euh… perdu la tête, je crois.

Édwouard se douta bien que l'ami de Jalbert ne pouvait être à l'origine de ce carnage, ni même ses compagnons. De son côté, Malock, sentit une pointe de suspicion monter.

— Gareth ! Que signifie cela ? aboya-t-il.

Le prince, tout fier de lui, s'exclama :

— Voyez, père, j'ai fait place nette ! J'ai bien dû en abattre une vingtaine.

Le souffle coupé, Malock lui jeta un regard méprisant. Gareth n'en ajouta pas moins, comme pour se protéger de la réprobation qu'il sentait dans ses yeux :

— Bien sûr, quelques-uns sont un peu amochés, mais l'important n'est-il pas le résultat ?

— Amochées ! Où as-tu appris à chasser ? Je t'ai pourtant enseigné le respect ! Par les dieux, mon garçon, comment as-tu pu enfreindre la loi enseignée. Souviens-toi : toute vie, qu'elle soit maléfique ou non, a droit à la dignité lors de la mise à mort. Comment as-tu pu oublier ?

Le roi descendit de sa monture et, à grands pas, rejoignit Gareth. Il l'empoigna par le devant de sa chemise et le tourna vers la biche qu'il pointa.

— Et comment expliques-tu ceci ? Par les dieux, Gareth, pourquoi ?

Mal à l'aise d'être sermonné en public, le prince se défendit.

— Une simple erreur, père. Elle s'est trouvée au mauvais endroit au mauvais moment. Je n'ai pu l'éviter. Je suis désolé.

Enragé devant ces plates excuses, Malock répliqua :

— Tu as enfreint la loi. Ce n'est pas pardonnable ! En tant que prince, tu dois donner l'exemple.

Il le relâcha et reporta son doigt sur Cérendrique et les autres.

— Eux, ils n'ont pu t'arrêter, mais ils ont su s'écarter. Eux, ils ont la dignité et le sens du respect. Je t'ordonne de rentrer au château ! À mon arrivée, nous aurons une conversation !

Mortifié de la remontrance, sur un dernier regard de défi à son père, le prince se remit en selle, fit tourner bride à son cheval et, suivi de quelques gardes, s'engagea sur la sente qui menait au château.

Malock, honteux, se tourna vers Édwouard.

— Veuillez me pardonner, mon ami, la méchanceté de mon fils. Il n'a pas d'excuses, mais il est encore bien jeune. Ce petit loup me donne du fil à retordre.

— Bah ! ne soyez pas trop sévère ! Je me rappelle que Jalbert, avec sa fougue, m'a bien souvent déçu. Ses escapades avec sa sœur m'ont fait apprivoiser l'anxiété. Ne vous inquiétez pas, avec le temps, ces jeunes audacieux apprennent à se calmer.

— Que les dieux vous entendent !

Oui, qu'ils m'entendent, pensa Édwouard qui se demandait si les opinions tranchées de sa fille n'avaient pas un certain fondement.

Il ordonna que l'on ramasse les carcasses pour les partager entre les plus pauvres des sujets. Le massacre l'obligea à changer ses plans et il décida qu'ils pourchasseraient non pas des cervidés, mais des sangliers. Avec sa suite, il se rendit dans les sous-bois une demi-lieue plus loin, là où il savait en trouver en abondance. Ces énormes porcs sauvages, agressifs et fonceurs, étaient boudés par la plupart des prédateurs. On disait dans les villages qu'un magicien friand de bons rôtis bien tournés sur la broche avait jeté un sort pour les protéger et en déguster ainsi à volonté la viande grasse et juteuse. Édwouard avait bien l'intention d'en ramener plusieurs pour le repas donné en l'honneur du roi et de la reine le lendemain soir.

Malock lança les paris ; à savoir qui abattrait le plus beau spécimen. Cérendrique en tête, le groupe arriva dans une galopade assourdissante. Édwouard descendit de son cheval et sonda la terre qui dévoila des dizaines de pistes fraîchement marquées.

Comme plusieurs possibilités se présentaient, ils se répartirent en trois groupes de trois et entamèrent la chasse. Avec quelques chiens, Édwouard, Malock et Cérendrique, prirent un étroit sentier rocailleux qui s'enfonçait profondément dans le bois, sous un stupéfiant couvert végétal. Comme la brume s'était enfin levée, ils jouissaient d'une bonne visibilité, un avantage qu'ils n'avaient pas eu plus tôt.

En peu de temps, ils débusquèrent une énorme laie. Accompagnée de ses deux petits, elle lança un grognement de rage aussitôt qu'elle sentit leur présence. Les dogues, excités, n'arrangèrent pas les choses. Grondant et jappant, ils l'encerclèrent et la narguèrent de petits coups de dent, en essayant de saisir les marcassins. Les poils hérissés et le groin écumant, la femelle tenait tête vaillamment.

Les chasseurs mirent pied à terre. Un sourire du roi autorisa Cérendrique à encocher sa flèche. À lui l'honneur! Les rois, eux, se réservèrent les petits. Un silence régna, entrecoupé par les seuls gémissements des chiens.

— Eh bien, Cérendrique, te voilà pourvu d'une prise de belle grosseur! La galerie sera épatée.

— Je vous remercie, Majesté!

Le jeune homme se pencha sur le corps de l'animal. Il lui saisit les oreilles et lui soupesa la tête.

— Elle est d'un bon poids. Peut-être gagnerai-je! lança-t-il.

Taquin, Édwouard ne put s'empêcher de rétorquer:

— N'en sois pas si sûr, mon ami! Le prochain sera pour Malock. Si les dieux l'accompagnent, un imposant mâle pourrait se présenter.

Malock rejoignit Cérendrique et, moqueur, s'adressa au roi:

— Je puis toujours vous le laisser, Édwouard, car qui me dit que le troisième ne battra pas tous les records?

— Ha! Voilà! C'est une affaire de hasard. Les dieux décideront. Je me réserve le derni…

Une masse noire et velue surgit des bosquets, sans faire plus de bruit qu'un léger friselis. Ni les chiens ni l'assaillant ne grognèrent. L'impact fut foudroyant. Le roi Édwouard vola dans les airs et s'écrasa près de son cheval, sa tête décrivant un drôle d'angle par rapport au corps.

Abasourdis, Malock et Cérendrique firent face à l'ennemi, dont l'attitude montrait une colère meurtrière. Ses robustes pattes et ses muscles saillants auraient rebuté le plus féroce des prédateurs. Les dogues suivirent leur instinct et s'égaillèrent furtivement dans les broussailles. Les deux hommes étaient figés par la peur.

Cérendrique posa les yeux sur son roi, sur son corps inerte. Il vit le regard fixe et l'expression de surprise à jamais figée sur le visage où déjà la grisaille s'installait. Il était mort, c'était évident. Le jeune homme sentit la haine monter en lui. Cette chose avait ravi son roi au royaume de Théodie.

Possédé par la vengeance, il brandit sa dague et bondit. Ce réflexe de colère, sans doute, le sauva. À la vue du jeune guerrier hurlant qui s'élançait vers le sanglier, Malock sortit de son engourdissement. Il comprit soudain que leur survie dépendait de la vitesse de leurs réactions et il empoigna son épée pour se précipiter à son tour.

En sentant arriver Cérendrique, la bête baissa la tête et se prépara à charger. C'était sans compter l'assaut du roi qui, subtilement, contourna le sanglier et, d'un mouvement souple mais précis, lui planta son épée dans les côtes. Peu dérangé par le coup porté, le ragot fit à peine attention à Malock, ce qui suffit pourtant à Cérendrique pour prendre l'avantage et lui planter sa dague dans le cou. Il la retira en pratiquant une longue saignée. Le sanglier secoua la tête. Le jeune homme en profita pour lui sauter sur le dos et s'agripper aux poils durs et rêches. De toutes ses forces, il lui planta son arme en direction du cœur, pendant que le roi faisait de même en engageant son épée entre les côtes de l'animal. En s'ébrouant, la bête les éclaboussa de sang et s'affaissa dans un cri.

Épuisé, abasourdi, Malock s'adossa au tronc d'un arbre et embrassa la scène du regard. Les chevaux manquaient, ayant pris la fuite dès l'apparition du sanglier. Le jeune Cérendrique s'était agenouillé auprès de son monarque et tenait son corps dans ses bras. Il le berçait et de lourds sanglots faisaient tressauter son torse. L'âme remplie de tristesse pour l'homme disparu et pour son peuple, le roi s'avança. Il posa une main qu'il voulait malgré tout réconfortante sur l'épaule du jeune homme qui ressentait déjà l'absence de son maître.

— Mon garçon!

Défait, Cérendrique murmura:

— Majesté, ce n'est pas possible! Je vous en prie, dites-moi que ce n'est qu'un cauchemar!

— Fais tes adieux à celui que tu as aimé, dans l'honneur et la fierté. Celui que tu pleures aujourd'hui mérite respect et amour. Il ne t'a pas abandonné, car il ne tient qu'à toi de le faire revivre dans tes gestes et pensées. Aujourd'hui, les dieux ont rappelé un de leurs enfants et nous devons accepter l'inévitable. Laisse-le aller et continue à le servir.

D'une voix sourde il ajouta:

— Valène a besoin de toi.

«Par les dieux! pensa Cérendrique, la princesse!»

Le cœur tordu par la douleur, le jeune homme déposa doucement le corps par terre, se releva, et prit le temps d'essuyer son visage ravagé par les larmes. En quelques mots, le roi Malock lui avait fait prendre conscience que désormais il avait la responsabilité de la jeune princesse au nom de son père.

— Vous avez raison, Majesté, pour mon roi, je protégerai son peuple et sa fille. J'assisterai la princesse et la soutiendrai.

En jetant un regard mouillé sur la dépouille, il ajouta :

— N'empêche qu'il me manquera.

Malock lui serra le bras dans un geste de compréhension et lui dit :

— Je vais chercher les chevaux ; ils ne sont pas loin, je les entends. Profites-en pour lui dire au revoir, car dans les prochains jours nul ne pourra le voir dans l'intimité.

Un lourd crachin se mit à tomber, comme si le ciel lui aussi s'endeuillait.

Les funérailles avaient été grandioses. Honorant un roi respecté, la cour et le peuple avaient été présents pour soutenir la princesse dans cette épreuve. Elle avait vécu cet événement dans un état brumeux. Avec l'aide de Faya et d'Amélia, Malock avait veillé aux arrangements, afin de soulager la jeune femme de ce fardeau.

Depuis cinq jours la porte de Valène demeurait close. La princesse, prostrée, refusait tout contact avec l'extérieur.

Un matin, Nanou en eut assez. Il était dangereux de laisser Valène s'étioler.

Accompagnée de Cérendrique, la vieille femme monta à l'étage d'un pas décidé. Devant le refus d'ouvrir, le jeune homme prit son élan et heurta la porte d'un coup d'épaule. Le bois éclata en laissant des éclisses qui pointaient en tous sens depuis le cadrage.

Ce qu'ils découvrirent les effara. Les fenêtres cachées derrière de lourds rideaux de velours ne laissaient entrer aucune lumière. L'odeur d'une pièce privée d'aération assaillit leurs narines. Des robes et des bustiers traînaient partout, certains pendouillant sur les chaises et divans, d'autres s'empilant sur le plancher. La princesse, elle, avait un petite mine.

À l'entrée des deux intrus, elle s'était redressée dans son lit, si on pouvait appeler ainsi cet amas de couvertures à la propreté douteuse et les oreillers qu'on avait négligé d'entretenir depuis des jours.

— Là, ça suffit! s'exclama Nanou d'une voix forte.

Elle s'élança à la fenêtre et, d'un coup sec, tira les rideaux. La grisaille extérieure inonda la pièce. Hébétée, Valène cligna des yeux. La femme ouvrit les fenêtres et une brise froide entra aussitôt.

Cérendrique, pour sa part, était resté bien tranquille près de la porte. Il n'osait s'avancer, de crainte de subir les foudres de la princesse. Mieux valait pour lui se faire discret car, les cheveux hirsutes, la figure blême et fatiguée, amaigrie par le chagrin, Valène sortait ses griffes. Elle jaillit hors de sa couche et, sur deux jambes tremblantes, rugit:

— Nanou! Qu'est-ce c'est que ces manières? Sortez!

— Pas question, ma chérie! Cesse de te lamenter sur des choses qu'on ne peut changer! Tu as assez pleuré, maintenant il est temps de penser à toi et à ton royaume. Cérendrique, descends aux cuisines et qu'on monte de l'eau chaude pour un bain.

Soulagé, le jeune homme s'éclipsa. La vieille femme s'affaira dans la chambre. Elle ramassait et classait, sans oublier de marmonner des paroles que Valène ne voulait surtout pas entendre.

— Nanou, je t'ordonne de quitter cette chambre! explosa-t-elle.

— Non, princesse! Ta peine ronge ta vivacité et altère ton jugement. Ton père n'aurait pas voulu que tu te morfondes ainsi. Considère que par mes gestes et mes paroles j'agis selon sa volonté.

— Ah! Mon père! Il m'a laissé tomber! Par sa faute, me voilà seule.

— Mais que dis-tu là? Il n'a pas voulu t'abandonner! Ce qui est arrivé, il ne l'a pas cherché. C'est la volonté des dieux.

Valène se laissa lourdement choir sur une chaise. Les larmes embuèrent son regard pour enfin laisser aller le trop-plein de son âme endolorie.

— Oh! Allons, allons, viens là, ma chérie!

Nanou enlaça tendrement la petite silhouette.

— Je sais bien que ce n'est pas sa faute, s'il est mort. Mais je ne puis m'empêcher de lui en vouloir de me charger d'un royaume. Je n'y connais rien, moi. C'est Jalbert, qui aurait dû hériter, mais voilà, lui aussi m'a fait faux bond.

Nanou se fit rassurante.

— Mais tu n'es pas seule. Nous sommes là. Moi, Cérendrique, les conseillers du roi, le grand chambellan, ton armée, sans oublier le roi Malock qui pourra te guider de ses conseils.

À ces mots, le sang de Valène se figea. Par les dieux! les Valberingue! En état de panique, elle saisit les mains de Nanou et s'exclama:

— Nanou! Le prince! Que vais-je faire?

— Mais rien.

— Comment, rien? Il est l'héritier présomptif. Il va vouloir m'épouser incessamment pour mettre la main sur mon royaume!

— Sois tranquille, ma princesse, le grand chambellan a expliqué que selon la loi tu dois respecter un deuil de douze lunaisons.

Un espoir prit forme dans le cœur de la jeune femme. Un an, elle avait un an pour trouver la solution et éviter ce mariage. Avec l'aide du conseiller royal, elle ferait l'impossible pour contourner cette obligation. Ragaillardie, elle se leva et demanda :

— Alors, Nanou, il vient, ce bain ?

Pour passer sa colère, Gareth avait houspillé les pauvres serviteurs toute la journée. De rage et de dépit, il avait refusé de se présenter au repas du soir présidé par la princesse, se faisant porter malade... Bien sûr, elle n'avait pas été dupe. Tant mieux, elle pourrait savourer les mets présentés sans s'inquiéter.

Malock voulait se rendre utile, mais il ne pouvait délaisser ses terres. Il avait donc proposé à la princesse la présence d'Amélia durant la période de deuil. Elle pourrait la seconder et l'aider à compléter son apprentissage de la souveraineté. Valène avait accepté avec plaisir. Elle adorait Amélia.

Le repas s'éternisait. Bientôt, les ménestrels feraient leur entrée. La jeune femme porta la main à sa bouche pour étouffer un bâillement et fit mine de s'intéresser aux propos de son voisin de gauche. Le gros noble ne tarissait pas d'éloges sur son écurie qui venait d'acquérir deux superbes juments.

— L'une d'elles est grosse, ma dame. Le maquignon m'a garanti la qualité du géniteur. C'est pour ça que je...

— Princesse !

Valène tourna la tête vers la droite pour rencontrer le regard de la secourable Amélia.

— Pardonnez-moi, Valène, mais vous paraissez fatiguée. Le médecin vous a prescrit du repos. Que diriez-vous de vous retirer dans vos appartements ? Je vous ferai monter une tisane.

La reconnaissance lui secoua le corps. Tout plutôt que de subir les rabâchages de ce suffisant.

— Vous avez raison, Amélia, je me sens lasse. Je vais suivre vos recommandations et monter.

Une fois Valène partie, chacun pouvait soit rester et profiter de la soirée, soit s'éclipser. C'est ce que fit Malock, qui en profita pour aller rejoindre son fils qu'il savait dans ses appartements.

Le prince était logé dans de grandes pièces réchauffées par un énorme foyer. Un lit à pattes de lion bourré de coussins en imposait. Des fauteuils rouges étaient disposés tout près de l'âtre et invitaient au repos.

À son entrée, le roi vit son fils, bouteille en main, qui noyait sa fureur. Sa chevelure d'ordinaire si bien peignée était emmêlée. Les joues noircies par une barbe de la veille, les vêtements froissés, le jeune homme avait un air débraillé.

Agacé, le roi demanda d'un ton sec :

— Alors, c'est fini ?

— Quoi ?

— Tu boudes et tu te négliges.

— Je ne boude pas père, je digère.

Le roi saisit un banc et s'approcha pour s'asseoir en face de son fils.

— Écoute-moi bien ! Tu ne crois pas que c'est tout à ton honneur de respecter le deuil de ta fiancée ? Tu ne penses pas qu'au lieu de t'apitoyer sur ton sort tu devrais soutenir la princesse dans cette épreuve ? Mais non, monsieur boude ! Qu'est-ce que quelques lunaisons vont changer ? Tu es encore jeune, tu n'as que dix-sept ans. Ces malheureux événements vont te permettre d'affiner tes connaissances avant d'être proclamé souverain…

Il ne put s'empêcher d'ajouter :

— … et peut-être de t'assagir !

Renfrogné, Gareth n'acceptait pas le mauvais sort que lui avait joué le destin. Le roi était mort trop tôt. Il ne supportait pas cette sensation de perdre la maîtrise des événements. C'était à lui de décider où et quand tout devait arriver.

— Soit, dit-il pour laisser croire à sa soumission. Je n'ai pas le choix. Je vais mettre à profit ce temps pour apprendre les us et coutumes de Théodie. Ainsi, quand je monterai sur le trône, je serai prêt.

— Bien. Je vais en parler avec le chambellan. Maintenant, arrange-toi pour être présentable demain matin, nous devons nous réunir et ta présence est exigée.

Le roi ne vit pas le sourire mauvais qui retroussa les lèvres du jeune homme dès qu'il fut parti.

Chapitre douze

La poussière levant sous leurs pas, Jalbert et ses compagnons parvinrent à un embranchement. Depuis leur départ, ils parcouraient les veines de la montagne. Rodrick les avait bien avertis qu'ils devraient la traverser par l'intérieur, mais jamais Jalbert n'aurait pensé que la monotonie et l'obscurité pouvaient les contrarier autant.

La mule gentiment donnée par Siméon suivait de son pas tranquille ; elle ne semblait nullement indisposée par sa lourde charge. Ses grands yeux doux cachaient une force qui leur avait été bientôt révélée, alors que la route était parsemée de pentes et d'embûches. Incroyablement, l'animal s'était attaché à Pinolt.

Le jeune noble avait supplié le prince de l'emmener avec lui. Il avait une peur bleue de devoir rester là, à la merci de ce peuple qu'il considérait comme primitif et qu'il craignait comme une tribu de cannibales. De toute manière, jamais Jalbert, avec tout le respect qu'il éprouvait pour les jumeaux, ne leur aurait imposé cette épreuve. Il se retrouvait donc avec ce compagnon hargneux, qu'il avait désigné comme responsable des vivres et de la mule.

Rodrick s'arrêta devant deux tunnels. Une petite source fendait les parois de calcite, ce qui permit aux voyageurs de se désaltérer. Plus loin, la terre sèche et bien tassée conviait au repos. Il décida d'y bivouaquer.

— Nous allons nous installer ici. Nous n'avons plus que ce tunnel à passer, dit-il en pointant celui de droite, et nous nous retrouverons à l'air libre.

— Vous m'en voyez ravi, s'exclama Pinolt. J'ai l'impression d'être un ver de terre, à tourner en rond dans ces souterrains depuis des jours.

Le petit noble lâcha la bride de la mule et détendit ses muscles dans un long étirement.

Ils se mirent à préparer le repas dans la bonne humeur, en songeant qu'ils allaient bientôt quitter ces grottes. L'innocent, assis dans un coin, se contentait de promener son regard sur tout, incapable de le fixer.

Une fois le repas servi, le prince prit une assiette qui, bien sûr, était de faïence, et alla rejoindre Laïcka qui était près de son frère. Avec patience, elle s'appliquait à le faire manger.

— Alors, demoiselle, pas trop fatiguée ?

Les beaux yeux bruns se posèrent sur lui. Elle avait un visage ovale, remarqua-t-il, avec de légers sourcils en accent circonflexe. La bouche, un peu grande, se faisait pardonner par de jolies fossettes. De ses longs cheveux noirs s'échappaient des mèches folles rebelles. Le grain de sa peau donnait le goût d'une caresse.

— Je me découvre des muscles dont j'ignorais l'existence. Mais peu importe. Ce qui m'inquiète, c'est de savoir comment mon frère, lui, se sent. Vous savez, il est muet.

Jalbert s'approcha de Loïck, et lui parla gentiment. Il entreprit de lui enlever ses bottes et ses bas. Les pieds du jeune homme paraissaient sains ; il n'y avait ni ampoules ni rougeurs.

— De ce côté, c'est correct, déduisit le prince. Nous vérifierons régulièrement. Si lui ne peut parler, son corps le fera à sa place.

Laïcka approuva d'un signe de tête. Elle lui était reconnaissante de se préoccuper de son frère. Les dieux ne s'étaient pas trompés, il était bien celui que son peuple espérait tant.

La fatigue marquait les traits de la jeune femme. Jalbert crut bon de proposer :

— La corvée de vaisselle, ce soir, je m'en charge. Profitez-en pour vous étendre tôt. Selon Rodrick, nous aurons une dure journée demain.

— Merci, mon seigneur !

Le prince la laissa à ses préparatifs et alla rejoindre Pinolt qui, son repas avalé, avait entrepris d'étriller la mule.

— Mon prince, j'ai une inquiétude, lança aussitôt le noble d'une voix sourde.

— Qu'as-tu mon ami ?

— Je me demande comment ces troglodytes agiront à la lumière du jour. Dans les méandres de ces souterrains, ils se déplacent sans aucune hésitation ; peu d'entre eux ont été exposés aux mondes extérieurs. Rodrick, ce matin, m'a avoué n'être jamais allé plus loin que dans le voisinage immédiat de ces grottes. Comment, en ce cas, pourra-t-il nous guider jusqu'à ce lieu qu'on nomme Léoden ? Et puis, il y a l'innocent. Quelle sera sa réaction lorsqu'il verra autre chose que ces murs ? Je vous avoue qu'il me fait peur avec son regard mort.

— Oh là, mon ami !

D'un geste, Jalbert le fit taire.

— Pour Loïck, un monde où l'autre ne fait nulle différence, il n'a connaissance de rien. Rodrick, pour sa part, a déjà mis le nez dehors. Au pire, il se montrera curieux envers les choses qu'il ne connaît pas. Pour la route à suivre, n'oubliez pas qu'on nous a remis un itinéraire que j'ai pris soin de bien étudier avec Rodrick. Nous ne devrions pas avoir trop de mal à trouver cet endroit. De plus, les dieux sauront guider nos pas.

— Ah, bien sûr, les dieux! Sans vouloir vous manquer de respect, j'espère qu'elles seront au rendez-vous, vos divinités, quand une fois à l'extérieur nous rencontrerons des monstres et des créatures maléfiques.

— Allons, ne vous en faites pas! Grâce à Rodrick, nous avons pu éviter les couloirs connus des monstres et cela nous a permis de parcourir la moitié du chemin en toute sécurité. Demain, à la sortie, nous nous rendrons à la vallée des Plaintes, puis nous atteindrons la cité des Hurlevents. On la nomme ainsi à cause des vents qui y soufflent de la mer. On dit qu'ils ont une telle intensité que plusieurs de ses habitants sont pris de folie à force de les entendre. Par contre, cet itinéraire offre l'avantage de traverser les petits villages du bord de mer tout le long de la route qui mène à Léoden. Nous nous réfugierons dans des auberges la nuit venue.

Peu convaincu, le petit noble insista.

— Cette vallée des Plaintes, est-elle infestée?

— D'après les premiers-nés, ceux qui l'ont traversée ont vu de drôles de bêtes sauvages. Ils affirment qu'elles sont hybrides. Je ne vous cacherai pas que quelques-unes se sont montrées agressives envers les voyageurs. De vous à moi, je préfère les affronter, elles, plutôt que les démons habituels. J'ai horreur des monstres sanguinaires.

À peine rassuré, le petit noble se maudit d'avoir insisté pour accompagner le prince dans ce voyage. Mais il n'était plus question de revenir sur ses pas. Par contre, à la première occasion, il tirerait sa révérence et irait rejoindre Gareth, qui devait beaucoup s'inquiéter de sa disparition.

La nuit fut généreuse. Ils dormirent, sans être inquiétés, d'un sommeil réparateur. Le matin les vit frais et dispos. Ils prirent une bouchée et se remirent en route, contents de revoir bientôt la lumière du jour. La mule sentit leur excitation et poussa Pinolt du mufle pour l'inciter à presser le pas. La jeune femme, un arc accroché à son dos, la main unie à celle de son frère, suivait le prince qui avançait à longues enjambées.

Au milieu de la journée, ils parvinrent à la sortie et furent accueillis par une pluie torrentielle qui les fit hésiter. Le prince aurait préféré attendre une accalmie avant de s'avancer dans la vallée des Plaintes, mais Rodrick insista pour aller de l'avant, prévoyant que cette averse allait durer au moins jusqu'à la fin du jour.

Ils revêtirent donc leur cape et s'élancèrent, non sans rechigner, dans ce déluge. Trébuchants et hésitants, ils ne devinaient la route que quelques pas devant eux. Ils réussirent pourtant à parcourir plusieurs lieues dans la tourmente. Une petite saillie au pied d'une montagne offrait un refuge où ils s'arrêtèrent enfin pour la nuit. Comme la pluie et les vents étaient encore présents, ils durent dormir collés les uns aux autres pour se réchauffer mutuellement. Pinolt, lui, se roula en boule auprès de sa mule, en remerciant enfin le ciel de sa présence.

Au matin, le temps s'était grandement amélioré. Il n'y avait plus de brouillard. Un léger vent chargé de chaude humidité jouait dans les feuilles et y séchait les dernières gouttes d'eau. Le sol spongieux s'amusait à prendre en otage toute chaussure qui avait le malheur d'être mal attachée. Évidemment, Loïck se retrouva pris au piège. Bien campé sur ses deux pieds prisonniers, il s'affala de tout son long en voulant faire un pas. Jalbert s'empressa de le relever. Aucune expression d'étonnement ne se voyait sur le visage de l'innocent.

— Ah! Ce qu'il peut être imbécile! s'exclama Pinolt.

— Taisez-vous! rétorqua sèchement le prince, qui, aidé de Laïcka, tentait d'effacer les dégâts occasionnés par la chute.

— Pardonnez-moi, mais vous avouerez qu'il nous ralentit, ce demeuré!

Le prince fulminait. Il s'approcha du petit noble, s'accroupit à sa hauteur et le saisit par le menton.

— Écoutez-moi bien! Ce jeune homme a un nom. Dorénavant, quand vous parlerez de lui, vous le nommerez Loïck. Je vous donne ma parole que, si votre langue a le malheur de prononcer des mots blessants, je vous la coupe. C'est clair?

Pinolt ravala la crainte qui lui montait dans la gorge et opina de la tête.

— Bien! Maintenant, je ne veux plus vous entendre jusqu'au dîner et encore...

Ils mirent deux jours à traverser la vallée profonde et humide et rencontrèrent en cours de route de drôles de bêtes. Jalbert n'avait pas assez de ses deux yeux pour tout voir. La forêt regorgeait d'animaux, tous plus bizarres les uns que les autres. Un soir, Rodrick ramena de sa chasse un énorme dindon sauvage. L'oiseau avait la tête et les pattes d'un canard. Cette volaille réveilla leur palais et leur permit de déguster une gamme de saveurs qu'ils ne connaissaient pas.

Somme toute, le trajet s'avérait plutôt agréable, mises à part certaines plaintes nocturnes d'animaux invisibles.

La cité des Hurlevents méritait bien son nom. Elle siégeait sur un socle rocheux qui dominait la mer, laquelle jetait avec rage ses vagues écumantes sur son pourtour. Des nuages de mouettes aux cris alarmistes et stridents se dessinaient sur un ciel plombé de gris.

Les yeux presque fermés, les cheveux dépeignés et les vêtements plaqués au corps, Rodrick et ses compagnons entreprirent de gravir la côte abrupte. Essoufflés, ils atteignirent les grosses portes de bois qui découpaient la barricade. Un garde s'interposa :

— Qui êtes-vous et que voulez-vous ? demanda-t-il, la lance bien en vue pour décourager tout assaut.

— Nous sommes de simples voyageurs venus acheter des victuailles avant de poursuivre notre route, répondit Jalbert qui s'était avancé.

Il observait l'homme intensément. Son regard franc et direct adoucit le guerrier qui posa les yeux sur les drôles accoutrements de Rodrick et des jumeaux. Il demanda :

— D'où venez-vous ?

— Des terres extérieures.

— C'est loin. Quoi qu'il en soit, je vous donne deux jours pour faire vos transactions.

Il montra cinq petits parchemins à Jalbert et poursuivit :

— Voici vos droits d'entrée. Ne les perdez pas ; sans ces papiers vous pourriez être arrêtés par notre milice. Vous les remettrez à la sentinelle à votre sortie. Passé le délai de deux jours, vous serez considérés comme des intrus.

— Et qu'arrive-t-il aux intrus? Ne put s'empêcher de demander Pinolt.

— Ils sont déportés et, là où ils vont, plusieurs préféreraient l'enfer.

Jalbert assura:

— Deux jours suffiront pour ce que nous avons à faire.

La ville se révéla grouillante d'activités. Des étals offraient une multitude de denrées, d'articles et d'œuvres d'art disposés ici et là dans un joyeux désordre. Les commerçants criaient à qui mieux mieux, protestant de la qualité de leurs produits.

Malgré les hautes palissades, le vent, inlassablement, s'engouffrait par la moindre brèche et soufflait par-dessus la clôture.

La faim les tenaillant, ils dégotèrent une taverne dont l'enseigne s'agitait sous les rafales. Ils laissèrent la mule aux bons soins d'un jeune garçon et entrèrent. La chaleur et un éventail d'odeurs les frappèrent au visage.

Le tavernier, homme jovial et bien portant, vint les saluer.

— Bonne journée à vous, messires. Une bonne chope de bière serait la bienvenue?

Tout en parlant, il les guidait près du foyer. Il leur proposa une table où ils s'installèrent après avoir déposé leur capote sur de grossiers crochets.

On leur amena de délicieux rôtis de sanglier qu'ils arrosèrent de bière pétillante. Jalbert ne put s'empêcher de clore son repas par une onctueuse tarte aux pommes noyée dans la crème. Les autres craquèrent à la vue d'un gros gâteau à haute teneur en chocolat.

— Eh bien, c'est un repas de roi, mon prince!

Repu, Pinolt se balançait sur les deux pattes arrière de sa chaise. Dans un même mouvement, Loïck qui était assis en face de lui étira la jambe et accrocha le siège de son pied. Pinolt, les deux bras dans les airs, essaya en vain de reprendre son équilibre ; il bascula dans un fracas épouvantable. Le silence se fit dans la salle. Tous les regards étaient tournés dans sa direction. Jalbert éclata de rire, bientôt imité par l'ensemble des convives.

Quand il vit le petit noble empêtré dans les barreaux, les deux jambes en l'air, Rodrick, bon samaritain, l'aida à se relever. Toujours aussi stoïque, l'innocent ne broncha pas. Furibond, Pinolt l'accusa.

— C'est l'écervelé ! Il l'a fait exprès !

D'un bond, il se jeta sur Loïck. Jalbert tendit le bras et l'empoigna par le collet, coupant net son élan.

— Que vous ai-je dit, au sujet de Loïck ? murmurèrent les lèvres princières. Décidément, vous avez la mémoire courte.

Le prince remorqua Pinolt hors de lui et lui fit traverser la pièce sous les regards ébahis. Il franchit les portes avec son fardeau et, d'un mouvement souple, balança un Pinolt rouge de honte et de colère dans l'abreuvoir. La mule, étonnée, suivit des yeux son maître chéri dans son vol plané. Dans un hoquet, le petit noble jaillit de l'eau froide, les yeux exorbités et le souffle court. Le prince l'extirpa de ce bain par la peau du cou.

— Maintenant, écoutez-moi bien ! Que je vous y reprenne une seule fois à parler de ce jeune homme comme d'un imbécile et je vous jure, par les dieux, que je vous laisse seul en plein bois !

Il pointa du menton une petite auberge et ajouta :

— Nous allons y réserver des places pour la nuit. Vous en profiterez pour vous changer. Ensuite, nous achèterons nos victuailles. Nous reprendrons la route demain, à la levée du jour.

L'après-midi se passa en emplettes. Les yeux illuminés devant la diversité d'objets étalés, Laïcka ressemblait à une petite fille à qui on eût proposé mille trésors. Jalbert ne put s'empêcher de lui offrir un foulard chaud d'un vert profond. Ravie, elle s'en entoura le cou et apprécia la douceur du tissu.

Maintenant bien au sec, Pinolt remarqua que des caravanes se formaient. Bien décidé à fausser compagnie au prince, il simula un malaise et obtint l'autorisation de Jalbert de se retirer. Il dut promettre de rester à l'auberge à les attendre, une promesse qu'il prit bien soin de ne pas tenir. Il passa prendre ses effets et se retrouva devant les portes franchies plus tôt.

Il avisa un petit groupe devant les chariots et s'informa de leur destination à celui qui en semblait le chef.

— Nous nous dirigeons vers les hautes terres, lui fut-il répondu. Nous devrions y être dans les trois jours. Où voulez-vous aller?

— Hélas, messire! je crains que nos routes ne soient incompatibles. Je me dirige vers les terres du sud, en direction des deux royaumes.

— Ah, mais c'est votre jour de chance! Mon bon ami, Rubert le marchand, s'y rend justement. Moyennant quelques tourains, je puis vous recommander et vous garantir une place dans sa caravane.

Heureux, Pinolt mit la main dans sa poche et en sortit la monnaie demandée. Le sourire aux lèvres, le caravanier le conduisit vers un homme de haute stature qui hurlait des ordres à une dizaine de personnes. Six chariots imposants s'apprêtaient à prendre la route. Après maintes délibérations et bien sûr le débours d'une jolie somme, il fut entendu que Pinolt voyagerait dans le dernier et en partagerait la garde avec le conducteur.

Peu de temps après, soulagé, il remit son droit de séjour à la même sentinelle qui les avait reçus. Il avait hâte de rejoindre Gareth.

À son retour, et comme Pinolt manquait à l'appel, Jalbert s'enquit auprès de l'aubergiste qui lui confirma que le noble était parti dans le courant de la journée, sans dire où il allait. Non, pas de message ; non, il n'avait pas remarqué si le noble avait sa besace. Mais il savait une chose, il n'avait pas acquitté sa note.

— Sûrement que vous, messire, la payerez.

La mule était encore bien à l'abri dans les écuries et Jalbert ne s'alarma pas outre mesure. À la tombée de la nuit, cependant, il devint plus inquiet, non pas parce qu'il tenait au petit noble comme à la prunelle de ses yeux, mais parce que Pinolt était au courant de leur destination et du pourquoi de leur voyage. Jalbert ne connaissait pas ses intentions. Peut-être voulait-il seulement rejoindre Gareth et continuer avec lui sa vie de bals et de fêtes. Il pouvait garder le secret comme les jumeaux le leur avaient demandé, mais il n'avait pas trop confiance. Depuis le temps que le destin lui imposait la compagnie du petit noble, le prince avait pu se faire une idée de son sens de l'honneur et il n'était pas bien reluisant. Lorsqu'il aurait rejoint Valbe-ringue, sans doute révélerait-il tout. Raison de plus, pensa Jalbert, pour déguerpir au plus vite. Sa décision fut prise sans délai : il ne prendrait pas la peine de le rechercher.

Bien avant le chant du coq, ils reprirent la route. Le même gardien confirma que le petit noble faisait partie d'un convoi qui avait bien passé les portes la veille. Il avait la mémoire des visages et jurait que c'était bien leur compagnon.

Pestant contre sa négligence, le prince pressa ses amis.
Il ne leur restait que quelques jours de route à faire avant
d'atteindre Léoden. Plus vite ils iraient et plus vite Loïck
serait à l'abri.

Chapitre treize

Inquiet, les mains derrière le dos, Gauvin arpentait sa cellule. Sa décision prise, il s'expulsa littéralement de sa chambre et parcourut les couloirs aussi vite que ses vieux os le lui permettaient, sans même remarquer les visages figés dans les cadres qui ornaient les murs. Sans s'annoncer, il entra dans le salon du roi accompagné d'un courant d'air froid, ce qui constituait une entorse à l'éthique. Malock tenait un parchemin dans une main et un hanap dans l'autre. Il leva les yeux vers son vieil ami et lui sourit.

— Gauvin! Quel plaisir de vous voir! Venez vous asseoir et partager ce bon vin avec moi.

Il déposa ses notes et lui tendit une coupe. Les cheveux hirsutes, le sage se laissa choir sur la chaise, prit le verre que le roi lui tendait et en avala le contenu en poussant un soupir de bien-être.

— Eh bien! dit le roi, je le savais bon, mais de là à le boire sans même le déguster, il y a des limites. Savourez-le!

Il remplit de nouveau la coupe.

— Pardonnez-moi, mon roi! dit Gauvin qui prenait enfin conscience du caractère déplacé de ses agissements.

Je suis préoccupé. Figurez-vous que je n'ai plus de nouvelles de Rize. Je suis inquiet. La dernière fois que nous avons échangé, ils étaient en bordure de la montagne maudite et s'apprêtaient à franchir les plaines.

Le roi s'était vivement penché pour se rapprocher de son interlocuteur.

— Depuis combien de jours, ce silence ?

Le vieil homme se tordit les mains et fronça les sourcils. Deux rides apparurent sur son front.

— Deux jours, mon roi ! J'ai bien essayé de la joindre, tout ce que j'obtiens, c'est un bourdonnement, comme si les énergies s'entremêlaient sans pouvoir se fixer sur une pensée.

Malock sentit son cœur se serrer. La magie de Rize était puissante. Qu'est-ce qui pouvait bien l'empêcher de la mettre en œuvre ?

À son tour il remplit son hanap et but le vin d'une traite.

— Je dois partir, pour Léoden, laissa tomber Gauvin.

Il se leva et s'agenouilla devant Malock pour lui prendre les mains.

— Avec les sages, je serai capable de les retrouver. Je crains qu'ils ne se soient perdus dans cette montagne.

D'une voix blanche et avec difficulté, Malock réussit à articuler :

— Mais pourquoi donc n'ont-ils pas suivi mes conseils et contourné la montagne ?

Gauvin haussa les épaules, impuissant à expliquer le malaise qui l'habitait. Le roi connaissait cet homme et il savait que ses craintes ne pouvaient être que justifiées.

— Ta décision est la bonne. Va et trouve-les.

Gauvin acquiesça.

— Par les enfers, comment ça, disparu ? On vient à peine de le retrouver et voilà qu'il disparaît !

Un coup de vent fit battre les volets qui abritaient les larges fenêtres, ce qui empêcha Malgard de répondre. La salle puait la fumée et la transpiration, amplifiant les haut-le-cœur que la nervosité faisait naître chez le magicien. De dépit, Béléos balança un coup de pied au gops roulé en boule près de lui. La chose couina et se réfugia dans un coin sombre pour se faire oublier.

Tremblant de rage, le dieu s'approcha du magicien et lui tapota la poitrine du doigt. Malgard subissait une fois de plus les élans de colère de son maître. Les postillons lui humectaient le visage et une haleine fétide s'infiltrait dans son nez.

L'air de la salle vibra. Les paroles de Béléos lui parvinrent, aussi menaçantes que le tonnerre. Une bourrasque fit s'élever livres et parchemins, pendant que le foyer vomissait un nuage de fumée et de cendres. Mort de peur, le mage vit son dieu les cheveux dansant autour de sa tête, comme des serpents qui cherchaient à s'échapper. Ses yeux exorbités, veinés de rouge, lui donnaient une allure démoniaque. D'un coup, le phénomène prit fin. Les livres restèrent suspendus un moment pour se reposer doucement. Les cheveux s'aplatirent sur le crâne bosselé de Béléos.

— Tu ne réponds pas, mon bon Malgard ?

La question, posée sur un ton doucereux, fit sursauter le magicien.

— Pardonnez-moi, ô grandeur des mondes ! Je me maudis d'être le messager de si mauvaises nouvelles. Korin et ses sbires sont muets. Ma pensée ne peut les joindre. Un épais brouillard a pris possession de toutes les énergies qui pouvaient les atteindre.

— Où étaient-ils, la dernière fois que vous avez pu communiquer ?

— Dans les plaines qui bordent la montagne maudite. Ils s'apprêtaient à tendre l'embuscade. Et depuis, rien !

Le dieu saisit une coupe d'une propreté douteuse et but une gorgée qui lui laissa en bordure des lèvres une traînée rouge qu'il ne prit même pas la peine d'essuyer. Il empoigna son gops, le déposa sur ses genoux et se mit à le flatter d'un mouvement rude et saccadé. Les épis de poils rêches de l'animal se dressèrent de bonheur.

— Qu'a-t-il bien pu se passer ?

Le mage se racla la gorge et osa exposer sa théorie.

— Les raisons qui peuvent empêcher le contact sont peu nombreuses. Soit ils sont morts, ce qui ne peut être envisagé, soit ils se sont perdus dans cette foutue montagne.

— Qu'est-ce qui te dit qu'ils ne sont pas morts ?

— Voyez-vous, grande divinité, si Korin était mort et que j'essayais de le contacter, je recevrais les énergies envoyées en pleine figure. Ne le trouvant pas, elles me reviendraient à la vitesse de l'éclair. Ce qui se passe en ce moment, c'est que les forces projetées sont absorbées. Seule une magie d'une puissance exceptionnelle est capable de ça.

— Qui possède cette puissance ?

— La question n'est pas qui la possède, mais d'où elle vient. Un seul endroit au monde concentre ces forces inouïes, la montagne maudite ! Elle recueille les pouvoirs des nécromanciens, magiciens ou sorciers qui, à leur décès, n'ont pas d'héritiers à qui léguer leurs pouvoirs.

Bavant d'envie, le dieu s'exclama :

— Pourquoi, en tant que divinité suprême, n'ai-je jamais mis la main sur ces lieux ? Depuis des millénaires, jamais je n'y ai posé un regard. Et aujourd'hui, toi, mon second, tu m'annonces que ce paradis recelant d'infinies possibilités existe.

Le regard furibond, Béléos fixa le mage, qui plaida précipitamment :

— Cela sera possible, grandeur, le jour où vous entrerez en possession de l'Icône. Alors, rien ne vous sera refusé. Vous régnerez sur tout ce qui est et sera.

Le regard soudain rêveur, le dieu anticipait déjà ce jour.

— Et maintenant, que proposes-tu ?

— Faites confiance à Korin ! Il déborde d'imagination et de débrouillardise. Il saura bien se tirer de ce mauvais pas, si mauvais pas il y a vraiment. Il suivait l'Élu pour s'assurer qu'il se rendait bien à Léoden. Ce n'est pas sans raison qu'ils se sont aventurés dans la montagne. Et je ne crois pas que le Ponède avait prévu passer par là dans son itinéraire. Il est arrivé un événement hors de notre contrôle.

Le mage soupira et ajouta :

— Patientons, ils finiront bien par en ressortir.

« Mais dans quel état ? » pensa-t-il en lui-même.

Le dieu impatient exigea :

— Je t'ordonne d'essayer de le joindre tous les jours, à l'aurore et à la tombée de la nuit. Je veux connaître l'instant même où ils mettront les pieds hors de ce lieu.

— Oui, grandeur des grandeurs !

Sautant du coq à l'âne, Béléos demanda :

— Alors, comment va mon prince chéri ?

— Gareth est harponné par la malchance. Sa promise a retardé les noces de plusieurs lunaisons. Il le prend très mal, le pauvre. La mort du roi Édwouard est survenue bien trop tôt et cela a déjoué nos projets.

— Ah non! Pas question de se laisser dérouter! Il me faut des hommes, beaucoup d'hommes. Le prince doit s'allier aux terres extérieures avec ou sans le consentement de la princesse.

— Elle est réticente, honorable divinité. C'est une vraie furie. Elle tient tête au prince et elle reçoit l'appui du roi Malock.

— Qu'attend le prince pour l'éliminer, celui-là? Ce n'est pas très compliqué, de faire disparaître son père!

— Malgré son impatience d'exercer le pouvoir, il est encore très jeune. Il hésite quant à la manière d'agir.

— À moi de jouer, donc! Je vais lui rendre une petite visite, histoire de le conseiller.

— Vous n'y pensez pas! Vous déplacer pour rencontrer un simple mortel!

— Allons, cela me fera du bien de voir d'autres têtes que celles que m'impose notre promiscuité.

— Mais, sans vouloir vous offenser, comment allez-vous procéder?

— Voyons, mon cher, je possède les meilleurs magiciens, dont toi. Tu vas m'accompagner.

Un énorme rire roula dans sa poitrine. Par avance, il jouissait de la frousse qu'il allait faire au prince.

Les appartements de Gareth comportaient une bibliothèque bourrée de livres. Aucune poussière, aucune toile d'araignée n'y étaient visibles; une armée de domestiques y veillait chaque jour. Aucune fenêtre ne perçait ses murs de pierre pour assurer au lecteur la plus stricte intimité. D'énormes fauteuils de cuir usé ornaient la pièce. Une table en bois de chêne couverte de parchemins roulés ou étalés trônait en face du foyer. Le feu, dans la cheminée, brûlait bas et donnait à peine une lueur qui grignotait l'obscurité de la pièce. Du bout des pattes, une souris traversa la salle pour filer se mettre à l'abri dans la profondeur des murs. Le regard du prince suivit le petit rongeur. Gareth soupira.

Les doigts engourdis d'avoir trop écrit, il se permit une pause et s'étira. Bien emmitouflé dans sa robe de chambre, il profitait de ces moments de détente pour correspondre avec ses quelques intimes parsemés à travers le royaume pour s'assurer de leur loyauté et de leur dévouement. Contre la promesse de terres et de domaines qui lui seraient donnés, il leur garantissait des postes et des responsabilités lucratives à son accession au trône. Il avait su se rallier les mécontents du Conseil et les nobles de la cour. Bien sûr, des récalcitrants s'accrochaient au roi, s'inclinaient bien bas et le soutenaient aveuglément, mais Gareth saurait bien, avec l'aide de ses amis, les expulser et mettre ses propres hommes à ses côtés après son couronnement.

Au fond du lit, Jélima poussa un soupir et attira son regard. Le sommeil adoucissait son visage et lui donnait un air faussement vulnérable. Le jeune homme sourit, non de tendresse, mais plutôt de désir. Non, il ne l'aimait pas. Il n'aimait personne, à part peut-être un peu lui-même, ce qui pour lui représentait un avantage : nulle attache ou nul sentiment ne pourrait se mettre en travers de ses projets.

La fatigue lui fit cligner des yeux. Il continuerait sa correspondance demain. Il s'apprêtait à souffler les chandelles lorsqu'il fut interrompu dans son geste par l'apparition d'une légère fumée dans le coin à la gauche de l'âtre. Une forte odeur de pourriture lui parvint. Jélima gémit dans son sommeil.

Le rideau gazeux s'intensifia et dévoila deux silhouettes qui, lentement, s'affermirent.

Vissé sur sa chaise, les yeux arrondis, les doigts agrippés aux bras du fauteuil, Gareth se ratatina de peur. La fumée disparut, mais l'odeur persista.

La plus imposante des silhouettes se rapprocha. À chacun de ses pas, sa chair ballottait et les graisses dansaient sous la peau. À ses côtés, un homme mince et de belle apparence, vêtu d'une grande robe bleu nuit, exigea d'une voix dure et avec un regard féroce :

— Prosterne-toi devant ton dieu, misérable mortel !

Gareth se sentit soulever de sa chaise et se retrouva à plat ventre devant l'obèse.

Un poids invisible lui pesa sur le corps et le maintint dans cette position. La voix de Béléos s'éleva.

— Relève-le que je voie celui qui agira par ma main.

Du coup, le prince fut remis debout sans avoir à faire un mouvement.

— Regarde-moi !

Gareth osa lever les yeux. Son regard fut emprisonné par celui du dieu, ce qui le perdit. Béléos fouilla son âme, se glissa au plus profond de ses pensées et, sans aucune pudeur, mit à nu ses sentiments. Ce qu'il y vit l'enchanta. L'esprit du prince était habité par une noirceur digne des enfers. Son cœur débordait de rancune et de mauvaises intentions. Toutes ces émotions, le dieu les manipula et les modela en fonction de ses desseins. Malgré tout, Béléos décela une infime parcelle d'humanité ; allègrement, il la piétina et la renvoya au néant. Désormais le prince lui était acquis.

Il relâcha son emprise sur le jeune homme, sourit et exhiba des dents gâtées par le temps.

— Allez, tu peux te rasseoir, prince chéri !

Gareth fut projeté sur un fauteuil et profondément calé dans les coussins, Malgard en avança un à sa divinité qui s'y installa tant bien que mal.

Le prince cligna des paupières. Assurément, il faisait un cauchemar.

— Mais qui êtes-vous ? balbutia-t-il.

— Silence !

Le mot claqua comme un coup de fouet.

Gareth trembla. Il tourna la tête vers Jélima en espérant qu'elle se réveille et sonne l'alarme.

— Ne t'inquiète pas pour ta douce, joli prince, le sommeil la mènera au matin et nul ne nous dérangera car, en tant que dieu, j'ai le pouvoir d'arrêter le temps.

Gareth sentit tout espoir de secours se dissoudre.

— Maintenant, petit prince, vois ma puissance et comprends qui se tient devant toi. Malgard !

Le magicien, toujours debout près de Béléos, pointa un long doigt en direction de l'âtre et le feu s'aviva. Maintenant curieux, le jeune homme fixa la flamme qui soudainement fit place à l'image d'un lieu inconnu. Il fut témoin de la bataille des dieux frères ; il vit le puissant Béléos entouré d'hommes et de monstres ravager les mondes, chasser son frère et s'assurer ainsi la suprématie divine sur l'humanité. Depuis, nul n'avait pu se mettre en travers de son chemin. Il n'était pas bon de se le mettre à dos. Et Gareth prit conscience que ce personnage divin serait son meilleur allié.

Le feu soupira et la flamme diminua d'intensité, alors que les images de destruction semblaient s'y dissoudre. Un silence pesa, coupé soudain par les couinements du petit rongeur qui fit en sens inverse le chemin parcouru plus tôt. Un sourire au coin des lèvres, Béléos, d'un geste leste, déjoua les lois de la pesanteur et l'écrabouilla du pied. Malgard grimaça et détourna les yeux. Gareth eut un haut-le-cœur.

— Dis-moi, mon petit prince, crois-tu être capable de me servir ? Auras-tu l'audace et le courage de renier toute attache qui, selon mon jugement, pourrait s'opposer à ma destinée ?

Vissé à son fauteuil, le prince acquiesça.

— Bien ! Maintenant, écoute-moi, prince chéri ! J'ai décidé que tu serais mon bras et ma voix sur cette terre. De par ma volonté, tu agiras. Tu rassembleras des hommes. Tu monteras des armées. Pour ce faire, tu dois acquérir royaumes et territoires. Tu t'entoureras de seigneurs et de nobles dont tu t'assureras le dévouement. Notre ami commun, Korin, ne peut pour le moment t'aider. J'ai donc choisi un de mes servants pour te seconder.

À chacune des paroles de Béléos, les joues rebondies tremblotaient. Gareth se demanda comment un dieu pouvait être aussi laid.

— Cet homme, enchaîna le dieu, est un de mes meilleurs chefs de guerre. Tu le mettras à la tête de tes armées.

Le dieu laissa flotter le silence un moment avant de reprendre la parole d'une voix rogue.

— Je te laisse deux lunaisons pour prendre ce qui t'est dû. Passé ce délai, aucune concession ne te sera accordée. Tu périras par ma main et je t'enverrai aux enfers.

— Mais je ne suis pas prêt !

Sans y penser, Gareth avait bondi de son siège.

— Assis !

Malgard, d'un mouvement des doigts, le renfonça dans les coussins.

— Peu me chaut que tu sois prêt ou pas ! Le temps presse et tout doit être en ordre quand je me saisirai de l'Icône. Je te laisse Malgard jusqu'au lever du jour. Il répondra à toutes tes questions. Pour ma part, je m'en retourne. J'ai déjà donné trop de temps à un simple mortel.

Il disparut derrière un écran de fumée. Malgard sourit au prince. Lui avait les dents étincelantes.

— Bien, Gareth! Nous avons à discuter!

Le prince ouvrit un œil embrumé. Il s'était couché au chant du coq. Il jaillit hors du lit et remarqua l'absence de sa maîtresse. Il enfila sa robe de chambre et se demanda s'il n'avait pas fait un cauchemar. Son estomac se tordit lorsqu'il se remémora la discussion qu'il avait eue avec le magicien. Non, ce n'était pas possible, il avait fabulé. Il traîna les pieds jusqu'à la petite commode où un broc d'eau froide l'attendait. Il s'aspergea et se sentit revivre. Son regard dériva vers la bibliothèque, lieu de tranquillité et de méditation. Sa main s'égarant dans ses cheveux ébouriffés, il s'y dirigea et voulut ramasser quelques parchemins qui traînaient sur la table. Son cœur se figea.

Là, au milieu de la pièce, gisait sur le plancher froid le petit cadavre du rongeur. Un gémissement monta de sa poitrine et il se laissa choir sur une chaise. Tout ça était réellement arrivé!

Chamboulé, il avisa une bouteille de vin à demi vide sur la table, s'en saisit et but à même le goulot. En claquant la langue, il en goûta l'acidité et se sentit mieux. Il fixa les braises rougeoyantes et s'apitoya sur son sort.

Quand Korin lui avait promis l'appui de son dieu pour parvenir à ses fins, jamais il n'avait pensé devoir se donner corps et âme à lui. Gareth voulait être maître de son propre destin. Il s'était vu comme un roi indépendant, entouré de seigneurs de guerre qu'il aurait choisis lui-même. Il aurait conquis les royaumes de son propre chef, sans avoir de comptes à rendre à personne… surtout pas à un dieu!

Il s'imaginait à égalité avec Béléos. Maintenant, il se retrouvait simple larbin.

Avec mauvaise humeur, il lança la bouteille maintenant vide dans les braises qui s'éparpillèrent dans une pluie d'escarbilles. Eh bien, soit! Il se plierait à la volonté du dieu et agirait en conséquence. S'il montrait sa bonne volonté et sa débrouillardise, Béléos ne pourrait sûrement pas lui refuser une place à ses côtés. Il pourrait même le considérer comme un sous-dieu, ce qui ne serait pas à dédaigner.

Il se leva et entreprit de revêtir les habits déposés la veille par son valet. Il agita la clochette toujours à sa disposition et aussitôt un serviteur apparut.

— Que puis-je faire pour vous, mon prince?

— Apporte-moi le petit déjeuner et trouve Jélima. Dis-lui que j'ai à lui parler.

Le serviteur se retira en se cassant en deux.

Une idée avait jailli dans les pensées du prince. La suppression de son père devenait impérieuse. Deux lunaisons, c'était peu pour mettre le projet à exécution, mais, avec l'aide de sa maîtresse, il gagnerait du temps.

La jeune femme, vêtue d'une superbe robe de lin d'un jaune tournesol, était exquise. Les yeux remplis de désir, le jeune homme tendit la main et ordonna:

— Viens là, ma beauté!

Ils s'assirent sur le lit, les jambes pendantes et les mains unies. Sans préambule le prince déclara:

— Le temps est venu de prendre la place qui me revient. Père doit disparaître et, à cet effet, j'ai besoin de ton aide. Es-tu prête?

Fébrile, la jeune femme serra les doigts du prince, alors que son visage s'illuminait.

— Mon tendre amour, vous me savez vôtre d'âme et de cœur. Demandez-moi l'impossible et je le ferai.

Un sourire au coin des lèvres, le prince l'embrassa et demanda :

— Toi qui es proche du petit peuple, tu connais sûrement un homme ou une femme qui possède des connaissances dans le maniement des herbes !

Sans hésiter, Jélima répondit :

— Il y a bien un maître de haute compétence dans ce domaine. C'est un vieil homme aigri et détestable. Sa boutique se trouve dans les bas quartiers. Nobles et nobliaux, seigneurs et dames n'hésitent pas à profiter de sa pratique, car il a une qualité irremplaçable : sa discrétion absolue.

— Merveilleux ! s'exclama le prince. C'est mon homme.

La jeune femme saisit le menton de son amoureux et demanda :

— Dites-moi, mon chéri, ai-je bien compris ? Vous avez décidé d'empoisonner votre père ?

— Ah, mon amour ! tu es d'une intelligence incroyable. C'est ce petit côté que j'adore chez toi. Eh bien, oui ! le roi va disparaître et s'éteindre tout doucement. Je ne veux pas d'une mort violente. Après tout, c'est mon père.

— Et la reine ? demanda Jélima. À la mort du roi, elle prendra la régence, ce qui vous laissera les mains liées.

— J'y ai pensé, ma chérie. La reine, à la mort du roi, sombrera dans une douce folie, bien sûr, moyennant un coup de main. De par la loi, le royaume sera mien. Le grand chambellan devra me seconder jusqu'à ma majorité, mais il ne sera pas difficile de le manipuler. Étant donné son avarice, je n'aurai aucun mal à m'assurer son dévouement par des promesses et des présents.

— Gauvin et Dénys, que comptez-vous en faire ?

— Pour le moment, je ne sais trop. Ils sont dévoués au roi et à la reine, donc incorruptibles. Il me faudra m'assurer l'appui du Conseil des sages. Sans eux et les prêtres, le royaume ne pourrait fonctionner parfaitement.

D'un coup de main, il balaya l'air devant lui.

— Peu importe, nous verrons en temps et lieu. Ce qui compte, pour l'instant, c'est d'agir et d'éliminer père.

— Que voulez-vous de moi, mon prince ?

La question avait été posée d'une voix tendre.

— Tu iras voir ce vieil herboriste, te faire fabriquer les potions pour mes parents. En toute discrétion, bien entendu. Je veux en disposer dès ce soir. Je commencerai demain à faire ingérer à père la médecine qui lui est destinée. Pour mère, j'entreprendrai le traitement tout de suite après le décès du roi. Allez, va, mon amour, rapporte-moi les clés de ma délivrance.

Sur un dernier baiser, le jeune homme laissa partir sa belle et s'attabla devant un énorme petit déjeuner.

Chapitre quatorze

Gorrh courait, des larmes plein les yeux. Il courait, le Renifleur accroché à ses pas, droit devant, là où tante Rize avait disparu. Lorsqu'il voulut encore une fois appeler sa tante, un simple murmure sortit de sa gorge. Sa voix enrouée d'avoir trop crié lui refusait ses services. Tremblant de peur et de rage, il mit le pied sur une souche et se tordit la cheville. Il s'étala de tout son long dans un amas de feuilles mortes et de mousses humides. Sa tête frappa une roche à fleur de sol. Un monde d'étoiles et de couleurs envahit son crâne et il perdit connaissance.

Une caresse lui chatouilla la joue, encore et encore. Gorrh ouvrit un œil qui rencontra un regard doré et un énorme nez en forme de poire qui se balançait tout doucement. Une large bouche ponctuée de petits trous noirs lui sourit et dégagea une langue rose et pointue. Le jeune homme s'empressa de refermer les yeux pour fuir cette image. On lui déposa quelque chose de frais et humide sur le front. Une voix douce et amie s'informa :

— Gorrh, ça va ?

Le jeune homme tenta de se lever et sa tête lui fit mal. Il gémit et s'allongea de nouveau.

— C'est bien, reste étendu. Tu as une grosse bosse sur le front.

— Philin, se lamenta Gorrh, par les dieux, qu'est-ce que j'ai vu, là, devant moi?

— Tu veux parler du Renifleur?

L'adolescent osa rouvrir les yeux et le vit, accroupi en face de lui.

— Il est réel?

— Tu ne te souviens pas? Il était avec l'homme, lors de l'attaque.

Gorrh se tortura le cerveau en essayant de se remémorer la scène. Une pointe de douleur lui tritura la tête et soudain l'angoisse le submergea.

— Tante Rize!

Il se mit à genoux et, le regard brouillé, chancela. Philin l'agrippa pour l'aider à se lever.

— Il faut retrouver ma tante!

Le jeune homme s'arracha à la poigne du Ponède et tenta de faire un pas. Il s'écroula dans un râle de souffrance.

— Allons, mon ami, nous chercherons dame Rize, mais pour l'instant tu n'es pas en état de courir après quiconque. Repose-toi. Nous en profiterons pour faire le point. Donne-moi le temps de retrouver la piste laissée par son ravisseur.

— Alors, fais vite, elle court un danger!

Philin serra le bras de Gorrh pour le rassurer et disparut dans les bois. Érick le rejoignit et lui tendit un gobelet de bois rempli d'eau.

— Tiens, bois! Il y a une petite rivière, tout près; son eau est fraîche et limpide.

Avidement, Gorrh but. Sa vue s'éclaircit et il en profita pour examiner les alentours. Ils étaient installés dans un sous-bois charmant. Le sol plat, moussu et sec pour une fois était aussi doux qu'un tapis. Les épineux se partageaient la forêt avec les feuillus. De gros cônes, promesses de pérennité, teintaient de brun les pins et les sapins. Bouleaux, érables, peupliers et autres espèces inconnues de l'adolescent en imposaient avec leurs troncs. Un homme n'aurait pu en faire le tour avec ses deux bras. Leurs feuilles au volume exagéré jouaient dans tous les tons de vert, du plus tendre au plus prononcé.

Gorrh tourna la tête pour mieux détailler le paysage. Le mouvement lui fit mal. Il plongea la main dans le petit sac qui ne le quittait pas et en sortit une pincée d'herbes. Sachant que les chevaux avaient disparu avec toutes leurs affaires, il demanda :

— Dis-moi, Érick, as-tu une idée pour faire bouillir un peu d'eau ?

L'homme d'armes se pinça le nez et réfléchit.

— Je n'ai que ce petit récipient de bois que j'ai creusé plus tôt. Je crains qu'il ne supporte pas les flammes.

— Dommage, j'aurais aimé me faire une tisane pour soigner ce mal de tête.

— Peut-être qu'en mâchant les herbes tu obtiendras un soulagement ?

L'adolescent grimaça à l'idée de goûter les simples non infusées. Il soupira.

— Mooé édaii !

Le Renifleur se rappelait à eux. Il saisit le grossier gobelet et courut à la rivière.

— Qu'a-t-il dit… Que fait-il ? demanda Érick.

Le regard fixé sur le petit homme penché pour remplir le récipient, Gorrh répondit :

— Il dit qu'il va nous aider.

Le chasseur d'âmes revint. Il serrait précieusement entre ses paumes le bol rempli à ras bord. Il s'agenouilla près de Gorrh et entreprit de fixer son contenu intensément. Deux de ses doigts frottaient le drôle de médaillon attaché autour de son cou. Curieux, les deux amis attendirent.

Ils eurent le souffle coupé quand ils virent une légère vapeur s'élever de l'eau prisonnière. Le visage creusé par la concentration, le Renifleur resserra ses paumes et l'eau se mit à frissonner, puis à bouillonner résolument. Elle laissait remonter de belles bulles qui éclataient à sa surface. Le visage souriant, le Renifleur découvrit ses dents jaunies et tendit le bol au jeune homme.

— Voeillà, jeuwne seiignère !

Gorrh prit l'offrande et, sourire en coin, saupoudra d'herbes le liquide chaud. Aussitôt, un arôme suave se répandit.

— Ça alors ! s'exclama Érick. Cette chose fait de la magie !

— Ce n'est pas une chose, c'est le Renifleur… C'est ce que dit Philin.

— Ah ! Et c'est quoi, un Renifleur ?

Gorrh haussa les épaules et trempa ses lèvres dans la tisane.

— Je me sens déjà mieux.

— Et que fait-il ici, avec nous ? ajouta le jeune garde.

— Je n'en ai aucune idée. Demande-le-lui.

Érick regarda le petit homme au crâne rond et dégarni. Il frissonna devant les prunelles jaunes qui semblaient cousines de celles des chats. Il lui posa la seule question qui lui vint à l'esprit.

— Que veux-tu ?

Le Renifleur se planta sur ses maigres jambes et pointa du doigt l'adolescent.

— L'âmmélouu…

— Lâmélou?

Tout heureux le Renifleur opina.

— L'âmmélouu!

Érick se tourna vers son ami et demanda:

— C'est quoi, un âmélou?

Gorrh crut que le jeune escrimeur se moquait de lui.

— Pourquoi dis-tu âmélou? Il a dit en me pointant: âme élue.

— J'ai dû mal entendre.

Il soupira et s'appuya à un gros chêne. Gorrh avala le reste de sa tisane et interrogea:

— Dis-moi, sommes-nous bien dans la montagne maudite?

— En plein dedans.

Érick avait entrepris de creuser la mousse avec un doigt.

— Ce lieu est bien calme. Cette montagne est pourtant reconnue pour ses envoûtements. Nous devrions entendre des lamentations et des gémissements lancés par des esprits perdus.

Changeant soudain de ton, Gorrh interrogea:

— Que fait Philin? Il n'a pas l'habitude de traînasser en chemin.

— Peut-être a-t-il de la difficulté à trouver la trace du ravisseur!

— Philin pisterait un lombric les yeux fermés. Il lui est peut-être arrivé quelque chose.

Comme pour démentir les propos de Gorrh, Philin apparut. Il remorquait les équidés réticents. Rassurés de revoir leur ami, les deux jeunes hommes se levèrent et allèrent à sa rencontre, Gorrh clopinait à cause de sa cheville.

— Ils erraient non loin d'ici.

— Magnifique ! s'exclama Érick, content de retrouver ses affaires.

— Et tante Rize ?

Le regard soudain assombri, le Ponède expliqua :

— J'ai bien retrouvé sa trace. D'après les indices, dame Rize suit le plénube de son plein gré. Ils n'ont laissé aucune trace de lutte derrière eux.

— Mais pourquoi marraine suivrait-elle cette chose ?

— Peut-être est-elle envoûtée ? suggéra Érick.

— Je ne sais. Ce qui me tracasse, c'est qu'ils se dirigent droit vers le cœur de la montagne

— Eh bien, allons-y !

Gorrh s'approcha de son cheval, prêt à monter.

— Holà ! Mon ami, attends. La nuit va bientôt tomber. Il serait plus sage de se déplacer au matin. De toute manière, les plénubes n'y voient point la nuit ; ils devront forcément s'arrêter.

Le cœur gros, Gorrh se rendit aux arguments du Ponède et, d'un pas lent, rejoignit le Renifleur qui l'attendait patiemment.

Korin était noir de rage. Ils avaient perdu la trace du novice. Comme ça ! Sans aucune raison ! Ils avaient suivi les empreintes de leurs pas sur une demi-lieue, et tout d'un coup plus rien, comme si le sol les avait avalés. Lyam s'en arrachait les cheveux. Jamais, dans sa longue vie de traqueur, il n'avait vu chose pareille.

La nuit s'annonçait. Ils décidèrent de monter le camp aux abords d'une rivière qui courait à l'envers, ce qui ajoutait à la bizarrerie du décor. Tout au long de leurs recherches à travers les bois, de longues et lancinantes plaintes les avaient accompagnés, qui leur rappelaient la nuit infernale vécue quelque temps auparavant.

Ce qui inquiétait le plus Korin, c'était l'affaiblissement de son pouvoir magique. Aussitôt entré dans ces bois, il avait senti son énergie absorbée par quelque chose, comme si un être s'en nourrissait. Pour allumer un feu en claquant des doigts, il avait dû s'y prendre à deux fois. Les tours plus complexes lui étaient bien sûr interdits et ils se retrouvaient prisonniers dans les corps de guerriers des temps anciens.

Assis autour du feu, les quatre compères scrutaient les bois à l'affût de tout mouvement. Les chevaux, bien entravés, broutaient une herbe riche et généreuse. L'estomac tordu par la crainte, le mage s'obligea à manger. Impossible d'établir un dôme de protection. Ils décidèrent donc de faire des tours de garde et attribuèrent le premier aux jumeaux. Une brume s'était levée et rendait l'atmosphère encore plus morbide. Le feu fut bien nourri. On tenait à maintenir le plus de clarté possible. Korin, l'épée en main, s'enroula dans une couverture et s'apprêta à une longue nuit. Lyam fit de même.

Les deux frères s'usaient les yeux de fatigue à force de surveiller le bosquet. Ils furent distraits par un coup de vent qui souffla sur les flammes et éparpilla les cendres en tous sens.

Et Krein les vit… Une dizaine de formes blanches et nuageuses flottaient et les frôlaient dans une danse macabre. À leur passage, ils pouvaient sentir le souffle de l'air déplacé. L'arrondi de ces choses fluides se trouait de deux ouvertures rouges et la cavité qui formait la gueule, car c'était bien une gueule, arborait d'énormes incisives d'un jaune terne. Les fantômes fondirent sur les frères pour les toucher à la tête. Ils lancèrent des cris d'effrois.

Réveillés, les dormeurs se retrouvèrent debout en moins de deux et, l'épée en main, se jetèrent sur les formes inconsistantes. Ils donnèrent des coups qui restèrent sans effets. Leurs armes ne rencontraient que le vide.

— Lyam, qu'est-ce que c'est?

Les yeux exorbités, le mage essayait désespérément de trancher les fantômes qui le harcelaient.

— Protégez-vous la tête! Ce sont des vampires d'âmes.

Ce disant, Lyam rabattit sa capuche sur son crâne. Korin l'imita. Un cri de Salbrique l'alerta. Ce dernier se contorsionnait par terre, aux prises avec un esprit qui essayait de se coller à son crâne. Mais il avait eu la bonne idée d'entourer sa tête de ses bras. Korin saisit sa couverture et bondit vers le jumeau. Il le recouvrit pour empêcher l'entité de l'atteindre. De son côté, Krein avait déjà trouvé refuge sous une couverture.

Les fantômes se retirèrent avec un cri de rage. Essouf-flés et choqués, les comparses se regardèrent, ayant peine à réaliser les derniers événements. Lyam, premier à reprendre ses sens, s'agita autour du feu et se mit à le raviver.

— De la lumière… il nous faut de la lumière… et continuez de protéger votre tête!

Krein, pointa le nez et demanda:

— Maître Korin, comment est mon frère?

— Il n'a pas été atteint, mais il s'en est fallu de peu. Par les dieux, Lyam, comment se fait-il que ces choses nous soient apparues? Tu aurais pu nous prévenir de cette possibilité.

— Pardonnez-moi, seigneur, mais ce n'était qu'une légende, pour moi. Cette montagne est à l'origine de bien des mythes et fables. Rien n'indique que les récits des voyageurs sont vrais.

Le mage frissonna et se rapprocha du feu. La lueur des flammes se reflétait sur son visage et accentuait les rides d'inquiétude qui creusaient ses traits. Depuis les profondeurs des bois, on entendit une plainte longue et sourde. Sous sa capuche, les cheveux de Korin se dressèrent. À leur tour, les jumeaux se rapprochèrent pour trouver une fausse sécurité.

— Bon! intervint le mage. Voici ce que j'ai décidé. À partir de maintenant, nous garderons nos têtes couvertes. Krein et Salbrique, fabriquez-vous un fichu. Jamais, vous m'entendez, vous ne devrez l'enlever, du moins jusqu'à ce que nous soyons sortis de cet endroit. Lyam, à la première heure demain matin, tu essaieras de retrouver les traces de nos chers amis. Si cela s'avère impossible, nous retournerons dans les plaines et nous nous dirigerons vers Léoden où nous attendrons l'Élu. Avec de la chance, peut-être s'en sortira-t-il? Sinon, souhaitez que la terre nous engloutisse: je n'ose imaginer ce que Béléos nous réservera quand nous lui apprendrons qu'il a échappé à notre vigilance. Pour le moment, essayez de dormir, je vais prendre la relève avec Lyam.

Sur ce, ils s'installèrent près du feu, l'épée à la main, aussi tendus que des ressorts.

Le reste de la nuit fut relativement calme. Seules les lamentations agaçaient l'oreille. Au matin, Lyam s'engouffra dans la forêt et réapparut à l'heure du repas, les traits tirés et l'air abattu. À sa vue, Korin sut qu'il avait échoué. Il ne restait plus qu'à faire les bagages et à rejoindre Léoden.

Ils se mirent en route, soulagés de quitter ce lieu maléfique. Leurs pensées tendues vers le novice, ils espéraient qu'il s'en sortirait et garantirait ainsi leur propre vie.

Ils chevauchèrent quelques heures avant de s'apercevoir qu'ils s'étaient égarés. Ils s'étaient éloignés de la rivière en croyant aller vers l'est, pour se rendre compte qu'en fait ils avaient tourné en rond. Horrifié de sa bévue, le traqueur décida de remonter les flots qui venaient du sud au lieu du nord. Il espérait ainsi déboucher au nord des plaines. Mais ils se retrouvèrent plutôt sur les rives d'un lac qui vomissait la rivière. Étourdi par ce mystère, Lyam, désespéré, s'abandonna sur un lit de mousse et refusa d'aller plus avant. Korin, rouge de rage, le houspilla copieusement avant d'accepter de comprendre qu'il était impossible de sortir de ces bois. Ils se résignèrent donc à bivouaquer près du lac. Krein fabriqua une canne à pêche et les eaux s'avérèrent poissonneuses. Ils purent donc se régaler, ce qui contribua fort à leur redonner du moral.

Une brume épaisse se leva sur les eaux, qui prirent un air de mystère lugubre. Le petit groupe avait ramassé des brassées de bois et de branches et amorcé une demi-douzaine de feux. Ils se relaieraient toute la nuit pour les alimenter. Ainsi entourés, ils se sentaient déjà en sécurité. Korin, avait saupoudré les flammes de quelques substances de protection, une recette de son cru qu'il espérait efficace. Lyam s'était empressé de le désillusionner quant à l'efficacité de cette mesure, mais le magicien gardait espoir.

Ce fut la pire nuit de leur vie.

À l'heure où les lunes auraient dû être à leur zénith, les lourds nuages qui s'étaient accumulés au cours de la journée crevèrent et déversèrent des trombes d'eau. Les feux furent noyés, laissant Korin et compagnie dans le noir total. À tâtons, ils s'empressèrent de se regrouper. Ils durent se repérer par le seul son de leur voix. Il ne leur fut même pas possible d'allumer une torche, tant les lourdes gouttes s'écrasaient avec force. Tout à côté, les chevaux, les oreilles rabattues, hennissaient de crainte.

— Qu'est-ce qu'on fait? hurla Krein pour percer le bruit du déluge.

— On devrait s'engouffrer dans nos tentes et laisser passer, cria Lyam dont le nez dégoulinait sur son menton.

— Et se faire sauter dessus par des démons? rétorqua Korin en tirant son épée. Ah non! Pas question! Assoyons-nous dos à dos et restons à l'affût, prêts à se défendre.

— Mais nous n'y voyons rien! cria encore Krein.

— Justement, la seule manière de s'en sortir, c'est de rester regroupés et de tendre l'oreille.

Le mage allongea le bras et sa main rencontra un tissu détrempé qu'il supposa être les vêtements de Krein.

— Krein, est-ce bien toi que je touche?

— Oui.

— Essaie à ton tour de toucher Lyam ou ton frère.

Le jumeau chercha dans le noir et saisit un bras.

— J'en ai un, dit-il.

— Parfait, et qui as-tu attrapé?

— C'est moi, Lyam.

— O. K., Lyam, à ton tour.

Toujours accroché à Krein, le traqueur fouilla le vide, mais sa main ne rencontra personne.

— Par les dieux, Salbrique, où es-tu?

— Ici!

Il reçut les doigts du jumeau dans un œil.

— Ouch! Attention, tu vas me rendre aveugle!

Il saisit la main du jeune homme et ne la lâcha plus.

— Bon, parfait! Maintenant, Salbrique, guide-toi à ma voix et rapproche-toi de moi que je te touche.

Ils firent ainsi une chaîne, soudés les uns aux autres. Sur le sol détrempé, dos à dos, les fesses dans l'eau, ils attendirent.

Les chevaux trépignaient d'inquiétude.

— Ils ont peur, constata Lyam. Il se passe quelque chose.

— Enfer, je n'entends rien, à part cette maudite pluie.

L'angoisse transpirait dans la voix de Salbrique.

— Je crois que… Aie! Qu'est-ce que…

Krein se mit à gigoter et à se tordre, il agitait les jambes convulsivement. À force de remuer, il échappa à la poigne de Korin. Le mage l'entendit crier :

— Mal… j'ai mal… ça me mange…

Un millier de petits claquements se firent entendre, comme si quelqu'un s'amusait à entrechoquer de petites noix l'une contre l'autre. Ils n'eurent nul besoin de tendre l'oreille pour s'apercevoir que cela venait du lac.

En se fiant aux cris de douleur, Korin essaya d'attraper le jumeau qui se tordait toujours. Il tendit la main et se fit pincer cruellement un doigt. À ses côtés, Lyam se mit à son tour à gémir en blasphémant. Un hurlement de Salbrique suivit. Korin essaya de se relever, mais il glissait sur le sol glaiseux. Et ce fut son tour. Des centaines de points douloureux massacraient son corps. Il avait beau se tordre, il n'y avait aucun moyen de se débarrasser des assaillants.

Ils passèrent la majeure partie de la nuit à se secouer et à endurer la souffrance. Le matin les trouva exténués, les joues mangées par les cernes. Leur corps n'était plus que boursouflures et courbatures.

Korin ouvrit un œil gonflé et constata avec stupéfaction qu'il ne restait que peu de preuves de leur nuit mouvementée. Sur le sol vaseux gisaient une dizaine de beaux crabes, spécimens d'autant plus impressionnants que quelques-uns agitaient encore d'énormes pinces qui claquaient dans le vide. Non loin, Krein était roulé en boule et paraissait inconscient. Le mage rampa jusqu'à lui, et laissa sur son passage une traînée boueuse. D'un geste d'une surprenante tendresse pour cet homme si cruel, il entreprit de secouer le jumeau qui sursauta. Son visage était méconnaissable. Une boule de chair sanguinolente déformait ses traits. L'homme au beau visage n'était plus que laideur. Malgré tout, la respiration de Krein, quoique saccadée, le rassura. Il s'en tirerait. Il entendit un froissement sur sa droite. Traînant la jambe, Lyam allait s'accroupir près de Salbrique. Heureux de voir le traqueur bien vivant, Korin s'écria :

— Lyam !

— Maître Korin ! Content de voir que vous allez bien.

— Comment va Salbrique ?

Lyam baissa les yeux sur le jumeau et rencontra un regard fixe et vide. Il fut soulagé lorsqu'il vit sa poitrine se soulever à un rythme régulier. Son bras droit était une bouillie qui laissait voir les muscles sous des lambeaux de peau.

— Ses blessures se cicatriseront avec mes soins.

— Alors, au travail. Parons au plus pressé et mettons de la distance entre nous et ce damné lac. Les chevaux n'ont pas souffert des attentions de nos prédateurs. Si les jumeaux peuvent tenir quelques heures sur les montures, nous pourrons trouver une place sûre pour leur permettre de guérir.

Ils se mirent tant bien que mal à l'ouvrage et improvisèrent des pansements, pressés de s'éloigner. Krein, encore inconscient, fut hissé sur son cheval. Korin en tenait la longe. Encore en état de choc, Salbrique monta comme un automate sur le sien. Lyam le prit en charge. Au moment de partir, le mage s'accroupit et se mit à ramasser les crabes qui restaient.

— Que faites-vous ?

— C'est avec plaisir que je mangerai ces délicieuses bestioles. D'autant plus que ce sera pour moi une sorte de vengeance.

En arborant un sourire en coin, Korin s'engagea sur la piste.

Gorrh et ses amis passèrent une nuit calme. Par contre, le réveil du jeune homme fut assez éprouvant. Un souffle chaud caressait sa joue, un corps tiède et doux épousait le sien et il sentait une légère sueur jouer sur son épiderme. Un doigt flâna sur le coin de son œil droit. Il se réveilla tout à fait, comme mû par un réflexe. La couverture, qu'il avait par-dessus la tête, laissait filtrer une faible lueur matinale. Deux grosses billes jaunes aux prunelles de chat le fixaient.

— Ah !

D'un bond, il se leva. Une forme s'agita sous ses couvertures. Gorrh trébucha sur ses bottes, qu'il avait déposées la veille au côté de sa paillasse, et tomba en plein sur la chose emmêlée dans le drap. Tout en ramant dans le vide pour se redresser, il hurla :

— Philin !

Le Ponède se précipita en tenue de nuit, poignard en main. Lorsqu'il aperçut la silhouette qui se débattait avec son ami, il saisit Gorrh par le chignon et l'extirpa de sa couche. Après quoi il s'approcha, empoigna la couverture et la tira d'un coup sec. Un Renifleur ébahi apparut.

— Me semblait, aussi, qu'il n'avait pu coucher dehors !

— Que fait-il là ! s'exclama Gorrh, encore tremblant et indigné.

— Bounejuor ! dit le chercheur d'âmes.

Un sourire lui traversait le visage.

— Qu'est-ce qu'il dit ? voulut savoir le Ponède.

— Ah non, pas toi aussi ! C'est pourtant facile à saisir ! Il a le culot de dire bonjour !

— Ah ! J'avais mal compris.

— Que faisais-tu dans mon lit ? demanda Gorrh, l'humeur orageuse.

— Ja vet frouette.

Devant le sourcil arqué de Philin, le novice prit sur lui de traduire.

— Il dit qu'il avait froid.

— Ah ?

Pour cacher son mécontentement, le jeune homme entreprit de s'habiller. Il fouilla au hasard dans son sac à la recherche de vêtements. Une fois à peu près présentable, il exigea :

— Maintenant, le Renifleur, tu sors de ma tente.

Il se tourna vers Philin et ajouta :

— Puisqu'il reste avec nous, nous allons lui prêter celle de tante Rize, je ne crois pas qu'elle s'en offusquera. À son retour, nous aviserons.

Philin acquiesça et prit la main du petit homme. Il l'entraîna à l'extérieur et se mit en devoir de préparer le petit déjeuner.

Gorrh en profita pour faire un brin de toilette. Il avait remarqué que le fin duvet qui recouvrait son menton et ses joues s'était fait plus dru et insistant ; maintenant, il devait se raser tous les jours. Il remercia mentalement Philin qui avec patience lui avait montré la procédure et ce, sans rien pour lui renvoyer le reflet de son visage.

Une merveilleuse odeur agaça ses narines et provoqua des borborygmes dans son ventre. Il se pressa et retrouva ses amis déjà assis autour d'un petit feu.

Au cours de sa promenade matinale, Érick avait trouvé quatre petits œufs que Philin avait cuits en omelette. Aucun des trois hommes n'avait le don de tante Rize pour faire du bon thé. Ils avaient dû se contenter d'eau froide pour accompagner le repas. Pressés de reprendre les recherches, ils se mirent en route sans s'attarder davantage.

Le chemin emprunté avait été rendu vaseux par la pluie de la veille, mais les chevaux avançaient néanmoins d'un pas sûr. Ils s'enfoncèrent dans un bois de résineux; l'air sentait bon le pin. Philin, en tête de file, n'avait aucune difficulté à repérer les traces de la veille, malgré la pluie qui en avait effacé une bonne partie. Gorrh suivait; la petite cage vide de Carmille ballottait tristement près de sa cuisse; il espérait que son pigeon fût avec sa tante. Le Renifleur, à sa suite, chevauchait la monture de Rize. Il tressautait à chaque foulée. Érick fermait la marche.

Ils arrivèrent à un carrefour. Sans hésiter, le Ponède enfila le sentier de gauche, qui parut tout de suite plus large à Gorrh. Le jeune homme en profita pour rejoindre le traqueur.

— Philin, dis-moi, pourquoi ne sommes-nous pas inquiétés?

Ralentissant le pas, le Ponède demanda:

— Tu fais référence aux légendes?

— Oui. Selon les dires, ces bois devraient receler des suceurs d'âmes; pourquoi n'en voit-on pas?

— Pas des suceurs, mon ami, mais des vampires d'âmes. Il y a toute une différence!

— …

Devant l'air sceptique du jeune homme, il expliqua :

— Le suceur d'âmes prend ton sang et s'empare de ton âme en même temps. Le vampire d'âmes, lui, aspire ton âme et s'en nourrit, laissant ton corps physiquement indemne, mais vide de tous désirs ou sentiments.

Gorrh jeta un œil anxieux aux alentours et insista :

— Mais, où sont-ils ?

— Diable, mon ami, sois heureux de ne pas en avoir encore rencontré. Pour ma part, je m'en porte très bien. Peut-être sommes-nous sous la protection d'un quelconque dieu, quoiqu'il n'en reste plus tellement qui traînent dans le ciel. Mais que cela ne nous empêche pas de rester sur nos gardes.

Ils cheminèrent ainsi le reste de l'après-midi. Le temps était doux et une légère brise faisait bouger les feuilles. Un cri d'Érick les arrêta. Du doigt, le jeune guerrier pointait au loin une traînée de fumée qui montait dans le ciel.

— Est-ce eux ?

La voix de Gorrh tremblotait d'angoisse.

— Je l'espère ! C'est la direction que dame Rize et son ravisseur ont prise. Mais pourquoi un plénube prendrait-il le risque de faire un feu et d'indiquer ainsi sa position ?

— Peu importe, allons-y ! insista Gorrh qui sentait croître son excitation.

Ils progressèrent précautionneusement. Au bout d'une demi-lieue, ils s'engagèrent dans une vallée au fond de laquelle une rivière roulait tranquillement ses flots. La mâchoire de Gorrh se décrocha. C'était la rivière de son rêve ! Le ventre tordu par une peur soudaine, le jeune homme se rappela la vision de sa tante dans les sables mouvants. Pris de panique, il exigea :

— Vite, Philin ! Nous devons la retrouver !

Le ton du jeune homme était celui de l'urgence. Philin fit presser le pas. Ils s'éloignèrent, laissant derrière eux l'énigmatique cours d'eau. Ils perçurent bientôt un délicieux fumet.

— Nous y voilà, annonça Philin en mettant pied à terre.

Il leur signifia de l'imiter et expliqua :

— Attendez-moi ici, je vais aller jeter un coup d'œil pour m'assurer que c'est bien dame Rize. Soyez prêts à repartir à mon retour.

Il revint quelques instants plus tard et fut accueillit par un Gorrh à bout de nerfs.

— Alors, est-ce tante Rize ?

— Non, désolé !

— Mais qui est-ce ? demanda Érick qui se rapprochait avec le Renifleur.

Le visage de Philin affichait la surprise lorsqu'il répondit :

— Ce sont des guerriers des temps anciens… et ils paraissent en mauvais état.

— Quoi !

L'exclamation avait jailli de la gorge de Gorrh.

— Est-ce ceux qui nous ont aidés l'autre jour ?

— Je crois que oui, à moins qu'une armée rôde dans les alentours, ce qui me surprendrait.

— Que veux-tu dire par « en mauvais état » ? s'informa l'adolescent.

— Ils semblent blessés. Du moins, c'est ce que j'en ai vu.

Gorrh était déchiré entre son empressement à retrouver sa tante et son désir de soigner son prochain. Ce fut ce dernier souci qui l'emporta.

— Allons les aider, nous leur devons bien cela.

— Mais dame Rize ?

— La nuit s'annonce et nous devons nous arrêter. Aussi bien bivouaquer avec ces gens et mettre la soirée à profit en les soignant. Demain, au lever du jour, nous reprendrons la route.

Devant le bon sens de ces paroles, ils remontèrent en selle et rejoignirent le campement. Ils le trouvèrent sans aucune protection, occupés qu'étaient Korin et Lyam à faire de leur mieux pour soulager leurs amis. Les tentes avaient été montées à la hâte ; sur le feu, une poêle pétillait, débordante de crustacés rosés à point. Les chevaux, tout près, semblaient totalement laissés à eux-mêmes, comme si les guerriers n'avaient plus souci d'eux.

En entendant les roches et les branches crisser sous les pas des chevaux, le mage leva la tête, inquiet. Quelle ne fut pas sa surprise lorsqu'il reconnut le Renifleur accompagné de… l'Élu ! Par les dieux, il était béni !

Péniblement, il se redressa, aussitôt imité par Lyam.

— Par le plus puissant, messires, cela fait plaisir de rencontrer des gens dans ces lieux damnés. Content de voir que vous vous portez bien… Approchez, venez partager notre repas.

Le mage s'approcha de Gorrh et saisit les rênes, non sans faire la grimace.

— Avez-vous eu quelques désagréments, mon ami ? interrogea Philin.

— Désagrément ! Dites plutôt que nous avons connu les affres des enfers ! Voyez-vous, si j'en crois l'acharnement manifesté par les démons, plusieurs portes infernales ont dû s'ouvrir. Mais vous, n'avez-vous pas été inquiétés ?

Le mage avait entrepris de regrouper les chevaux pour soulager les cavaliers de cette charge.

— Voilà longtemps que nous n'avons connu une aussi belle promenade, mise à part la disparition d'une personne, une dame qui voyageait avec nous.

Aussitôt qu'ils rejoignirent le reste du groupe, Korin remarqua l'Élu, accroupi auprès de Salbrique. L'adolescent avait ôté sa cape pour être libre de ses mouvements. La tête penchée, il tâtait l'horrible blessure. Érick avait bourré le feu généreusement. Il entreprit de faire bouillir de l'eau. Le doigt pointé vers Gorrh, Korin demanda :

— Votre ami, il est guérisseur ?

— Ne vous inquiétez pas, il possède les connaissances requises.

— Il me paraît bien jeune.

— Peut-être, mais ses mains, dans leurs gestes, démentent ce fait. Soyez confiant.

Pendant ce temps, Gorrh, aidé d'Érick, avait réuni les deux malades sous la même tente. Il fit ingérer à ses patients diverses tisanes et lava soigneusement leurs plaies. Korin s'approcha et demanda :

— Ils vont s'en tirer ?

— Oui, je crois. Quoique celui-ci – et il désigna Krein – restera avec le visage marqué. Le mieux serait de lui appliquer des sangsues pour dégorger le sang. Mais, Bon Dieu ! Que leur est-il arrivé ?

Le regard de Gorrh pesa sur Korin.

— La nuit dernière, nous avons été attaqués par des crabes… des centaines de crabes.

Sceptique, Érick ouvrit la bouche, incapable de parler. Les sourcils de Gorrh montèrent d'un cran et Philin battit des cils. Il s'exclama :

— Des crabes !

— Parfaitement, messires. Nous bivouaquions aux abords d'un lac et, à la nuit tombée, une pluie torrentielle nous a surpris et a éteint nos feux. Aussitôt, nous avons été assaillis par ces bestioles.

Au mot lac, Gorrh avait relevé la tête.

— Où est-il, ce lac ? demanda-t-il.

— Quelque part par là.

— Vous sauriez le retrouver ?

Voyant où le jeune homme voulait en venir, Korin s'exclama :

— Ah non, pas question ! Je n'y retournerai pas !

À son air affolé, Philin lui dit :

— Il reste du temps avant la tombée du jour, indiquez-moi le chemin et j'irai.

— Vous n'y arriverez pas. Il nous a fallu des heures pour parvenir jusqu'ici.

— Peu importe, je me dirige très bien dans le noir. Je saurai vous retrouver.

— Vous oubliez les vampires, insista Korin.

— Jusqu'ici, ils ne nous ont pas trop dérangés. Allons, oubliez vos inquiétudes, je pars !

Il se fit indiquer la route et se mit en selle.

— Éttan, vienne por protaction.

Le Renifleur, accroché à son cheval, avait surgi à ses côtés.

— Qu'est-ce qu'il a dit ?

Tous, excepté Gorrh, se regardaient, s'interrogeaient. Gorrh soupira et répondit :

— Il veut aller avec toi, pour te protéger… Mais qu'est-ce que vous avez, à la fin, à ne pas le comprendre ? Il parle très bien.

Toutes les têtes se tournèrent en un bel ensemble de Gorrh au Renifleur. Celui-ci souriait.

— Ah bon ? fit Philin.

— Parfaitement ! Allez, file et ramène-moi de belles sangsues.

Après leur départ, ils firent honneur aux crabes. Gorrh en avait profité pour remercier le guerrier de l'aide apportée lors de l'attaque des plénubes. Korin, hypocritement, avait répondu que là était précisément le rôle de son peuple disparu et avait omis toute explication quant à leur présence en ces lieux. Négligemment, il avait sorti de sa sacoche une bouteille de vin qui avait été fort appréciée. Gorrh prit la sage précaution de garder de la nourriture pour le retour de Philin et du Renifleur.

Salbrique, le regard toujours vague et le bras soigneusement bandé, n'avait pas faim. Le jeune homme se questionnait sur la manière d'agir pour guérir l'esprit du malade. Il possédait bien quelques notions apprises lors de ses discussions avec maître Kerv, mais elles s'arrêtaient à l'inflammation du cerveau, ce qui était chose commune. Ce que démontrait Salbrique était plus qu'un mal de tête.

Il se retrouvait donc accroupi devant le guerrier malade. Ses yeux fouillaient les siens, il cherchait désespérément une faille qui lui donnerait des indices. Les pupilles noires de l'homme étaient rondes et dilatées. Gorrh douta que cet état fût normal. Il se concentra et fixa son regard sur les petits points qui apparaissaient ici et là. Tout au fond, une image apparut. Elle dévoila peu à peu des personnages. Plissant des yeux, Gorrh y reconnut Salbrique et ses compagnons entourés de six feux. Soudain la pluie se mit à tomber et le jeune homme vit ce qu'eux avaient vécu. Il en frissonna de dégoût et d'horreur. Un tapis de crabes se déroulait à une vitesse folle vers ses victimes. Soudain, tout le corps de Gorrh lui fit mal. La douleur était si intense que le jeune homme, tout comme Salbrique, se mit à se tortiller. Un cri jaillit à l'unisson de leurs deux poitrines. Un hurlement de souffrance et de libération. Du coup, ils se turent et le guerrier cligna des yeux. Délivrées, les larmes coururent sur ses joues. Des spasmes de peur faisaient tressauter son abdomen. Petit à petit ses craintes s'estompaient.

Le jeune novice reprit ses sens. Il tendit les bras et reçut le géant qui s'y réfugia.

— Là, là! dit-il en le berçant. C'est fini!

Accourus aux cris des deux hommes, Korin. Érick et Lyam restèrent muets devant le spectacle de ces deux grands corps enlacés.

— Votre ami est revenu parmi nous, dit l'adolescent en souriant.

Gentiment, il recoucha son patient sur sa paillasse. Korin s'approcha du blessé.

— Salbrique, comment te sens-tu?

Les yeux encore mouillés et gêné de s'être laissé aller, le guerrier répliqua:

— Maître, j'ai mal, mais je suis heureux d'être de retour. Mon âme était demeurée là où ces choses nous ont attaqués. J'étais seul et j'avais peur, jusqu'à ce que cet homme vienne me chercher.

Il tourna la tête vers Gorrh et ajouta:

— Mais... qui êtes-vous?

Personne n'avait pris le temps de se présenter. Érick prit les devants et se nomma, suivi de Gorrh. Korin tut son propre nom, ainsi que celui de Lyam. Il se présenta comme le maître d'armes Kor et désigna Lyam comme étant Ly, son aide de camp. Les jumeaux, eux, vu qu'ils étaient peu connus, gardèrent leur identité. Pour expliquer leur présence en ces lieux, ils prétendirent qu'ils étaient en mission, une mission secrète. Gorrh et Érick approuvèrent. Après tout, eux-mêmes souhaitaient la discrétion.

L'adolescent remarqua que la luminosité du jour avait laissé place à la grisaille nocturne. Il installa confortablement les jumeaux et leur fit avaler une infusion qui les jeta dans un lourd sommeil.

Assis près du feu, Korin sirotait une tisane. Gorrh saisit un gobelet tout cabossé et se versa une généreuse portion du liquide chaud. Les flammes lui parurent réconfortantes. Depuis la profondeur des bois retentit une longue plainte qui fit hérisser les poils sur les bras du jeune homme.

— Qu'est-ce que c'est?

Érick qui les avait rejoints se tenait debout et scrutait la forêt.

— Les vampires, chuchota le mage. Ils se préparent à nous harceler.

Gorrh resserra sa cape autour de son corps. Lyam apparut, les bras chargés de branches qu'il s'empressa de déposer sur le feu.

— Comment les combattre? demanda le jeune guerrier.

— On s'en protège. Couvrez-vous la tête... avec n'importe quoi. L'important, c'est qu'ils ne puissent la toucher.

Érick regarda Gorrh qui fixait les flammes, pensif. D'un pas rapide, il le rejoignit et lui rabattit sa capuche.

— Tu as entendu? Couvre-toi!

Le jeune homme sursauta. Il était inquiet pour son ami et sa tante. Korin se leva, les jambes tremblantes à la pensée de la nuit à venir.

— Allons nous coucher, il ne sert à rien de monter la garde. Nous serons mieux sous nos tentes qu'ici à voir danser ces choses.

— Allez-y, pour ma part je vais veiller un peu, dit Gorrh, trop inquiet pour aller dormir. J'en profiterai pour nourrir le feu.

— Comme vous voudrez, dit Korin. N'oubliez pas de rester couvert.

Le mage et le traqueur disparurent dans leurs tentes, laissant Érick et son ami derrière eux.

— Tu n'es pas obligé de rester, Érick.

— Le temps de prendre une dernière tisane et j'y vais…

Ses paroles se perdirent dans un gémissement qui s'éleva tout près. Érick se rapprocha de Gorrh ; son épaule toucha la sienne. Ils attendirent, silencieux.

Une lueur blanche apparut à travers les arbres. Lorsqu'elle se rapprocha, elle se partagea : on aurait dit plusieurs petites lucioles. Elles jouaient entre les branches. Fait surprenant, tout devint silencieux. L'adolescent sentit son compagnon se raidir et le vit resserrer sa capuche sur sa tête, il passa son bras sous le sien. Les entités envahirent le camp et tournèrent dans un gracieux ballet autour des deux jeunes hommes. Gorrh, trouvait le spectacle magnifique. Aucune peur ne l'habitait, ce qui n'était pas le cas d'Érick qui se mit à trembler.

— Vois comme ils sont beaux !

Le novice s'était levé et, les bras tendus, jouait à balayer l'air. Ses mains ouvertes traversaient sans aucun mal les corps fluides.

— Par les dieux, que fais-tu ?

La voix d'Érick chevrotait à cause de la peur. Les plaintes ne cessaient plus, maintenant, elles se faisaient plus fortes, jusqu'à leur faire mal aux oreilles.

— Ils sont pleins d'énergie ! Ha ! Ha !

Gorrh virevolta toute la nuit ; il s'amusa avec les esprits qui dansèrent autour de lui comme s'ils lui faisaient la cour. Une entité vint se placer face au garçon et plongea son regard vide dans le sien. Il y eut un moment de flottement où Gorrh communia avec l'être. Il y vit un puits de connaissances et de magies oubliées. La créature battit une paupière blanche et tourna ce qui lui servait de tête vers la forêt ; elle fut parcourue de frissons et prit la fuite, accompagnée des autres. Un instant plus tard, il ne restait rien de cette nuit magique. Érick respira enfin librement.

Du fond de sa tente, Korin avait assisté au bal des fantômes ; il n'en revenait tout simplement pas. Jamais il n'avait vu une telle union, comme si ces âmes perdues avaient reconnu l'une des leurs. Il se dit que Béléos aurait besoin de toutes ses forces à l'éveil de son frère, car l'Élu, malgré son ignorance, possédait un énorme pouvoir qui ne demandait qu'à éclore.

À la barre du jour, un craquement dans les bois annonça l'approche de quelqu'un, qui se révéla être Philin, toujours accompagné du Renifleur. À la vue des arrivants, Gorrh alla à leur rencontre. Philin, souriait et brandissait un paquet dégoulinant d'eau.

— Tiens, voilà tes petites amies…

Il lança le tas de chiffons à Gorrh qui l'attrapa au vol.

— Le petit déjeuner n'est pas prêt ? J'ai une faim de loup… Pas toi, le Renifleur ?

— Ouaais !

— Tu vois, Gorrh, je lui ai appris à dire oui.

Tout content, Philin descendit de cheval et s'approcha de son ami.

— Tu n'as rien vu dans les bois ?

Arquant un sourcil, le Ponède demanda.

— Vu quoi ? À part quelques lièvres et beaux renards, rien à signaler. Ah oui, j'y pense, je vous ai rapporté quelque chose.

Il fouilla dans une sacoche attachée à sa taille et en sortit un foulard qui leur parut bien rempli.

— Voilà !

Il le tendit à Lyam qui, curieux, s'empressa de l'ouvrir

— Ahhh !

Le traqueur bondit en arrière, pendant que le paquet volait dans les airs. Une dizaine de crabes aussi gros qu'une main d'homme s'agitaient à ses pieds.

— Par l'enfer, à quoi avez-vous pensé ? s'exclama Lyam choqué.

Inconscient de l'émoi causé, le Ponède expliqua :

— Je me suis dit que vous auriez mangé tous ceux qui ont été servis hier soir. Pourquoi ne pas en rapporter des frais ?

— Je t'en avais gardé, dit Gorrh. Mais peu importe, je vais de ce pas faire bouillir ceux-ci et tu pourras te régaler.

Il s'activa à mettre le repas à cuire et désigna Érick pour en surveiller la cuisson.

Ses précieuses sangsues sous le bras, il s'engouffra dans la tente où gisaient les malades et ne réapparut qu'à l'appel du jeune garde. Les crustacés étaient à point.

Krein émergea du sommeil artificiel que le novice lui avait imposé. Il insista pour rejoindre ses amis. Ce fut donc un homme à la tête entièrement enveloppée de bandages qui se présenta au repas. Seuls les yeux, le nez et la bouche étaient visibles. Lyam grimaça quand il apprit que sous ces bandelettes, une dizaine de sangsues s'activaient, ce qui empêcherait les plaies de s'infecter et aiderait à leurs guérisons.

Le repas se déroula lentement. Gorrh le mit à profit pour raconter sa rencontre avec les entités. Philin resta sans voix.

— Peut-être n'était-ce pas des vampires ? finit-il par demander.

— Croyez-moi, ça en était, ne put s'empêcher d'affirmer Korin.

— Alors, pourquoi ce manque d'agressivité ?

— C'é lâmélouu ! chantonna le Renifleur, la bouche débordante de chairs rosées et juteuses.

— Lâmélou ? répéta Lyam qui en était rendu au thé.

— C'est ça, lâmélou, dit Gorrh fatigué de toujours devoir reprendre les paroles du Renifleur.

— Ouaais ! affirma celui-ci.

Philin regarda le petit homme dont le nez ballottait et haussa les épaules.

— Bon, c'est bien beau, tout ça, mais il nous faut reprendre la route. Érick, sois gentil et va préparer nos montures.

Il se tourna vers Korin et enchaîna :

— Maître Kor, nous devons vous laisser. Peut-être nous retrouverons-nous un jour !

— Ah, mais, nous allons avec vous ! Pas question de rester ici à tourner en rond !

— Tourner en rond ?

— Cette montagne maléfique nous garde prisonniers. Depuis que nous y avons mis les pieds, elle s'amuse à nous égarer. Emmenez-nous, sortez-nous d'ici.

Philin parut sceptique. Il n'avait aucune difficulté à se repérer dans ces bois.

— Qu'ils viennent, trancha le novice. J'en profiterai pour suivre la guérison de Krein et de Salbrique.

Philin s'inclina, mais insista sur le fait qu'ils devraient d'abord retrouver dame Rize.

— Cela va de soi, concéda Korin. Nous ne pouvons laisser une dame en détresse derrière nous.

Ils s'empressèrent de démonter le camp et juchèrent les jumeaux sur leur monture. La journée s'annonçait douce ;

le voile, bien que toujours présent, laissait filtrer une franche luminosité.

Philin, en tête du groupe, reprit aisément la piste laissée la veille. Ils trottèrent une bonne partie de la journée et durent traverser la drôle de rivière ; l'eau montait à peine aux genoux des cavaliers. Une fois la rive atteinte, ils pénétrèrent dans une forêt touffue où ils firent une pause. Gorrh en profita pour changer les sangsues qui avaient doublé de volume. Il prit soin de les mettre dans un petit bol donné par Lyam dans le but de les réutiliser plus tard. Les plaies paraissaient déjà plus saines.

À la tombée du jour, ils avaient parcouru une bonne distance et s'installèrent sur un plateau qui surplombait une plaine gorgée de petits lacs. La nuit fut tout à fait calme et ils purent se reposer sans être dérangés. Korin n'en revenait pas comme cette traque virait à la balade. Aucun esprit, aucune créature maléfique ne venaient plus les embêter. Était-ce la présence de l'Élu qui expliquait ce calme ?

Le quatrième jour, les pistes les menèrent sur les rives d'un lac. Ses eaux dormaient, dérangées seulement par quelques poissons venus se nourrir de mouches qui flottaient à sa surface. Des patineuses s'amusaient sur ce miroir et laissaient derrière elles des sillons qui se refermaient presque aussitôt.

Philin eut beau chercher, aucun autre indice ne se devinait. On aurait dit que dame Rize et son kidnappeur s'étaient envolés.

Découragé, il ordonna une pause. Korin et ses amis, réticents à se tenir près de l'étendue d'eau, se replièrent près des bois.

Assis sur une bûche qui traînait sur la plage, Gorrh mâchonnait une pomme trouvée dans une des sacoches de Rize. Au cours des derniers jours, il s'était aperçu qu'elle possédait un sac qui avait les mêmes propriétés que le sien, sauf que celui de sa tante fournissait de la nourriture. Il comprenait maintenant pourquoi leur menu variait tous les jours. Ses traits s'adoucirent à la pensée de sa marraine. Érick vint le rejoindre, tout en mordant dans une orange juteuse.

— Je vois que tu as trouvé le secret de tante Rize.

— Oh! Je ne suis pas le seul. Tiens, regarde!

Gorrh suivit la direction du doigt et vit Philin et le Renifleur y plonger leurs mains. Le traqueur sortit une belle pomme rouge et le Renifleur quelque chose de jaune, de forme oblongue.

— Qu'est-ce qu'il a trouvé?

Gorrh regardait le petit homme se diriger vers eux.

— Porr toa!

Le Renifleur avait enlevé la peau de la chose qui dévoilait une pulpe blanche. Il la tendit à Gorrh.

— Bounne! insista-t-il, comme le jeune homme hésitait.

Pour faire plaisir au chasseur d'âmes, Gorrh goûta. Une explosion de saveurs envahit ses papilles.

— Ouah! C'est bon!

Il engouffra une autre bouchée.

— Qu'est-ce que c'est? demanda Philin en tendant la main.

Gorrh lui donna un morceau du fruit et le traqueur, à son tour, y goûta.

— Hum, c'est bon!

— Ce ès boananne!

— Un quoi? osa demander Érick en louchant vers Gorrh.

— Une banane, soupira ce dernier, il a dit une banane.

— Ah ? Je ne connais pas ce mot.

— Moi non plus… Eh bien, malgré son absence, ma tante nous réserve des surprises !

Changeant de sujet le jeune homme demanda :

— Dis-moi, Philin, tu crois qu'ils ont traversé ce lac ?

— C'est la seule explication. Pour aller où ? Je l'ignore.

— Mais qu'allons-nous faire ?

Comme en réponse à cette question. Érick bondit sur ses pieds et cria :

— Là… là-bas…

Les têtes se tournèrent à l'unisson vers le large où une île flottait. Elle fendait les eaux sans toutefois faire de vagues.

— On dirait qu'elle se rapproche.

— Tu as raison, Gorrh, dit Korin qui, au cri d'Érick, les avait rejoints.

— Mais… comment est-ce possible ?

— Il existe de ces îles libres qui ne sont pas rattachées aux fonds marins. Celle-ci paraît avancer droit vers nous.

Comme pour contredire le mage, l'île s'immobilisa. Anxieux, ils attendirent en étirant le cou. On entendait seulement les chevaux renâcler. Gorrh fixa un petit point qui s'éloignait de l'île.

— Je crois que quelque chose bouge, là-bas.

Philin s'avança, comme si ces quelques petits pas allaient lui permettre de mieux voir.

— Où ça ?

— Regardez bien, droit devant, dit l'adolescent en pointant une direction avec le reste de sa banane.

— Il a raison, je le vois ! s'exclama Érick, tellement étiré qu'il était sur le bout des orteils.

En effet, le point qui, plus tôt, était minuscule, grossissait à vue d'œil. Excités, ils patientèrent. Les guerriers des temps anciens, eux, avaient sorti leur dague. Le temps leur parut long jusqu'à ce qu'une grosse barge vienne s'échouer sur la grève.

Tous les huit se regardèrent, ne sachant quoi faire. Ce fut le Renifleur qui, joyeusement, sauta d'un pas souple dans l'embarcation

— Ayyons lâ! dit-il.

Il sautillait, le bras tendu en direction de l'île.

Devançant la question, Gorrh traduisit:

— Il veut que nous allions là-bas.

— Et comment? Il n'y a pas de rames, constata Érick pratique.

— Je suppose que ce bateau va nous y mener, tout comme il est venu nous chercher, répondit Gorrh. Il y assez de place pour nous et les chevaux. Allez, on embarque! De toute façon, je ne vois aucun autre moyen de retrouver tante Rize. Nous n'avons pas le choix de prendre le risque.

Philin et Érick se chargèrent de faire monter les bêtes et leur bandèrent les yeux pour éviter tout mouvement de panique. Les jumeaux furent installés dans un coin avec le Renifleur. Korin pria le ciel que ce dernier n'aie pas à nouveau le mal de mer.

Lentement, la barge glissa sur l'eau. Gorrh pensa que ça aurait pu être une belle promenade s'il n'y avait eu l'inquiétude de savoir où elle les mènerait. Le Renifleur savourait le calme des eaux et chantait doucement une chanson aux jumeaux qui n'y comprenaient rien.

La mélodie racontait l'histoire d'un jeune garçon qui cachait en son sein un souffle divin. Émissaire malgré lui selon une prophétie écrite depuis la nuit des temps, le garçon après moult péripéties et dangers, parvenait à mener à terme la quête qu'il avait entreprise. Il libérait l'essence

d'un dieu pour chasser le mal et rendre le bien à l'univers.
Tout en chantonnant, le Renifleur souriait à l'adolescent.
«C'est une belle histoire!» songea Gorrh.

— Nous arrivons.

Perdu dans les mots de la chanson, Gorrh n'avait pas
vu le temps passer. Il leva un regard rêveur vers Philin.

— Regarde, nous sommes attendus.

Sur un quai, une petite silhouette patientait.

— Tante Rize!

Le cri avait jailli de sa poitrine. Il sauta à l'eau et rejoignit
sa tante qu'il étreignit en riant et en pleurant tout à la fois.
Les joues inondées de larmes, elle lui prit la tête entre ses
mains. Les yeux rieurs et le sourire aux lèvres elle lui dit:

— Eh bien! Tu en as mis, du temps, mon chéri.

Chapitre quinze

La chambre du roi baignait dans une sombre ambiance. Les lourds rideaux empêchaient la lumière d'y pénétrer. Sur le vieux meuble qui servait de bureau, une chandelle donnait une faible lueur jaunâtre qui plongeait les lieux dans les ombres. Une jeune servante, les traits tirés par une longue veille, se tenait assise sur une chaise dure et étroite.

Doucement, la porte tourna sur ses gonds et Dénys entra. Sur le bout des pieds, il s'avança vers la couche et se pencha sur le roi. Le visage amaigri, des cernes bleus lui dévorant les joues, le souverain avait piètre mine. Le conseiller sentit son cœur se serrer. Il n'aurait jamais cru qu'un homme aussi costaud que Malock puisse tomber malade ainsi.

Un mal inconnu le rongeait. Des plus éminents soigneurs convoqués à son chevet, aucun n'avait pu se prononcer sur les causes de cette affection. Ils avaient bien soupçonné quelque poison, mais nul symptôme ne permettait de confirmer cette prétention.

Dénys sentit une main se poser sur son épaule et tourna la tête. Il rencontra le regard brun et triste de la reine. Depuis une semaine, Faya accompagnait le roi dans son combat. Présente jour et nuit, elle en surveillait d'un œil anxieux la progression. Aujourd'hui, elle savait qu'ils avaient perdu, car le souffle à peine perceptible qui s'exhalait de la poitrine de Malock annonçait la fin.

Elle s'assit dans un fauteuil près du lit et prit la main de son bien-aimé. Songeuse, elle caressa de son pouce la paume tiède.

Percevant sa présence, le monarque ouvrit un œil terne. D'une voix à peine audible qui obligea la reine à se pencher, le mourant murmura :

— Tu vas me manquer, ma chérie.

— Je t'aime.

Un faible sourire apparut sur les lèvres gercées.

— Je vous aime, toi et Gorrh… Prends soin de mon fils.

Faiblement, il lui serra la main et tourna un œil fatigué vers le prêtre.

— Prends soin de la reine.

Un paroxysme de souffrance lui tordit les traits. D'une voix hésitante il ajouta :

— Méfie-toi du deuxième… fils, il est mon…

D'un mouvement brusque, le roi se cassa en deux, remontant d'un coup ses jambes au menton. Les yeux révulsés, il laissa échapper un dernier soupir et se détendit. Le royaume entrait dans le chaos.

Gareth avait du mal à cacher son excitation. Il venait à peine de porter son père en terre que déjà mille projets lui fleurissaient la tête. Une ombre au tableau demeurait : la régence. Malgré sa peine, Faya avait pris l'État en main et faisait montre d'un esprit de décision et de prévenance rare chez une femme; du moins, c'était ce que pensait le prince. Le temps pressait de lui administrer le poison donné par l'herboriste. Il procéderait comme il l'avait fait avec Malock, sauf que, pour sa mère, il ne déposerait que quelques gouttes dans son nettoyeur buccal personnel. La victime s'administrerait elle-même sa dose quotidienne. Peu à peu, la folie s'instillerait en elle. Malgré son désir de puissance et son cœur noir, il ne pouvait se résoudre à faire complètement disparaître sa mère. Après tout, elle l'avait mis au monde.

On frappa à la porte et Amélia entra. Elle était arrivée la veille, en compagnie de Valène, pour rendre un dernier hommage à son frère.

— Ta mère t'attend à la chambre du Conseil.

Elle jeta un coup d'œil torve à Jélima qui traînait encore au lit et ajouta:

— Toi, tu es réclamée à la buanderie… immédiatement!

Sans aucune pudeur, la jeune femme s'extirpa du lit et lança un regard lascif au prince qui lui sourit. Ignorant cette bravade, la tante, debout au milieu de la pièce, croisa les bras, bien décidée à expulser cette traînée de la chambre.

— Allez, grouille! Je dois parler au prince seul à seul, insista-t-elle en pesant sur les mots.

— Voyons, ma tante, il n'y rien de si urgent, dit Gareth.

Il entoura de ses bras la taille de sa maîtresse. Il adorait faire enrager Amélia. À bout de patience, elle s'avança d'un pas ferme et arracha Jélima à son étreinte. Elle prit des vêtements qui traînaient et, avec une force insoupçonnée chez une femme de son âge, elle poussa Jélima nue dans le couloir et claqua la porte. Le prince éclata de rire.

— Assez! s'exclama Amélia. Non, mais, quelle impudence! Ne t'ai-je pas déjà dit de te débarrasser d'elle? Qu'aurait pensé Valène si elle s'était présentée à ma place?

— Je ne suis pas encore marié! J'ai encore le droit de choisir celle qui partage ma couche.

— Ah oui? Et que ferais-tu si la princesse agissait de même? Vous êtes promis l'un à l'autre.

«Je la tuerais!» pensa en lui-même Gareth.

— Là n'est pas la question, s'esquiva-t-il. Elle ne le saura pas, puisque vous ne le lui direz pas. Je doute que vous vouliez mettre à mal notre future union, n'est-ce pas ma tante?

Amélia se demanda si c'était une si bonne idée, ce mariage. Depuis qu'elle partageait la vie de la princesse, elle avait appris à l'apprécier. La jeune femme faisait preuve de courage, apprenait à gérer son royaume et réglait les conflits internes comme extérieurs, sans jamais baisser les bras. La venue du prince dans sa vie ne pourrait que lui apporter des problèmes. Malock n'avait peut-être pas eu une si bonne idée…

— Allez, va, soupira-t-elle, le Conseil t'attend.

Dans un frou-frou de tissus, la tante franchit la porte, destination la buanderie…

Valène s'apprêtait à quitter la cour, bien emmitouflée, sa lourde chevelure lui tombant sur les épaules. Fièrement, elle montait le cheval de feu son père. Elle vit arriver des écuries Gareth sur son cheval, habillé chaudement lui aussi. «Ah non! pensa-t-elle. Pas moyen d'être tranquille!»

Elle avait besoin de faire cette promenade en solitaire pour réfléchir aux émotions des derniers mois.

Gareth était contrarié. La réunion du Conseil avait été houleuse. Le grand chambellan avait confirmé sa ferme décision d'imposer un deuil de douze lunaisons avant son mariage. Pas question de contourner la loi! Seigneur, douze lunaisons! Jamais il ne pourrait attendre aussi longtemps avant d'épouser sa promise! Il devait trouver une solution.

Pour s'éclaircir les idées, il avait décidé de prendre l'air. Quoi de mieux qu'une bonne course dans les landes? Quelle n'avait pas été sa surprise de voir la princesse, elle-même prête pour une balade!

— Vous ne comptiez pas sortir sans escorte! attaqua-t-il d'entrée de jeu.

— Ne vous en faites pas, Torick, le maître écuyer, est en train de seller deux montures pour mes accompagnateurs.

— Qu'à cela ne tienne! Vous aurez besoin d'aide si des ennuis surviennent…

— Prince Gareth, croyez-moi, je suis parfaitement capable de prendre soin de moi-même et de diriger deux hommes. Non, vraiment, votre présence n'est pas requise.

— Ah! Mais c'est le devoir de l'hôte de veiller à la sécurité de ses invités. Cela me fait plaisir.

Il n'en démordrait pas. Valène soupira. Elle n'aurait qu'à l'ignorer.

Ils furent rejoints par les deux gardes et prirent la route qui menait vers les montagnes. C'était un chemin assez agréable bordé de pins et d'épinettes. Le sol étouffait le pas des chevaux et de la buée sortait des naseaux des équidés en légers petits nuages. Pour une fois, les bois étaient calmes, comme si le froid avait chassé monstres et bêtes et les retenait dans leur terrier. Pour chasser le silence glacial qui s'était installé entre eux, le prince remarqua :

— Père a eu de belles funérailles, ne trouvez-vous pas ?

La princesse opina.

— Oui… si l'on peut dire.

Il remarqua l'hésitation de Valène et demanda :

— Vous ne semblez pas partager entièrement cette opinion !

Le regard lointain, la jeune femme expliqua :

— Je déteste les adieux, encore plus les funérailles ! Elles mettent un terme à l'espoir de revoir un jour ceux que nous aimons, c'est comme plier l'échine devant la volonté des dieux ou les coups bas de la vie.

C'était dit d'une voix rogue.

— Voyons, ma chère, ce n'est qu'une page à tourner. Quand un être cher nous laisse, c'est sur nous que nous devrions pleurer, mais pas sur le disparu. Lui, il ne sentira plus jamais le mal, autant physique que moral. Nous, nous devons continuer à vivre, c'est-à-dire à souffrir. « Heureuses sont les âmes libérées ! »

— C'est une manière de voir les choses, concéda la princesse.

— Allons, laissons là ces tristes pensées et parlons de nos épousailles. Avez-vous trouvé un moyen d'abolir la loi et d'en rapprocher la date ?

— Abolir la loi ?

— Vous êtes à la tête de votre royaume, il vous serait facile de faire pencher la balance en notre faveur. Vous pourriez, disons, raccourcir le temps du deuil. De mon côté, j'appuierai votre démarche.

La bouche ouverte de surprise, la princesse ravala sa réplique. Elle réfléchissait à la vitesse de l'éclair. Une idée lui vint. Oh combien merveilleuse! En tâchant de se calmer, elle prononça lentement les mots qui se bousculaient dans sa bouche.

— La parole donnée par mon père au vôtre n'est plus valide.

Valène avait dit cette phrase dans un seul souffle. Son cœur battait à une vitesse folle.

— Comment?

— Oui, cher prince, le marché est annulé.. Voilà! Plus d'épousailles!

— C'est votre devoir d'honorer cet arrangement, tout comme c'est le mien.

Les sourcils froncés, le prince avait stoppé son cheval et faisait face à la jeune femme.

— Vous vous trompez Gareth. Tant qu'une des deux parties survivait à l'autre, la promesse restait effective. Maintenant que nos pères sont décédés, l'entente conclue ne tient plus.

«Comme le sous-bois sent bon tout d'un coup!» pensa la princesse, soudain légère.

— Pas question! cria le prince, rouge de colère. Nous avons besoin l'un de l'autre, moi de votre armée et vous de mes frontières et des marchés commerciaux de Valberingue. Vous ne pouvez trahir l'accord pris par nos pères!

— Vous croyez? Je n'en ai cure! Mon royaume n'a pas besoin de vous; le commerce, je le trouverai ailleurs, et mon armée, je la garde.

Blême de rage, les yeux noirs de fureur, le prince leva la main, prêt à frapper. Il fut arrêté dans son geste par un regard de glace.

— À votre place je m'abstiendrais de tout geste déplacé !

Lentement, il laissa retomber son bras.

— Vous avez raison, je ne m'abaisserai pas à frapper une femme. Vous n'en valez pas la peine. Mais laissez-moi vous dire une chose, princesse, vous m'appartiendrez. Par la loi ou par la force, vous serez mienne.

— Alors, vous me retrouverez à la tête de mes armées.

Les quatre amis cheminaient. Loïck était juché sur la mule. La température, clémente depuis quelques jours, invitait à prendre le temps d'apprécier la route. Tout le long du parcours, Jalbert avait appris à apprivoiser ses compagnons et à apprécier leur présence. Rodrick montrait un talent inné pour se repérer dans l'obscurité la plus totale. Laïcka, elle, affichait une adresse hors du commun au tir à l'arc. Elle était capable d'atteindre un oiseau en plein vol ; qu'il soit gros ou petit ne faisait aucune différence. Et sa voix… C'était celle d'un ange. Elle aurait fait rougir de jalousie un ménestrel… Et la jeune fille sentait bon la pomme de pin… Et…

— Jalbert !

Il fut tiré de ses rêveries par la douceur de sa voix.

— Hum ?

— Vous avez les deux pieds dans l'eau.

Il baissa la tête. Il se tenait immobile dans une flaque, de l'eau jusqu'aux chevilles.

— Ah !

Il fit un pas de côté et secoua ses bottes.

— Dites-moi, à quoi pensiez-vous ?

«Plutôt mourir que de le lui avouer!» pensa-t-il en rougissant. Il loucha vers Loïck qui somnolait sur sa mule.

— Je me disais qu'il nous faudrait trouver un coin pour la nuit. Votre frère est épuisé.

— Pauvre chéri, il a eu une dure journée, dit la jeune femme.

En effet, l'innocent avait un rhume à tout casser. Fiévreux, la goutte au nez, il avait supporté ce mal tout le jour, incapable de se plaindre.

Une petite rivière coulait à proximité; le prince décida de monter le camp sur ses rives.

— Je ne suis pas soigneur, mais je sais qu'un bain dans ces eaux pourra faire baisser sa fièvre. Préparez-lui une tisane avec de l'écorce de saule.

La jeune femme se mit à l'ouvrage et alluma le feu. Jalbert et Rodrick s'armèrent de grosses serviettes et d'un pain de savon. Autant en profiter et se décrotter.

— Allez, venez, jeunes hommes, on va se laver!

Le regard adouci, Laïcka les vit disparaître derrière un buisson. Elle entendait les exclamations et les bruits d'éclaboussures. Même s'il savait que c'était inutile, Jalbert prenait plaisir à faire le clown pour amuser Loïck.

La jeune femme mit de l'eau à bouillir et apprêta avec des oignons sauvages et quelques herbes un lapin qu'elle avait capturé le matin. Ils auraient un bon repas. Elle fit infuser une tisane. Elle tira ensuite de sa sacoche quatre gros beignets au miel achetés au marché la veille. Elle les avait pris en cachette pour faire une surprise aux garçons.

Une bonne odeur ne tarda pas à flotter autour des apprêts culinaires. Les jeunes hommes, enroulés dans leur serviette, vinrent s'asseoir près du feu.

— Hum, ça sent bon! dit le prince, le nez en l'air.

— Allez vous vêtir. Pas question qu'un prince et ses compagnons mangent dans cette tenue! Vous êtes avec une dame, messieurs!

— Ah! Pardonnez ce manquement à l'étiquette, répondit Jalbert, théâtral.

Il se leva et tendit la main à Loïck qui l'ignora.

— Venez, mon frère, allons nous vêtir et nous rendre présentables.

Sur un clin d'œil à la jeune femme, il entraîna l'innocent à sa suite.

Repus, les deux jeunes gens flânaient autour du feu. Un Loïck épuisé dormait à poings fermés tout près d'eux, bercé par les murmures du prince et de sa compagne. Rodrick se retira discrètement.

— Demain, nous devrions être à Léoden? demanda la jeune femme.

— Oui, nous y serons au crépuscule.

— Sommes-nous attendus?

Les yeux perdus dans les siens, Jalbert lui répondit:

— Tout ce que j'en sais, c'est ce que vos maîtres ont dit. Jamais ils n'ont mentionné ce détail.

— Hum! Et mon frère? Que lui arrivera-t-il une fois là-bas? D'après mes oncles, ce lieu n'est qu'une étape.

En se grattant l'oreille, Jalbert réfléchissait.

— Les sages décideront.

D'un geste doux, il replaça une mèche de cheveux qui tombait sur le front de la jeune femme et lui chuchota:

— Vous avez ma parole, Laïcka, je ne le lâcherai pas d'une semelle. Où il ira, j'irai.

— Vous êtes quelqu'un de bon, mon prince. Plaise aux dieux de vous guider !

Elle était toute disposée à lui faire confiance. Quelque peu rassurée, elle prit congé de lui et alla s'étendre près de son frère.

La pluie les accompagna tout le jour. Ils galopèrent et prirent à peine le temps de se sustenter. En fin d'après-midi, ils se retrouvèrent dans une ville qui épousait les berges d'un immense lac. On la nommait la Cité-Frontière. En plus d'être une ville marchande, elle servait de limite entre le chimérique et l'authentique. Mages, sorciers et enchanteurs côtoyaient les simples mortels, qui tenaient des auberges, des tavernes et des commerces. Les guildes, toujours en grand nombre, prenaient cette ville comme point de ralliement pour divers séminaires, ou pour des manigances secrètes. Un petit débarcadère bien entretenu donnait accès à un quai qui s'avançait dans les eaux jusqu'à perte de vue. Ce quai était le seul moyen, pour de rares privilégiés, de rejoindre Léoden. Quelquefois, un sage, petite silhouette vêtue d'une longue robe, les mains nichées dans les manches, en débarquait. Il jaillissait de l'éternelle brume et s'avançait. De loin, on aurait dit qu'il marchait sur l'eau.

Bien installée dans une guérite, une sentinelle veillait, décidée à filtrer les personnes qui manifestaient l'intention de prendre ce passage. Il interpella le prince d'une voix forte.

— Halte ! Qui va là ?

Stoppant net, Jalbert tourna la tête. Un bonhomme de grandeur impressionnante se tenait à quelques pas, lance en main. Un casque cachait partiellement ses cheveux gris. Son visage long aux yeux rieurs, son nez en pointe et ses joues parsemées de poils gris lui donnaient un air bonasse.

— Je suis Jalbert De Lortagne, prince de Théodie. Nous nous rendons à Léoden.

— Vous êtes attendus? demanda le garde, le corps penché sur sa jambe gauche.

— Je ne sais, mais une chose est certaine, nous devons y parvenir.

L'homme dévisagea le prince. Il avança sa lèvre supérieure avec un air de doute.

— Vous êtes bien certain de vouloir y aller? Je dois vous mettre en garde. Les sages ont ensorcelé ce pont. Quiconque ose s'y engager sans y être invité se retrouve dans les eaux noires du lac. Le quai les rejette.

— Eh bien, nous verrons!

— Comme vous voudrez. Allez… et bien du plaisir!

Jalbert le salua de la tête et prit la main de Laïcka. Se tournant vers Rodrick qui tenait la longe de la mule, il regarda longuement Loïck, prit une grande respiration, et dirigea le petit groupe vers l'incertitude.

Carmille s'amusait à mouiller ses plumes, il sautillait sur le bord de l'eau en étirant gracieusement les ailes. Tout près, assis sur un rocher qui surplombait la grève, Gorrh trempait sa ligne; la pêche pour lui était devenue un moment de détente et d'évasion; les dieux seuls savaient comme il en avait besoin.

Depuis ses retrouvailles avec sa tante, une tornade de pensées habitait sa tête Il l'avait trouvée bien installée dans une confortable maisonnette en compagnie d'une vieille dame et d'un jeune plénube. Nichée au plus profond de l'île, la petite maison, avec son jardin fleuri et ses volets rouges, éclatait de charme. Aussitôt le seuil franchi, sa tante avait balayé de la main les mille questions qu'il se posait et s'était empressée de présenter ses hôtes.

— Voici dame Connie et son plénube Bastien.

La vieillarde était cassée en deux dans une chaise qui se balançait d'avant en arrière, Gorrh ne connaissait pas ce genre de siège. Le plancher craquait à chaque mouvement. Une crinière de cheveux roux entremêlée de mèches grises couronnait sa tête ; son visage, creusé de rides, témoignait de son grand âge.

Les yeux, enfoncés, avaient la profondeur d'un puits. «Elle a dû être belle, dans sa jeunesse!» pensa le jeune homme, non sans ironie.

— Viens ici, mon garçon!

Sa voix était claire et ferme. Gorrh s'approcha et, sur un signe de sa tante, s'agenouilla devant la dame. Elle tendit la main et se mit à lire son visage. Ses doigts effleuraient chaque parcelle de sa peau. Il comprit qu'elle était aveugle.

— Oui, c'est bien toi, je te sens au travers de la peau.

Elle poussa un soupir et sourit. Voyant l'expression interrogatrice de son filleul, Rize le rassura :

— Cette dame a une longue histoire à raconter, mais pour l'instant présente-moi tes nouveaux compagnons, quoique je connaisse celui-ci.

Elle pointait le Renifleur du doigt. Gorrh présenta Kor et compagnie et raconta les événements survenus depuis l'enlèvement. Ses yeux brillèrent au récit de sa nuit avec les vampires et il insista sur le fait qu'ils ne lui avaient fait aucun mal. La vieille dame approuvait par des onomatopées significatives.

— Mais vous, tante Rize, que faites-vous ici ? demanda Gorrh une fois son histoire terminée.

— Nous allons manger et après nous parlerons.

Elle se tourna vers Korin et ajouta :

— Vous comprendrez, maître Kor, que ce que nous avons à discuter est strictement confidentiel... Ceci dit sans vouloir vous offusquer.

De mauvaise grâce, le mage opina.

Ils se régalèrent d'un délicieux ragoût et de pains frais. Le repas terminé, Korin et ses amis sortirent s'occuper des chevaux. Irrité d'avoir été évincé, à son avis de manière fort disgracieuse, le mage mijotait déjà un plan pour en savoir plus.

Rize avait insisté pour que le Renifleur participe à leur petite réunion. Elle savait par Gauvin la raison qui l'avait fait sortir de son désert, mais, ce qu'elle ne comprenait pas, c'était pourquoi il restait auprès de Gorrh, alors qu'il aurait dû courir avertir Béléos qu'il avait retrouvé l'Élu. Le plus surprenant, c'était les regards d'adoration qu'il lançait au jeune homme. Un sixième sens soufflait à Rize de faire confiance au petit homme. Mais il en allait tout autrement pour les guerriers des temps anciens. Elle décida qu'elle en parlerait à Gauvin bientôt.

Ils s'installèrent près d'un gros foyer où les flammes dansaient gaiement. Une tasse de tisane à la main, le plénube assis à ses pieds, la vieille dame entama son histoire.

— Vous connaissez les légendes qui protègent cette montagne, celle qu'on appelle la montagne maudite. Vous vous doutez bien que quelques-unes ne sont qu'imagination et élucubrations de l'esprit... Mais il en est une de vérité... Depuis toujours, mages, sorciers et magiciens ont pris soin d'assurer leur descendance. Pourtant, nul ne peut garantir qu'il y arrivera. De plus, personne ne peut certifier que les descendants possèdent l'hérédité qui permettra au géniteur de leur léguer leurs pouvoirs et leurs connaissances. Tant mieux pour ceux qui parviennent à remplir cette mission délicate. Mais, pour les autres, il n'y a pas d'issue. Il fut donc convenu d'un lieu où, à la mort des thaumaturges sans descendance, leur savoir était récupéré et concentré. Cette montagne est précisément le réceptacle de ces legs et j'en suis la gardienne.

Un silence s'installa, le temps pour chacun d'assimiler ce récit. Gorrh dévisageait la vieille dame, cherchant à lire sur son visage. Il ouvrit la bouche pour parler, mais Philin le devança.

— Les vampires, dame Connie, ce sont des âmes?

Elle laissa échapper un petit rire.

— Non, mon ami, ce sont des énergies. Chacune d'elles représente un mage ou un sorcier disparus dans la mort. Elles errent dans les bois à la recherche de sources vitales. Elles ont soif d'apprendre.

Un frisson parcourut l'assistance. Une question chatouillait la langue de Gorrh.

— Ma dame, pourquoi m'ont-elles laissé les toucher et ce, sans aucune agressivité, comme si elles me considéraient comme l'un des leurs.

— Parce que tu es le pivot, Gorrh, tu es l'Élu.

Gorrh sentit peser sur lui le regard du Renifleur. Lui aussi l'appelait l'Élu.

— Que voulez-vous dire, ma dame?

Connie tendit le bras et l'invita:

— Viens près de moi, Gorrh.

Il alla s'agenouiller aux pieds de la vieille dame. Elle lui passa une main caressante dans les cheveux.

— Tu n'es pas un garçon ordinaire.

Il vint pour parler, mais, malgré sa cécité, elle pressentit son geste, et lui mit un doigt sur les lèvres.

— Chut! Écoute bien!

Tout le monde dans la pièce avait l'oreille tendue au maximum. Le Renifleur avait cessé de chantonner, attentif.

— Tu fais route vers Léoden où ton destin te sera révélé. Au moment où tu sauras ce que les sages exigeront de toi, tu devras écarter la peur et apprivoiser ce que tu portes en toi. Sache que tu devras faire preuve d'un grand amour envers toi-même, car celui qui habite en toi en possède tellement qu'il te sera difficile de le laisser aller.

— Mais…

— Non, tais-toi! Je sais, enchaîna-t-elle, pour le moment, tout cela te paraît nébuleux. Mais je ne t'en dirai pas plus. Les sages y veilleront.

La crainte dans l'âme, le jeune homme désirait des réponses aux questions qui le taraudaient, mais encore une fois Philin le devança:

— Mais pourquoi sommes-nous ici? Que vient faire cette montagne dans cette histoire.

Les muscles du dos de Gorrh se relâchèrent: c'était une de ses interrogations.

— Pardonnez-moi, je crois que je me suis égarée. Vous êtes ici parce que Gorrh devra emporter les énergies avec lui… Non, ne me demandez pas pourquoi. Tout ce que je sais, c'est que le moment est venu pour moi de me retirer. Les temps sont incertains et les énergies doivent être en sécurité. Gorrh en sera le porteur et le gardien, du moins jusqu'à ce qu'il en soit décidé autrement.

Elle regarda le jeune plénube.

— Bastien, va ouvrir la fenêtre.

La dame avait dans la main un superbe bracelet de cuir souple. En son centre, une pierre patientait.

Elle leva le bracelet au bout de son bras et se mit à chanter. Comme attirées par la mélodie, une centaine de petites lueurs sortirent des bois. Au passage, elles frôlèrent les têtes de Korin et de ses amis. Elles s'engouffrèrent dans la maisonnette et foncèrent directement sur le bracelet. Toutes les fois qu'une énergie en frappait la pierre, elle s'illuminait et l'absorbait. Le tout fut terminé le temps d'une chanson.

— Voilà !

Connie tâta le bras du jeune homme, trouva son poignet et y fixa le bracelet.

— Maintenant, te voilà le gardien des connaissances. Ne t'en sépare jamais… Et me voilà libre.

Elle sourit.

— Tu peux rappeler tes amis. Ils doivent avoir envie de se coucher.

— Attendez ! s'exclama Gorrh. Pourquoi avoir enlevé tante Rize ?

La vieille dame ricana.

— Bastien est bien jeune, il aime jouer des tours. Il devait vous ramener à moi par n'importe quel moyen. Quand il a vu la grande beauté de dame Rize, il n'a pu s'empêcher de l'enlever… L'impulsivité de la jeunesse…

— Allons, assez pour aujourd'hui, déclara Rize. Demain, l'île nous portera le plus près possible de la route de Léoden. Dans deux jours, nous devrions y être. Allons nous coucher, nous nous lèverons tôt.

Incapable de se laisser aller au sommeil, Gorrh se retrouvait la canne à pêche en main, ressassant sa soirée. Un bruissement de feuilles attira son attention.

— Salut, le Renifleur.

— Âmélouu! lui fut-il répondu dans une révérence.

Le petit homme s'installa confortablement à ses côtés.

— Tu en sais, des choses que j'ignore, hein?

Gorrh eut une touche, il tira sur sa ligne.

— Tu veux m'en dire plus?

— Nooun!

— Tu ne peux pas, c'est ça?

Un sourire édenté lui répondit.

— D'accord, je comprends. Mais, dis-moi, as-tu saisi ce que dame Connie nous a dit?

— Ouaais.

— Eh bien, pas moi! Tout ce que je sais, c'est que je ne suis pas encore à Léoden et que j'ai déjà la frousse.

La grande main maigre du Renifleur effleura son poignet.

— Pos peurr, moa aites là.

— Tu as peut-être raison, mon ami, je suis bien entouré.

Un désir soudain lui pressa la poitrine. Il demanda:

— La mélodie que tu as chantée hier, tu peux me la fredonner à nouveau?

La voix vibrante du Renifleur s'éleva dans l'air clair de la nuit.

Dès qu'ils avaient quitté l'environnement de la montagne, Korin avait eu un contact. Il avait dû ruser pour y répondre.

Excité, Malgard l'avait bombardé de questions. Heureux de la tournure des événements, il avait couru rassurer son dieu: un contact avait eu lieu.

Ordre avait été donné à Korin de ne pas lâcher le novice d'une semelle jusqu'à ce qu'il emprunte le quai de Léoden.

Nul ne sachant combien de temps l'Élu resterait à cet endroit, le mage devrait attendre dans la Cité-Frontière que l'adolescent prenne la route à la recherche de l'Icône. Korin mettrait ce temps à profit pour reprendre sa forme normale et se renforcer. Le maintien du déguisement de ses hommes l'avait épuisé.

Les guerriers avaient insisté pour accompagner Gorrh et les autres jusqu'à la cité. Tante Rize avait accepté. Après tout, ils pouvaient leur être utiles en cas d'attaque.

Ils se tenaient maintenant près de la guérite qui donnait accès au quai. Korin et ses amis, après des adieux formels, s'étaient retirés et attendaient que le petit groupe s'y engage. Avec l'accord de la sentinelle qui avait bien pris soin de les avertir du sortilège qui caractérisait le pont, Gorrh et ses amis s'apprêtaient à le franchir. Le cœur de Gorrh battait fort. Il sentit une main prendre la sienne. Il baissa la tête et rencontra un regard doré.

— Vienne âme éloou, y aie teemps !

Tante Rize lui prit le bras. Ainsi encadré, il fut rejoint par Philin. Érick amenait les chevaux. Gorrh prit une grande respiration et s'avança vers son destin.

La brume mit peu de temps à les rejoindre, elle les enrobait comme une boule d'ouate. Sous leurs pieds, le quai trembla, mais les accepta.

Ils marchèrent ainsi ce qui leur parut des heures. Soudain le brouillard se dissipa et dévoila un débarcadère donnant sur un chemin qui menait à un immense château. Une sentinelle guettait.

— Bienvenue à Léoden ! Veuillez me suivre, vous êtes attendus.

Le garde leur tourna le dos et se dirigea vers le château.

Tout le long du chemin, les invités poussèrent des oh ! et des ah ! Dans la nuit, les sous-bois étaient magnifiques :

de petites boules de lumière se dandinaient entre les arbres et illuminaient la forêt d'une douce lueur. Un homme aux longs cheveux blancs était assis au pied d'un énorme chêne dont la ramure caressait le sol. Pipeau en bouche, il jouait une mélodie. Des papillons aux vives couleurs phosphorescentes s'amusaient à travers les parterres qui fleurissaient le chemin. Ils franchirent une haie de roses et arrivèrent devant les grosses portes de bois qui ornaient le château. Elles s'ouvrirent sur un Gauvin souriant.

— Eh bien, tu en as mis, du temps, mon garçon !

LISTE DES
PRINCIPAUX PERSONNAGES

Alicka : Responsable des bains, des massages et de l'hygiène corporelle chez le peuple des troglodytes.
Amélia : Sœur du roi Malock, princesse du royaume de Valberingue.

Basteth : Jeteur de sorts au service du dieu Béléos.
Bastien : Plénube, domestique de dame Connie.
Béléos : Dieu du mal, frère de Valbur, le dieu du bien.
Boris : Coiffeur du roi Malock.

Carmille : Pigeon voyageur au service de Gorrh, le fils du roi Malock et de la reine Faya.
Cérendrique : Homme d'armes du royaume de Théodie, ami du prince Jalbert.
Connie : Conteuse de légendes et gardienne des pouvoirs de la montagne maudite.

Dénys : Prêtre et confident du roi Malock.
Dolpho : Charpentier du village des Sources ; époux de Lyna.

Édwouard : Roi de Théodie, père du prince Jalbert et de la princesse Valène.

Érick : Homme d'armes du royaume de Valberingue.

Fanie : Soubrette de la princesse Valène.
Faya : Reine du royaume de Valberingue, épouse du roi Malock, mère de Gorrh et mère adoptive de Gareth.
Filgurh : Grand-père de Gareth et de Gorrh.

Gareth : Prince du royaume de Valberingue et fils adoptif du roi Malock et de la reine Faya.
Gauvin : Grand sage.
Gill : Prêtre et soigneur du village des Sources.
Gorrh : Élu et fils du roi Malock et de la reine Faya. Prince de sang du royaume de Valberingue.

Jalbert : Prince héritier du royaume de Théodie, fils du roi Édwouard.
Jélima : Ancienne prostituée, amie de cœur du prince Gareth.

Karl : Enfant du village des Sources, victime d'empoisonnement.
Kerv : Herboriste, professeur de Gorrh.
Korin : Mage noir, ami de Gareth et adepte du dieu Béléos.
Krein : Jumeau de Salbrique et archer des mondes oubliés.

Laïcka : Troglodyte, jumelle de Loïck.
Loïck : Troglodyte, jumeau de Laïcka.
Lyam : Traqueur à la solde de Korin, adepte du dieu Béléos.
Lyna : Femme de Dolpho, du village des Sources.

Malgard : Magicien noir au service du dieu Béléos.
Malock : Roi du royaume de Valberingue, époux de Faya, père de Gorrh et père adoptif de Gareth.
Mila : Assistante du prêtre et soigneur Gill.

Nanou : Gouvernante de Valène et de Jalbert.

Philin : Traqueur du peuple des Ponèdes.
Pinolt : Petit noble, ami intime du prince Gareth et son compagnon de réjouissances.

Renifleur (Le) : Fils d'un mage et d'une prêtresse, chasseur d'âmes.
Rize : Magicienne, tante et marraine de Gorrh, confidente de la reine Faya.
Rodrick : Guide du peuple des troglodytes.

Salbrique : Jumeau de Krein et homme d'armes des mondes oubliés.
Siméon : Jumeau de Théophile et responsable des troglodytes.

Théophile : Jumeau de Siméon et responsable des troglodytes.
Torick : Maître écuyer attaché au château de Valberingue.
Tourneflot : Propriétaire et capitaine du bateau *La Tourmente*.

Valbur : Dieu du bien et frère de Béléos.
Valène : Princesse du royaume de Théodie, fille du roi Édwouard.

Remerciements

Ce livre n'aurait pu voir le jour sans le support de mon entourage.

Merci à toi, Josée Duchesneau, pour ta patience et tes encouragements ; sans toi, j'hésiterais encore entre deux temps de verbe.

Ma gratitude va en outre à mes «lecteurs-cobayes», Maryse Duchesneau, Guy Simard et Lise Tremblay, ainsi qu'à l'adorable Simon Duchesne ; vos critiques constructives et votre enthousiasme m'ont donné l'élan pour poursuivre, malgré mes craintes de la page blanche.

Merci à toi, Bruno Duchesne, pour la touche avisée qui m'a permis d'affiner les mondes où gravitent mes personnages. Merci à Danielle Tremblay, qui a su attendre le bon moment pour tirer de moi une représentation visuelle favorable.

Mon mari, je salue ta patience durant mes combats contre ce monstre d'ordinateur ; merci aussi d'avoir guidé ma main dans les méandres nébuleux de ta spécialité professionnelle.

Ma reconnaissance va encore à vous, ma mère et mes sœurs, qui m'avez encouragée tout au long du processus d'écriture.

À Clément Martel, un sourire et ma gratitude pour ses bons conseils qui ont mené ce livre à son achèvement.

À mon éditeur, Michel Quintin, et à sa chaleureuse équipe, je me sens redevable de la chance qu'ils m'ont donnée et de l'encadrement tout en délicatesse dont j'ai bénéficié.

TABLE DES MATIÈRES